磨铁经典文库系列·鲁迅文集

愿中国青年都摆脱冷气，只是向上走。
能做事的做事，能发声的发声。

鲁迅文集

两地书

书信集

鲁迅 许广平 著

浙江教育出版社 · 杭州

目录

序　言

这一本书，是这样地编起来的——

一九三二年八月五日，我得到霁野，静农，丛芜[1]三个人署名的信，说漱园[2]于八月一日晨五时半，病殁于北平同仁医院了，大家想搜集他的遗文，为他出一本纪念册，问我这里可还藏有他的信札没有。这真使我的心突然紧缩起来。因为，首先，我是希望着他能够全愈的，虽然明知道他大约未必会好；其次，是我虽然明知道他未必会好，却有时竟没有想到，也许将他的来信统统毁掉了，那

1　分别指李霁野、台静农、韦丛芜。
李霁野（1904 年—1997 年），安徽六安人。现代著名翻译家，鲁迅的学生，中共党员、民进成员，未名四杰之一。台静农（1902 年—1990 年），本姓澹台，字伯简，原名传严，改名静农，安徽六安人，未名四杰之一。著名作家、文学评论家、书法家、教师。韦丛芜（1905 年—1978 年），原名韦崇武，又名韦立人、韦若愚，安徽六安人，未名四杰之一。（本书注释皆为编者注，以下不再标注。）
2　韦素园（1902 年—1932 年），安徽六安人，未名四杰之一。

些伏在枕上，一字字写出来的信。

我的习惯，对于平常的信，是随复随毁的，但其中如果有些议论，有些故事，也往往留起来。直到近三年，我才大烧毁了两次。

五年前，国民党清党的时候，我在广州，常听到因为捕甲，从甲这里看见乙的信，于是捕乙，又从乙家搜得丙的信，于是连丙也捕去了，都不知道下落。古时候有牵牵连连的"瓜蔓抄"，我是知道的，但总以为这是古时候的事，直到事实给了我教训，我才分明省悟了做今人也和做古人一样难。然而我还是漫不经心，随随便便。待到一九三〇年我签名于自由大同盟，浙江省党部呈请中央通缉"堕落文人鲁迅等"的时候，我在弃家出走之前，忽然心血来潮，将朋友给我的信都毁掉了。这并非为了消灭"谋为不轨"的痕迹，不过以为因通信而累及别人，是很无谓的，况且中国的衙门是谁都知道只要一碰着，就有多么的可怕。后来逃过了这一关，搬了寓，而信札又积起来，我又随随便便了，不料一九三一年一月，柔石[1]被捕，在他的衣袋里搜出有我名字的东西来，因此听说就在找我。自然啰，我只得又弃家出走，但这回是心血潮得更加明白，当然先将所有信札完全烧掉了。

因为有过这样的两回事，所以一得到北平的来信，我就担心，怕大约未必有，但还是翻箱倒箧的寻了一通，果然无踪无影。朋友的信一封也没有，我们自己的信倒寻出来了，这也并非对于自己的东西特别看作宝贝，倒是因为那时时间很有限，而自己的信至多也不过蔓在自身上，因此放下了的。此后这些信又在枪炮的交叉火线下，躺了二三十天，也一点没有损失。其中虽然有些缺少，但恐怕是自己当时没有留心，早经遗失，并不是由于什么官灾兵燹的。

一个人如果一生没有遇到横祸，大家决不另眼相看，但若坐过牢监，到过战场，则即使他是一个万分平凡的人，人们也总看得特别一点。我们对于

1　柔石（1902年—1931年），姓赵，名平福，后改名为平复，浙江宁海人。民国时期著名作家、翻译家、革命家、中国共产党员，左联五烈士之一。

这些信，也正是这样。先前是一任他垫在箱子底下的，但现在一想起他曾经几乎要打官司，要遭炮火，就觉得他好像有些特别，有些可爱似的了。夏夜多蚊，不能静静的写字，我们便略照年月，将他编了起来，因地而分为三集，统名之曰《两地书》。

这是说：这一本书，在我们自己，一时是有意思的，但对于别人，却并不如此。其中既没有死呀活呀的热情，也没有花呀月呀的佳句；文辞呢，我们都未曾研究过"尺牍精华"或"书信作法"，只是信笔写来，大背文律，活该进"文章病院"的居多。所讲的又不外乎学校风潮，本身情况，饭菜好坏，天气阴晴，而最坏的是我们当日居漫天幕中，幽明莫辨，讲自己的事倒没有什么，但一遇到推测天下大事，就不免胡涂得很，所以凡有欢欣鼓舞之词，从现在看起来，大抵成了梦呓了。如果定要恭维这一本书的特色，那么，我想，恐怕是因为他的平凡罢。这样平凡的东西，别人大概是不会有，即有也未必存留的，而我们不然，这就只好谓之也是一种特色。

然而奇怪的是竟又会有一个书店愿意来印这一

本书。要印，印去就是，这倒仍然可以随随便便，不过因此也就要和读者相见了，却使我又得加上两点声明在这里，以免误解。其一，是：我现在是左翼作家联盟中之一人，看近来书籍的广告，大有凡作家一旦向左，则旧作也即飞升，连他孩子时代的啼哭也合于革命文学之概，不过我们的这书是不然的，其中并无革命气息。其二，常听得有人说，书信是最不掩饰，最显真面的文章，但我也并不，我无论给谁写信，最初，总是敷敷衍衍，口是心非的，即在这一本中，遇有较为紧要的地方，到后来也还是往往故意写得含胡些，因为我们所处，是在"当地长官"，邮局，校长……，都可以随意检查信件的国度里。但自然，明白的话，是也不少的。

还有一点，是信中的人名，我将有几个改掉了，用意有好有坏，并不相同。此无他，或则怕别人见于我们的信里，于他有些不便，或则单为自己，省得又是什么"听候开审"之类的麻烦而已。

回想六七年来，环绕我们的风波也可谓不少了，在不断的挣扎中，相助的也有，下石的也有，笑骂诬蔑的也有，但我们紧咬了牙关，却也已经挣扎着生活了六七年。其间，含沙射影者都逐渐自己没入更黑暗的处所去了，而好意的朋友也已有两个不在人间，就是漱园和柔石。我们以这一本书为自己记念，并以感谢好意的朋友，并且留赠我们的孩子，给将来知道我们所经历的真相，其实大致是如此的。

一九三二年十二月十六日，鲁迅。

第一集

北　京

一九二五年三月至七月

一

鲁迅先生：

　　现在写信给你的，是一个受了你快要两年的教训，是每星期翘盼着听讲《小说史略》的，是当你授课时每每忘形地直率地凭其相同的刚决的言语，好发言的一个小学生。他有许多怀疑而愤懑不平的久蓄于中的话，这时许是按抑不住了罢，所以向先生陈诉：

　　有人以为学校的校址，能愈隔离城市的尘嚣，政潮的影响，愈是效果佳一些。这是否有一部分的理由呢？记得在中学时代，那时也未尝不发生攻击教员，反对校长的事，然而无论反与正的那[1]一方面，总是偏重在"人"的方面的权衡，从没有遇见过以"利"的方面为取舍。先生，这是受了都市或政潮的影响，还是年龄的增长戕害了他呢？先生，你看看罢。现在北京学界上一有驱逐校长的事，同时反对的，赞成的，立刻就各标旗帜，校长以"留学"，"留堂"——毕业后在本校任职——谋优良位置为钓饵，学生以权利得失为取舍，今日收买一个，明日收买一个……今日被买一个，……明日被买一个……而尤可愤恨的，是这种含有许多毒菌的空气，也弥漫于名为受高等教育之女学界了。做女校长的，如果确有干才，有卓见，有成绩，原不妨公开的布告的，然而是"昏夜乞怜"，丑态百出，啧啧在人耳口。但也许这是因为环境的种种关系，支配了她不得不如此罢？而何以校内学生，对于此事亦日见其软化：明明今日好好的出席，提出反对条件的，转眼就掉过头去，噤若寒蝉，或则明示其变态行动？情形是一天天的恶化了，五四以后

---

1 即"哪"。

的青年是很可悲观痛哭的了！在无可救药的赫赫的气焰之下，先生，你自然是只要放下书包，洁身远引，就可以"立地成佛"的。然而，你在仰首吸那醉人的一丝丝的烟叶的时候，可也想到有在蛊盆中展转待拨的人们么？他自信是一个刚率的人，他也更相信先生是比他更刚率十二万分的人，因为有这点点小同，他对于先生是尽量地直言的，是希望先生不以时地为限，加以指示教导的。先生，你可允许他么？

苦闷之果是最难尝的，虽然嚼过苦果之后有一点回甘，然而苦的成分太重了，也容易抹煞甘的部分。譬如饮了苦茶——药，再来细细的玩味，虽然有些儿甘香，然而总不能引起人好饮苦茶的兴味。除了病的逼迫，人是绝对不肯无故去寻苦茶喝的。苦闷之不能免掉，或者就如疾病之不能免掉一样，但疾病是不会时时刻刻在身边的——除非毕生抱病。——而苦闷则总比爱人还来得亲密，总是时刻地不招即来，挥之不去。先生，可有甚么法子能在苦药中加点糖分，令人不觉得苦辛的苦辛？而且有了糖分是否即绝对的不苦？先生，你能否不像章锡

琛先生在《妇女杂志》中答话的那样模胡，而给我一个真切的明白的指引？专此布达，敬候

撰安！

受教的一个小学生许广平。

十一，三，十四年。

他虽则被人视为学生二字上应加一"女"字，但是他之不敢以小姐自居，也如先生之不以老爷自命，因为他实在不配居小姐的身分地位，请先生不要怀疑，一笑。

二

广平兄：

今天收到来信，有些问题恐怕我答不出，姑且写下去看——

学风如何，我以为是和政治状态及社会情形相关的，倘在山林中，该可以比城市好一点，只要办事人员好。但若政治昏暗，好的人也不能做办事人员，学生在学校中，只是少听到一些可厌的新闻，待到出了校门，和社会相接触，仍然要苦痛，仍然要堕落，无非略有迟早之分。所以我的意思，以为

倒不如在都市中，要堕落的从速堕落罢，要苦痛的速速苦痛罢，否则从较为宁静的地方突到闹处，也须意外地吃惊受苦，而其苦痛之总量，与本在都市者略同。

学校的情形，也向来如此，但一二十年前，看去仿佛较好者，乃是因为足够办学资格的人们不很多，因而竞争也不猛烈的缘故。现在可多了，竞争也猛烈了，于是坏脾气也就彻底显出。教育界的称为清高，本是粉饰之谈，其实和别的什么界都一样，人的气质不大容易改变，进几年大学是无甚效力的。况且又有这样的环境，正如人身的血液一坏，体中的一部分决不能独保健康一样，教育界也不会在这样的民国里特别清高的。

所以，学校之不甚高明，其实由来已久，加以金钱的魔力，本是非常之大，而中国又是向来善于运用金钱诱惑法术的地方，于是自然就成了这现象。听说现在是中学校也有这样的了。间有例外，大约即因年龄太小，还未感到经济困难或花费的必要之故罢。至于传入女校，当是近来的事，大概其起因，当在女性已经自觉到经济独立的必要，而借以获得这独立的方法，则不外两途，一是力争，一是巧取。前一法很费力，于是就堕入后一手段去，就是略一清醒，又复昏睡了。可是这情形不独女界为然，男人也多如此，所不同者巧取之外，还有豪夺而已。

我其实那里会"立地成佛"，许多烟卷，不过是麻醉药，烟雾中也没有见过极乐世界。假使我真有指导青年的本领——无论指导得错不错——我决不藏匿起来，但可惜我连自己也没有指南针，到现在还是乱闯。倘若闯入深渊，自己有自己负责，领着别人又怎么好呢？我之怕上讲台讲空话者就为此。记得有一种小说里攻击牧师，说有一个乡下女人，向牧师沥诉困苦的半生，请他救助，牧师听毕答道："忍着罢，上帝使你在生前受苦，死后定当赐福的。"其实古今的圣贤以及哲人学者之所说，何尝能比这高明些。他们之所谓"将来"，不就是牧师之所谓"死后"么。我所知道的话就全是这样，我不相信，但自己也并无更好的解释。章锡琛先生的答话是一定要模胡的，听说他自己在书铺子里做伙计，就时常叫苦连天。

我想，苦痛是总与人生联带的，但也有离开的时候，就是当熟睡之际。醒的时候要免去若干苦痛，中国的老法子是"骄傲"与"玩世不恭"，我觉得我自己就有这毛病，不大好。苦茶加糖，其苦之量如故，只是聊胜于无糖，但这糖就不容易找到，我不知道在那里，这一节只好交白卷了。

以上许多话，仍等于章锡琛，我再说我自己如何在世上混过去的方法，以供参考罢——

一，走"人生"的长途，最易遇到的有两大难关。其一是"歧路"，倘是墨翟先生，相传是恸哭而返。但我不哭也不返，先在歧路头坐下，歇一会，或者睡一觉，于是选一条似乎可走的路再走，倘遇见老实人，也许夺他食物来充饥，但是不问路，因为我料定他并不知道的。如果遇见老虎，我就爬上树去，等它饿得走去了再下来，倘它竟不走，我就自己饿死在树上，而且先用带子缚住，连死尸也决不给它吃。但倘若没有树呢？那么，没有法子，只好请它吃了，但也不妨也咬它一口。其二便是"穷途"了，听说阮籍先生也大哭而回，我却也像在歧路上的办法一样，还是跨进去，在刺丛里姑且走走。但我也并未遇到全是荆棘毫无可走的地方过，不知道是否世上本无所谓穷途，还是我幸而没有遇着。

二，对于社会的战斗，我是并不挺身而出的，我不劝别人牺牲什么之类者就为此。欧战的时候，最重"壕堑战"，战士伏在壕中，有时吸烟，也唱歌，打纸牌，喝酒，也在壕内开美术展览会，但有时忽向敌人开他几枪。中国多暗箭，挺身而出的勇士容易丧命，这种战法是必要的罢。但恐怕也有时会逼到非短兵相接不可的，这时候，没有法子，就短兵相接。

总结起来，我自己对于苦闷的办法，是专与袭来的苦痛捣乱，将无赖手段当作胜利，硬唱凯歌，算是乐趣，这或者就是糖罢。但临末也还是归结到"没有法子"，这真是没有法子！

以上，我自己的办法说完了，就不过如此，而且近于游戏，不像步步走在人生的正轨上（人生或者有正轨罢，但我不知道）。我相信写了出来，未必于你有用，但我也只能写出这些罢了。

鲁迅。

三月十一日。

三

鲁迅先生吾师左右：

十三日早晨得到先生的一封信，我不解何以同在京城中，而寄递要至三天之久？但当我拆开信封，看见笺面第一行上，贱名之下竟紧接着一个"兄"字，先生，请原谅我太愚小了，我值得而且敢当为"兄"么？不，不，决无此勇气和斗胆的。先生之意何居？弟子真是无从知道。不曰"同学"，不曰"弟"而曰"兄"，莫非也就是游戏么？

我总不解教育对于人是有多大效果？世界上各处的教育，他的造就人才的目标在那里？讲国家主义，社会主义……的人们，受环境的支配，还弄出甚么甚么化的教育来，但究竟教育是怎么一回事？是否要许多适应环境的人，可不惜贬损个性以迁就这环境，还是不如设法保全每人的个性呢？这都是很值得注意，而为今日教育者与被教育者所忽略的。或者目前教育界现象之不堪，即与此点不无关系罢。

尤可痛心的，是因为"人的气质不大容易改变"，所以许多人们至今还是除了一日日豫[1]备做舞台上的化装以博观众之一捧——也许博不到一捧——外，就什么也不管。怕考试时候得不到好分数，因此对于学问就不忠实了。希望功课可以省点准备，希望题目出得容易，尤其希望从教师方面得到许多暗示，归根结底，就是要文凭好看。要文凭好看，即为了自己的活动……她们在学校里，除了"利害"二字外，其余是痛痒不相关的。其所以出死力以力争的，不是事之"是非"，而是事之"利害"，不是为群，乃是为己的。这也许是我所遇见的她们，一部份的她们罢？并不然。还有的是死捧着线装本子，终日作缮写员，愈读愈是弯腰曲背，老气横秋，而于现在的书报，绝不一顾，她们是并不打算做现社会的一员的。还有一些例外的，是她

---

1 旧同"预"。

们太汲汲于想做现社会的主角了。所以奇形怪状，层见迭出，这教人如何忍耐得下去，真无怪先生宁可当"土匪"去了。

那"一个乡下女人向牧师沥诉困苦的半生，请他救助"的故事，许是她所求的是物质上的资助罢，所以牧师就只得这样设法应付，如果所求的是精神方面，那么我想，牧师对于这种问题是素有研究的，必定会给以圆满的答复。先生，我所猜想的许是错的么？贤哲之所谓"将来"，固然无异于牧师所说的"死后"，但"过客"说过："老丈，你大约是久住在这里的，你可知道前面是怎么一个所在么？"虽然老人告诉他是"坟"，女孩告诉他是"许多野百合，野蔷薇"，两者并不一样，而"过客"到了那里，也许并不见所谓坟和花，所见的倒是另一种事物，——但"过客"也还是不妨一问，而且也似乎值得一问的。

醒时要免去若干苦痛，"骄傲"与"玩世不恭"固然是一种方法，但我自小学时候至今，正是无日不被人斥为"骄傲"与"不恭"的，有时也觉悟到这非"处世之道"（而且实也自知没有足以自骄的），然而不能同流合污，总是吃眼前亏。不过子路的为人，教他豫备给人斫为肉糜则可，教他去作"壕堑战"是按捺不住的。没有法子，还是站出去，"不大好"有什么法呢，先生。

草草的写了这些，质直未加修饰，又是用钢笔所写，以较先生的清清楚楚，用毛笔写下去的详细恳切的指引，真是不胜其感谢，惭愧了！

敬祝著安。

小学生许广平谨上。

三月十五日。

四

广平兄：

这回要先讲"兄"字的讲义了。这是我自己制定，沿用下来的例子，就是：旧日或近来所识的朋友，旧同学而至今还在来往的，直接听讲的学生，写信的时候我都称"兄"；此外如原是前辈，或较为生疏，较需客气的，就称先生，老爷，太太，少爷，小姐，大人……之类。总之，我这"兄"字的意思，不过比直呼其名略胜一筹，并不如许叔重[1]先生所说，真含有"老哥"的意义。但这些理由，只有我自己知道，则你一见而大惊力争，盖无足怪也。然而现已说明，则亦毫不为奇焉矣。

现在的所谓教育，世界上无论那一国，其实都不过是制造许多适应环境的机器的方法罢了。要适如其分，发展各各的个性，这时候还未到来，也料不定将来究竟可有这样的时候。我疑心将来的黄金世界里，也会有将叛徒处死刑，而大家尚以为是黄金世界的事，其大病根就在人们各各不同，不能像印版书似的每本一律。要彻底地毁坏这种大势的，就容易变成"个人的无政府主义者"，如《工人绥惠略夫》里所描写的绥惠略夫就是。这一类人物的运命，在现在——也许虽在将来——是要救群众，而反被群众所迫害，终至于成了单身，忿激之余，一转而仇视一切，无论对谁都开枪，自己也归于毁灭。

———

1 许慎（生卒年不详），字叔重，汝南召陵（今河南漯河召陵）人，中国东汉经学家、文字学家。

社会上千奇百怪，无所不有；在学校里，只有捧线装书和希望得到文凭者，虽然根柢上不离"利害"二字，但是还要算好的。中国大约太老了，社会上事无大小，都恶劣不堪，像一只黑色的染缸，无论加进什么新东西去，都变成漆黑。可是除了再想法子来改革之外，也再没有别的路。我看一切理想家，不是怀念"过去"，就是希望"将来"，而对于"现在"这一个题目，都缴了白卷，因为谁也开不出药方。所有最好的药方，即所谓"希望将来"的就是。

　　"将来"这回事，虽然不能知道情形怎样，但有是一定会有的，就是一定会到来的，所虑者到了那时，就成了那时的"现在"。然而人们也不必这样悲观，只要"那时的现在"比"现在的现在"好一点，就很好了，这就是进步。

　　这些空想，也无法证明一定是空想，所以也可以算是人生的一种慰安，正如信徒的上帝。你好像常在看我的作品，但我的作品，太黑暗了，因为我常觉得惟"黑暗与虚无"乃是"实有"，却偏要向这些作绝望的抗战，所以很多着偏激的声音。其实这或者是年龄和经历的关系，也许未必一定的确的，因为我终于不能证实：惟黑暗与虚无乃是实有。所以我想，在青年，须是有不平而不悲观，常抗战而亦自卫，倘荆棘非践不可，固然不得不践，但若无须必践，即不必随便去践，这就是我之所以主张"壕堑战"的原因，其实也无非想多留下几个战士，以得更多的战绩。

子路先生确是勇士，但他因为"吾闻君子死冠不免"，于是"结缨而死"[1]，我总觉得有点迂。掉了一顶帽子，又有何妨呢，却看得这么郑重，实在是上了仲尼先生的当了。仲尼先生自己"厄于陈蔡"，却并不饿死，真是滑得可观。子路先生倘若不信他的胡说，披头散发的战起来，也许不至于死的罢。但这种散发的战法，也就是属于我所谓"壕堑战"的。

时候不早了，就此结束了。

鲁迅。

三月十八日。

———

1　出自《左传·哀公十五年》，孔子的学生子路去营救孔悝时被长矛击中，连帽缨也被砍断了，他说"君子死，冠不免"，于是系好帽缨，从容而死。

五

鲁迅先生吾师左右：

今日接读先生十九日发的那信，关于"兄"字的解释，敬闻命矣。二年受教，确不算"生疏"，师生之间，更无须乎"客气"，而仍取其"略胜一筹"者，岂先生之虚己以待人，抑社会上之一种形式，固尚有存在之价值软？敬博一笑。但既是先生"自己制定的，沿用下来的例子"，那就不必他人多话的了。现在且说别的罢。

如果现世界的教育"是制造许多适应环境的机器的方法"，那么，性非如栯棬的我，生来崛强[1]，难与人同的我，待到"将来"走到面前变成"现在"时，在这之间——我便是一个时代的落伍者。虽然将来的状态，现在尚不可知，但倘若老是这样"品性难移"，则经验先生告诉我们，事实一定如此的，末了还是离不了愤激和仇视，以至"无论对谁都开枪，自己也归于毁灭"。所以我绝不怀念

———
1 即"倔强"。

过去，也不希望将来，对于现在的处方，就是：有船坐船，有车坐车，有飞机也不妨坐飞机，倘到山东，我也坐坐独轮车，在西湖，则坐坐瓜皮艇。但我绝不希望在乡村中坐电车，也不想在地球上跑到火星里去。简单一句，就是以现在治现在，以现在的我，治我的现在。一步步的现在过去，也一步步的换一个现在的我。但这个"我"里还是含有原先的"我"的成分，有似细胞在人体中之逐渐变换代谢一样。这也许太不打算，过于颓废，染有青年人一般的普通病罢，其实我上面所说"对于'现在'这一个题目"，仍然脱不了"缴白卷"的例子。这有什么法子呢。随它去罢。

现在固然讲不到黄金世界，却也已经有许多人们以为是好世界了。但孙中山一死，教育次长立刻下台，《民国日报》立刻关门（或者以为与中山之死无关），以后的把戏，恐怕正要五花八门，层出不穷呢。姑无论"叛徒"所"叛"的对不对，而这种对待"叛徒"的方法，却实在太不高明，然而大家正深以为这是"好世界"里所应有的事。像这样"黑色的染缸"，如何能容忍得下去，听它点点滴滴的泼出乌黑的漆来。我想，对于这个缸，不如索性拿块大砖头来打破它，或者用铁钉钢片密封起来的好。但是相当的东西，这时还没有豫备好，可奈何！？

虽则先生自己所感觉的是黑暗居多，而对于青年，却处处给与一种不退走，不悲观，不绝望的诱导，自己也仍以悲观作不悲观，以无可为作可为，向前的走去，这种精神，学生是应当效法的，此后自当避免些无须必践的荆棘，养精蓄锐，以待及锋而试。

我所看见的子路是勇而无谋，不能待三鼓而进的一方面，假使他生于欧洲，教他在壕堑里等待敌人，他也必定不耐久候，要挺身而出的。关公止是关公，孔明止是孔明，曹操止是曹操，三人个性不同，行径亦异。我同情子路之"率尔而对"[1]，而不表赞同于避名求实的伪君子"方……如五六十……以待君子"之冉求，虽则圣门中许之。但子路虽在圣门中，而仍不能改其素性，这是无可奈何的一件

1　出自《论语·先进》，指子路不加思索，轻率地回答孔子的问题。

事。至于他"结缨而死",自然与"割不正不食"[1]一样的"迂"得有趣,但这似乎是另一问题,我们只要明白,当然不会上当的。

在信札上得先生的指教,比读书听讲好得多了,可惜我自己太浅薄,不能将许多要说的话充分的吐露出来,贡献于先生之前求教。但我相信倘有请益的时候,先生是一定不吝赐教的,只是在最有用最经济的时间中,夹入我一个小鬼从中捣乱,虽烧符念咒也没有效,先生还是没奈何的破费一点光阴罢。小子惭愧则个。

你的学生许广平上。

三月二十日。

六

广平兄:

仿佛记得收到来信有好几天了,但因为偶然没有工夫,一直到今天才能写回信。

"一步步的现在过去",自然可以比较的不为

1　出自《论语·乡党》,这是说孔子的行为处处循礼。

环境所苦，但"现在的我"中，既然"含有原先的我"，而这"我"又有不满于时代环境之心，则苦痛也依然相续。不过能够随遇而安——即有船坐船云云——则比起幻想太多的人们来，可以稍为安稳，能够敷衍下去而已。总之，人若一经走出麻木境界，便即增加苦痛，而且无法可想，所谓"希望将来"，不过是自慰——或者简直是自欺——之法，即所谓"随顺现在"者也一样。必须麻木到不想"将来"也不知"现在"，这才和中国的时代环境相合，但一有知识，就不能再回到这地步去了。也只好如我前信所说，"有不平而不悲观"，也即来信之所谓"养精蓄锐以待及锋而试"罢。

来信所说"时代的落伍者"的定义，是不对的。时代环境全部迁流，并且进步，而个人始终如故，毫无长进，这才谓之"落伍者"。倘若对于时代环境，怀着不满，要它更好，待较好时，又要它更更好，即不当有"落伍者"之称。因为世界上改革者的动机，大抵就是这对于时代环境的不满的缘故。

这回的教育次长的下台，我以为似乎是他自己的失策，否则，不至于此的。至于妨碍《民国日报》，乃是北京官场的老手段，实在可笑。停止一种报章，他们的天下便即太平么？这种漆黑的染缸不打破，中国即无希望，但正在准备毁坏者，目下也仿佛有人，只可惜数目太少。然而既然已有，即可望多起来，一多，可就好玩了——但是这自然还在将来，现在呢，只是准备。

我如果有所知道，当然不至于不说的，但这种满纸是"将来"和"准备"的指教，其实不过是空言，恐怕于"小鬼"也无甚益处。至于时间，那倒不要紧的，因为我即使不写信，也并不做着什么了不得的事。

鲁迅。

三月二十三日。

七

鲁迅师：

昨二十五日上午接到先生的一封信，下午帮哲教系游艺会一点忙，直到现在才能拿起笔来谈述所想说的一些话。

听说昨夕未演《爱情与世仇》之前，先生在九点多钟就去了，——想又是被人唆使的罢？先去也好，其实演得确不高明，排演者常不一律出席，有的只练习过一二次，有的或多些，但是批评者对于剧本简直没有豫先的研究——临时也未十分了解——同学们也不见有多大研究，对于剧情，当时的风俗习尚衣饰……等，一概是门外汉。更加演员多从各班邀请充数，共同练习的时间更多牵掣，所以终归失败，实是豫料所及。简单一句，就是一群小孩子在空地上耍耍玩意骗几个钱，——人不多，恐怕这目的也难达。——真是不怕当场出丑，好笑极了。

近来满肚子的不平——多半是因着校事。年假中及以前，我以为对于校长主张去留的人，俱不免各有其复杂的背景，所以我是袖手作壁上观的。到开学以后，目睹拥杨的和杨[1]的本身的行径，实更

———

1 指杨荫榆（1884年—1938年），江苏无锡人，中国近代史上第一位大学女校长。

不得不教人怒发冲冠，施以总攻击。虽则我一方面
也不敢否认反杨的绝对没有色采 [1] 在内。但是我不
妨单独的进行我个人的驱羊运动。因此除于前期
《妇女周刊》上以"持平"之名，投了《北京女界
一部分的问题》一文外，后在十五期《现代评论》
见有"一个女读者"的一篇《女师大的风潮》，她
也许是本校的牧羊者，但她既然自说是"局外人"，
我就"以子之矛攻子之盾"的放肆的驳斥她一番，
用的是"正言"的名字（我向来投稿，恒不喜专用
一名，自知文甚卑浅，裁夺之权，一听之编辑者，
我绝不以甚么女士……等，妄冀主笔者垂青，所以
我的稿子，常常也白费心血，付之虚掷，但是总改
不了我不好用一定的署名的毛病）。下笔以后，也
自觉此文或不合于"壕堑战"，然勃勃之气，不能
自己，拟先呈先生批阅，则恐久稽时日，将成明日
黄花，因此急急付邮，觉骨鲠略吐，稍为舒快，其
实于实际何尝有丝毫裨补。

　　学生历世不久，但所遇南北人士，亦不乏人，

——

1　即"色彩"。

而头脑清晰，明白大势者却少，数人聚首，非谈衣饰，即论宴会，谈出入剧场。热心做事的人，多半学力太差，而学粹功深的人，就形如槁木，心似死灰，连踢也踢不动，每一问题发生，聚众讨论时，或托故远去，或看人多举手，则亦从而举手，赞成反对，定见毫无也。或功则归诸己，过则诿诸人，真是心死莫大之哀，对于此辈，尚复何望！？学生肄业小学时，适当光复，长兄负笈南京，为鼓吹种族思想最力之人，故对年幼的我辈，也常常演讲大义，甚恨幼小未能尽力国事，失一良机。及略能识字，即沉浸于民党所办之《平民报》中，因为渴慕新书，往往与小妹同走十余里至城外购取，以不得为憾。加以先人禀性豪直，故学生亦不免粗犷。又好读飞檐走壁，朱家郭解 [1]，扶弱锄强等故事，遂更幻想学得剑术，以除尽天下不平事。及洪宪盗国 [2]，复以为时机不可失，正为国效命之时，乃窃发书于女革命

1　二人是西汉时的游侠，出自《史记·游侠列传》。
2　洪宪为袁世凯所创中华帝国年号，"洪宪盗国"指袁世凯欲复辟帝制的行为。

者庄君，卒以不密，为家人所阻，蹉跎至今，颓唐已甚矣。近来年齿加长，于社会内幕，亦较有所知，觉同侪大抵相处以虚伪，相接以机械，实不易得可与共事，畅论一切者。吾师来书云"正在准备破坏者目下也仿佛有人"，先生，这是真的么？不知他们何人，如何结合，是否就是先生所常说的"做土匪去"呢？我不自量度，才浅力薄，不足与言大事，但愿作一个誓死不二的"马前卒"，小喽罗虽然并无大用，但也不妨令他摇几下旗子，而建设与努力，则是学生所十分仰望于先生的。不知先生能鉴谅他么。

承先生每封都给我回信，于"小鬼"实在是好像在盂兰节，食饱袋足，得未曾有了。谨谢"循循善诱"。

学生许广平。

三月二十六晚。

八

广平兄：

现在才有写回信的工夫，所以我就写回信。

那一回演剧时候，我之所以先去者，实与剧的好坏无关，我在群集里面，是向来坐不久的。那天观众似乎不少，筹款的目的，该可以达到一点了罢。好在中国现在也没有什么批评家，鉴赏家，给看那样的戏剧，已经尽够了。严格的说起来，则那天的看客，什么也不懂而胡闹的很多，都应该用大批的蚊烟，将它们熏出去的。

近来的事件，内容大抵复杂，实不但学校为然。据我看来，女学生还要算好的，大约因为和外面的社会不大接触之故罢，所以还不过谈谈衣饰宴会之类。至于别的地方，怪状更是层出不穷，东南大学事件就是其一，倘细细剖析，真要为中国前途万分悲哀。虽至小事，亦复如是，即如《现代评论》上的"一个女读者"的文章，我看那行文造语，总疑心是男人做的，所以你的推想，也许不确。世上的鬼蜮是多极了。

说起民元的事来，那时确是光明得多，当时我也在南京教育部，觉得中国将来很有希望。自然，那时恶劣分子固然也有的，然而他总失败。一到二年二次革命[1]失败之后，即渐渐坏下去，坏而又坏，遂成了现在的情形。其实这也不是新添的坏，乃是涂饰的新漆剥落已尽，于是旧相又显了出来。使奴才主持家政，那里会有好样子。最初的革命是排满，容易做到的，其次的改革是要国民改革自己的坏根性，于是就不肯了。所以此后最要紧的是改革国民性，否则，无论是专制，是共和，是什么什么，招牌虽换，货色照旧，全不行的。

　　但说到这类的改革，便是真叫作"无从措手"。不但此也，现在虽只想将"政象"稍稍改善，尚且非常之难。在中国活动的现有两种"主义者"，外表都很新的，但我研究他们的精神，还是旧货，所以我现在无所属，但希望他们自己觉悟，自动的改良而已。例如世界主义者而同志自己先打架，无政府主义者的报馆而用护兵守门，真不知是怎么一回事。土匪也不行，河南的单知道烧抢，东三省的渐趋于保护雅片，总之是抱"发财主义"的居多，梁

1　又称"讨袁之役、癸丑之役、赣宁之役"，指 1913 年 7 月由孙中山领导的反对袁世凯独裁统治的战争。

山泊劫富济贫的事，已成为书本子上的故事了。军队里也不好，排挤之风甚盛，勇敢无私的一定孤立，为敌所乘，同人不救，终至阵亡，而巧滑骑墙，专图地盘者反很得意。我有几个学生在军中，倘不同化，怕终不能占得势力，但若同化，则占得势力又于将来何益。一个就在攻惠州，虽闻已胜，而终于没有信来，使我常常苦痛。

我又无拳无勇，真没有法，在手头的只有笔墨，能写这封信一类的不得要领的东西而已。但我总还想对于根深蒂固的所谓旧文明，施行袭击，令其动摇，冀于将来有万一之希望。而且留心看看，居然也有几个不问成败而要战斗的人，虽然意见和我并不尽同，但这是前几年所没有遇到的。我所谓"正在准备破坏者目下也仿佛有人"的人，不过这么一回事。要成联合战线，还在将来。

希望我做一点什么事的人，也颇有几个了，但我自己知道，是不行的。凡做领导的人，一须勇猛，而我看事情太仔细，一仔细，即多疑虑，不易勇往直前，二须不惜用牺牲，而我最不愿使别人做牺牲（这其实还是革命以前的种种事情的刺激的结果），也就不能有大局面。所以，其结果，终于不外乎用空论来发牢骚，印一通书籍杂志。你如果也要发牢骚，请来帮我们，倘曰"马前卒"，则吾岂敢，因为我实无马，坐在人力车上，已经是阔气的时候了。

投稿到报馆里，是碰运气的，一者编辑先生总有些胡涂，二者投稿一多，确也使人头昏眼花。我近来常看稿子，不但没有空闲，而且人也疲乏了，此后想不再给人看，但除了几个熟识的人们。你投稿虽不写什么"女士"，我写信也改称为"兄"，但看那文章，总带些女性。我虽然没有细研究过，但大略看来，似乎"女士"的说话的句子排列法，就与"男士"不同，所以写在纸上，一见可辨。

北京的印刷品现在虽然比先前多，但好的却少。《猛进》很勇，而论一时的政象的文字太多。《现代评论》的作者固然多是名人，看去却很显得灰色，《语丝》虽总想有反抗精神，而时时有疲劳的颜色，大约因为看得中国的内情太清楚，所以不免有些失望之故罢。由此可知见事太明，做事即失其勇，庄子所谓"察见渊鱼者不祥"，盖不独谓将为众所忌，且于自己的前进亦复大有妨碍也。我现在还要找寻生力军，加多破坏论者。

鲁迅。

三月三十一日。

九

鲁迅师：

收到一日发的信，直至今天才拿起笔来，写那些久蓄于中所欲说的话。

日来学校演了一幕活剧，引火线是教育部来人，薛先生那种傻瓜的幼稚行径。末了他自觉情理上说不通，便反咬一口，想拿几个学生和他一同玉石俱焚，好笑极了！这种卑下的心地，复杂的问题，我们简单的学生心理，如何敌得过他们狐鼠成群，狠毒成性的恶辣手段。两方面的信，想先生必已看见，我们学生五人信中的话，的确一点也没有虚伪，不知对方又将如何设法对付。先生，现在已到"短兵相接"的时候了！老实人是一定吃亏的。临阵退缩，勇者不为，无益牺牲，智者不可，中庸之法，其道为何？先生世故较后生小子为熟悉，其将何以教之？

那回演剧的结果，听说每人只平均分得廿余元，往日本旅行，固然不济，就是作参观南方各处之用，也还是未必够，闹了一通，几乎等于零，真是没有法子。看客的胡闹，殆已是中国剧场里一种积习，尤其是女性出台表演的时候，他们真只为看演剧而来的，实在很少很少。惟其如此，所以"应该用大批的蚊烟，将它们熏出"，然而它们如果真是早早的被人"熏出"，那么，把戏就也演不成了。这就是目前社会上相牵连的怪现状，可叹！

学校的事情愈来愈复杂了。步东大后尘的，恐怕就是女师大。在这种空气里，是要染成肺病的。看不下去的人就出来反抗，反抗就当场吃亏；不反抗，不反抗就永远沉坠下去，校事，国事……都是如此。人生，人生是多么可厌的一种如垂死的人服了参汤，死不能，活不可的半麻木疯狂状态呀！"一个女读者"的文章，先生疑是男人所作，这自然有一种见解，我也听见过《现代评论》执笔的人物，多与校长一派，很替她出力的话。但校中一部分人，确也有"一个女读者"的那种不通之论，所以我的推想，错中也不全是无的放矢的。

民元的时候，顽固的尽管顽固，改革的尽管改革，这两派相反，只要一派占优势，自然就成功起来。而当时改革的人，个个似乎有匈奴未灭何以家为的一种国尔忘家，公尔忘私的气概，身家且不要，遑说权利思想。所以那时人心容易号召，旗帜比较的鲜明。现在呢，革命分子与顽固派打成一起，处处不离"作用"，损人利己之风一起，恶劣分子也就多起来了。目前中国人为家庭经济所迫压，不得不谋升官发财，而卖国贼以出。卖国贼是不忠于社会，不忠于国，而忠于家的。国与家的利害，互相矛盾，所以人们不是牺牲了国，就是牺牲了家。然而国的关系，总不如家之直接，于是国民性的堕落，就愈甚而愈难处理了。这种人物，如何能有存在的价值，亡国就是最终的一步。虽然有些人们，正在大唱最新的无国界主义，然而欧美先进之国，是否能以大同的眼光来待遇这种人民呢，这是没有了国界也还是不能解决的问题。

先生信中言："在中国活动的有两种'主义者'……我现在无所属，"学生以为即使"无所属"，也不妨有所建。那些不纯粹不彻底的团体，我们绝不能有所希望于他们，即看女性所组织的什么"参政"，"国民促进"，"女权运动"等等的人才的行径，我也实在不敢加入以为她们的团体之一。团体根本上的事业一点没有建设，而结果多半成了"英雄与美人"的养成所；说起来真教人倒咽一口冷气。其差强人意的，只有一位秋瑾[1]，其余什么唐口口[2]，沈口口，石口口，万口……哟，都是应当用蚊烟熏出去的。眼看那些人不能与之合作，而自己单人只手，又如何能卖得出大气力来，所以终有望于我师了。土匪虽然仍是"发财主义"，然而能够"大斗分金银"，只要分的公平，也比做变相的丘八好得远。丘八何尝不是"发财主义"，所以定要占地盘，只是嘴里说得好听，倒不如土匪还能算是能够贯彻他的目的的人，不是名不副实的。

我每日自上午至下午三四时上课，一下课便跑到哈德门之东去作"人之患"，直至晚九时返校，

———

1　秋瑾 [1875 年（一说 1877 年）—1907 年]，字竞雄，号鉴湖女侠，浙江绍兴人。中国女权和女学思想的倡导者，近代民主革命志士。
2　文中多处以"口口"代人名、报刊名，具体指代存疑。

再在小饭厅自习，至午夜始睡。这种刻版的日常行动，我以为身心很觉舒适。这就是《语丝》所说的，应当觉悟现时"只有自己可靠"，而我们作事的起点，也在乎每个"只有自己可靠"的人联合起来，成一个无边的"联合战线"。先生果真自以为"无拳无勇"而不思"知其不可为而为"乎？孙中山虽则未必是一个如何神圣者，但他的确也纯粹"无拳无勇"的干了几十年，成败得失，虽然另是一个问题。

做事的人自然是"勇猛"分子居多，但这种分子，每容易只凭血气之勇，所谓勇而无谋，易招失败，必须领导的人用"仔细"的观察，处置调剂之，始免轻举妄动之弊，其于"勇往直前"，实是助其成功。那么，第一种的"不行"可以不必过虑了。至于第二种"牺牲"，在一面虽说牺牲，在一面又何尝不是"建设"，在"我"这方面固然"不愿使别人牺牲"而在"彼"一方面或且正以牺牲为值得。况且采用"壕堑战"之后，也许所得的代价会超过牺牲的总量，用不着忧虑的。"发牢骚"诚然也不可少，然而纸上谈兵，终不免书生之见，加以像现在的昏天黑地，你若打开窗子说亮话，还是免不了做牺牲。关起门来长吁短叹，也实在令人气短。先生虽则答应我有"发牢骚"之机会，使我不至于闷死，然而如何的能把牢骚发泄得净尽，又恐怕自己无那么大的一口气，能够照心愿的吐出来。粗人是干不了细活计的，所以前函有"马前卒"之请也。现在先生既不马而车，那么我就做那十二三岁的小孩子跟在车后推着走，尽我一点小气力罢。

言语是表示内心的符号，一个人写出来，说出来的，总带着这人的个性，但因环境的熏染，耳目所接触，于是"说话的句子排列法"，就自然"女士"与"男士"有多少不同。我以为词句末节，倒似乎并无多大关系，只很愿意放大眼光，开拓心胸，免掉"女士式"的说话法，还乞吾师教之。又，"女士"式的文章的异点，是在好用唉，呀，哟……的字眼，还是太带诗词的句法而无清晰的主脑命意呢？并希先生指示出来，以便改善。

《猛进》在图书馆里没有，本身也不知道有这份报。不知何处出版，敢请示知。其余各种书籍之可以针治麻痹的，还乞先生随时见告！

学生许广平。

四月六日。

一〇

广平兄：

　　我先前收到五个人署名的印刷品，知道学校里又有些事情，但并未收到薛先生的宣言，只能从学生方面的信中，猜测一点。我的习性不大好，每不肯相信表面上的事情，所以我疑心薛先生辞职的意思，恐怕还在先，现在不过借题发挥，自以为去得格外好看。其实"声势汹汹"的罪状，未免太不切实，即使如此，也没有辞职的必要的。如果自己要辞职而必须牵连几个学生，我觉得办法有些恶劣。但我究竟不明白内中的情形，要之，那普通所想得到的，总无非是"用阴谋"与"装死"，学生都不易应付的。现在已没有中庸之法，如果他的所谓罪状，不过是"声势汹汹"，则殊不足以制人死命，有那一回反驳的信，已经可以了。此后只能平心静气，再看后来，随时用质直的方法对付。

这回演剧，每人分到二十余元，我以为结果并不算坏，前年世界语学校演剧筹款，却赔了几十元。但这几个钱，自然不够旅行，要旅行只好到天津。其实现在也何必旅行，江浙的教育，表面上虽说发达，内情何尝佳，只要看母校，即可以推知其他一切。不如买点心，一日吃一元，反有实益。

大同的世界，怕一时未必到来，即使到来，像中国现在似的民族，也一定在大同的门外。所以我想，无论如何，总要改革才好。但改革最快的还是火与剑，孙中山奔波一世，而中国还是如此者，最大原因还在他没有党军，因此不能不迁就有武力的别人。近几年似乎他们也觉悟了，开起军官学校来，惜已太晚。中国国民性的堕落，我觉得并不是因为顾家，他们也未尝为"家"设想。最大的病根，是眼光不远，加以"卑怯"与"贪婪"，但这是历久养成的，一时不容易去掉。我对于攻打这些病根的工作，倘有可为，现在还不想放手，但即使有效，也恐很迟，我自己看不见了。由我想来——这只是如此感到，说不出理由——目下的压制和黑暗还要增加，但因此也许可以发生较激烈的反抗与不平的新分子，为将来的新的变动的萌蘖。

"关起门来长吁短叹"，自然是太气闷了，现在我想先对于思想习惯加以明白的攻击，先前我只攻击旧党，现在我还要攻击青年。但政府似乎已在张起压制言论的网来，那么，又须准备"钻网"的法子——这是各国鼓吹改革的人们照例要遇到的。我现在还在寻有反抗和攻击的笔的人们，再多几个，就来"试他一试"，但那效果，仍然还在不可知之数，恐怕也不过聊以自慰而已。所以一面又觉得无聊，又疑心自己有些暮气，"小鬼"年青，当然是有锐气的，可有更好，更有聊的法子么？

我所谓"女性"的文章，倒不专在"唉，呀，哟……"之多，就是在抒情文，则多用好看字样，多讲风景，多怀家庭，见秋花而心伤，对明月而泪下之类。一到辩论之文，尤易看出特别。即历举对手之语，从头至尾，逐一驳去，虽然犀利，而不沉重，且罕有正对"论敌"之要害，仅以一击给与致命的重伤者。总之是只有小毒而无剧毒，好作长文而不善于短文。

《猛进》昨已送上五期，想已收到，此后如不被禁止，我当寄上，因为我这里有好几份。

鲁迅。

四月八日。

口口女士的举动似乎不很好：听说她办报章时，到加拉罕[1]那里去募捐，说如果不给，她就要对于俄国说坏话云云。

——

鲁迅师：

昨夕收到先生的一封信。前天已得寄来的一束《猛进》共五份，打开一看，原来出版处就是北大，当时不觉失笑其孤陋寡闻一至于此，因即至号房令订购一份备阅。及见来函，谓"此后如不被禁止，我当寄上"，虽甚感诱掖之殷，然师殊大忙，何可以此琐屑相劳，重抱不安，既已自订，还乞吾师勿多费一番精神为幸。

1　列夫·米哈伊洛维奇·加拉罕（Лев Михайлович Карахан，1889 年—1937 年），苏联政治、外交人物。

薛先生当日撕下一大束纸条，满捧在双手中，前有学生，后有教育部员，他则介乎两者之间，那种进退维谷的狼狈形状，实在好看煞人。而对于学生的质问，他又苦于置对，退而不甘吃亏，则又呼我至教务处讯问，恫吓，经我强硬的答复，没法对付，便用最终的毒计，就是以退为进，先发制人，亦即所谓"恶人先告状"也。其意盖在责备学生，引起一部分人的反感。当他辞职的信分送至各班时，我们以为他在教员面前一定另有表示，今乃是专对学生辞职，真不知是何居心。但若终竟走出，则虽然走得滑稽，而较之不走者算是稍为痛快，如此，则此次些少牺牲，也很值得的。贴在教务处骂他的纸条，确有点过火，但也是他形迹可疑所致，写的人固然太欠幽默，然而是群众的事，一时不及豫防，总不免闹出缺少慎重的事件。其实平心论之，骂他一句"滚蛋"，也不算甚么希奇，横竖堂堂"国民之母之母"[1]尚可以任意骂人"岂有此理"，

---

1 杨荫榆曾在一篇文章中宣称："窃念女子教育为国民之母，久成定论，本校且为国民之母之母。"

上有好，下必甚，又何必大惊小怪呢。先生，你说对么？

现在所最愁不过的，就是风潮闹了数月，不死不活，又遇着仍抱以女子作女校长为宜的冬烘头脑，闭着眼问学生"你们是大多数反对么？"的人长教育。从此君手里，能够得个好校长么？一鳖不如一鳖，则岂徒无益，而又害之；迁延不决，则恋栈者的手段愈完全，而学生之软化消极者也愈多，终至事情无形打消，只落得一场瞎闹，真是何苦如此，既有今日，何必当初呢！无处不是苦闷，苦闷，苦闷，苦闷，苦闷，苦闷……

攻打现时"病根的工作"，欲"最快"，"有效"而不"很迟"的唯一捷径，自然还是吾师所说的"火与剑"。自二次革命，孙中山逃亡于外时，即已觉悟此层，所以竭力设法组织党军，然而至今也还没有多大建设。况且现时所急待解决的问题，正是刻不容缓，倘必俟若干时筹备，若干时进行，若干时收效，恐将索国魂于枯鱼之肆矣。此杞人之忧也。所以小鬼之意，以为对于违反民意的乱臣贼子，实不如仗三寸剑，与以一击，然后仰天长啸，伏剑而死，则以三数人之牺牲，即足以寒贼胆而使不敢妄动。为牺牲者固当有胆有勇，但不必使学识优越者为之，盖此等人不宜大材小用也。至于青年之急待攻击，实较老年为尤甚，因为他们是承前启后的桥梁，国家的绝续，全在他们肩上的。而他们的确能有几分觉悟呢？不要多提起来了！想"鼓吹改革"他们，固然为国家人材根本计，然而假使缓不济急，则皮之不存，毛将焉附？此亦杞人之忧也。所以小鬼以为此种办法，可列于次要，或者与上述之法，双管并下的。

"柴愚参鲁"[1]，早在教者的目中，倘必曰"盍各言尔志"[2]以下问者，小鬼亦只得放肆，"率尔而对"也。

讲风景是骚人雅士的特长，悲花月是儿女子的病态，四海为家，何必多怀，今之怀者，甚么"母亲怀中……摇篮里"，想是言在此而意在彼耳。满篇"好看字样"的抒情文，确是今日所谓女文学家

---

1 出自《论语·先进》，是孔子对高柴、曾参的评价：高柴愚笨，曾参迟钝。
2 出自《论语·公冶长》，此句是孔子说的话。

048

的特征，好在我并无文学家的资格和梦想，对于这类文章，一个字也哼不出来，而于作辩论之文的"特别"，我却真的不知不觉全行犯着了！自己不提防，经吾师觑破，惭愧心折之至。但所以"从头至尾，逐一驳去"者，盖以为不如此，殊不足以令敌人体无完肤，而自己也总觉有些遗憾，此殆受孟子与东坡的余毒，服久遂不觉时发其病。至于"罕有正对论敌的要害"及"好作长文而不善于短文"等，则或因女性于理智判断及论理学，均未能十分训练，加以历久遗传，积重难反之故，此后当设法改之。"不善短文"，除上述之病源外，也许是程度使然。大概学作文时，总患辞不达意，能达意矣，则失之冗赘，再进，则简练矣，此殆与年龄及学力有关，此后亦甚愿加以洗刷。但非镜无以鉴形，自勉之外，正待匡纠，先生倘进而时教之，幸甚！

　　这封信非驴非马不文不白的乱扯一通，该值一把火，但反过来说是现在最新的一派文字，也可以的，我无乃画狗不成耳。请先生的朱笔大加圈点罢！——也许先生的朱笔老早掷到纸篓里去了。奈何！？

（鲁迅先生所承认之名）小鬼许广平。

四月十日晚。

一二

广平兄：

有许多话，那天本可以口头答复，但我这里从早到夜，总有几个各样的客在坐，所以只能论到天气之好坏，风之大小。因为虽是平常的话，但偶然听了一段，也容易莫名其妙，由此造出谣言，所以还不如仍旧写回信。

学校的事，也许暂时要不死不活罢。昨天听人说，章太太不来，另荐了两个人。一个也不来，一个是不去请。还有口太太却很想做，而当局似乎不敢请教，听说评议会的挽留倒不算什么，而问题却在不能得人。当局定要在"太太类"中选择，固然也过于拘执，但别的一时可也没有，此实不死不活之大原因也。后事如何，且听下回分解可耳。

来信所说的意见，我实在也无法说一定是错的，但是不赞成，一是由于全局的估计，二是由于自己的偏见。第一，这不是少数人所能做，而这类人现在很不多，即或有之，更不该轻易用去；还有，是纵使有一两回类此的事件，实不足以震动国民，他们还很麻木，至于坏种，则警备极严，也未必就肯洗心革面。还有，是此事容易引起坏影响，例如民二，袁世凯也用这方法了，革命者所用的多青年，而他的乃是用钱雇来的奴子，试一衡量，还是这一面吃亏。但这时革命者们之间，也曾用过雇工以自相残杀，于是此道乃更堕落，现在即使复活，我以为虽然可以快一时之意，而与大局是无关的。第二，我的脾气是如此的，自己没有做的事，就不大赞成。我有时也能辣手评文，也尝煽动青年冒险，但有相识的人，我就不能评他的文章，怕见他的冒险，明知道这是自相矛盾的，也就是做不出什么事情来的死症，然而终于无法改良，奈何不得——姑且由他去罢。

"无处不是苦闷，苦闷（此下还有四个和……）"，我觉得"小鬼"的"苦闷"的原因是在"性急"。在进取的国民中，性急是好的，但生在麻木如中国的地方，却容易吃亏，纵使如何牺牲，也无非毁灭自己，于国度没有影响。我记得先前在学校演说时候也曾说过，要治这麻木状态的国度，只有一法，就是"韧"，也就是"锲而不舍"。逐渐的做一点，总不肯休，不至于比"踔厉风发"无效的。但其间自然免不了"苦闷，苦闷（此下还有四个并……）"，可是只好便与这"苦闷……"反抗。这虽然近于劝人耐心做奴隶，而其实很不同，甘心乐意的奴隶是无望的，但若怀着不平，总可以逐渐做些有效的事。

我有时以为"宣传"是无效的，但细想起来，也不尽然。革命之前，第一个牺牲者，我记得是史坚如[1]，现在人们都不大知道了，在广东一定是记得的人较多罢，此后接连的有好几人，而爆发却在湖北，还是宣传的功劳。当时和袁世凯妥协，种下病根，其实却还是党人实力没有充实之故。所以鉴于前车，则此后的第一要图，还在充足实力，此外各种言动，只能稍作辅佐而已。

文章的看法，也是因人不同的，我因为自

---

1 史坚如（1879 年—1900 年），广东番禺人，中国近代民主革命家。

己好作短文，好用反语，每遇辩论，辄不管三七二十一，就迎头一击，所以每见和我的办法不同者便以为缺点。其实畅达也自有畅达的好处，正不必故意减缩（但繁冗则自应删削），例如玄同[1]之文，即颇汪洋，而少含蓄，使读者览之了然，无所疑惑，故于表白意见，反为相宜，效力亦复很大，我的东西却常招误解，有时竟大出于意料之外，可见意在简练，稍一不慎，即易流于晦涩，而其弊有不可究诘者焉（不可究诘四字颇有语病，但一时想不出适当之字，姑仍之，意但云"其弊颇大"耳）。

前天仿佛听说《猛进》终于没有定妥，后来因为别的话岔开，不说下去了。如未定，便中可见告，当寄上。我虽说忙，其实也不过"口头禅"，每日常有闲坐及讲空话的时候，写一个信面，尚非大难事也。

鲁迅。

四月十四日。

1　钱玄同（1887年—1939年），原名钱夏，字德潜，又号疑古、逸谷，浙江吴兴（今湖州）人，五四运动前夕改名玄同。

一三

鲁迅师:

"尊府"居然探检过了!归来后的印象,是觉得熄灭了通红的灯光,坐在那间一面满镶玻璃的室中时,是时而听雨声的淅沥,时而窥月光的清幽,当枣树发叶结实的时候,则领略它微风振枝,熟果坠地,还有鸡声喔喔,四时不绝。晨夕之间,时或负手在这小天地中徘徊俯仰,盖必大有一种趣味,其味如何,乃——从缕缕的烟草烟中曲折的传人无穷的空际,升腾,分散……。是消灭!?是存在!?(小鬼向来不善于推想和描写,幸恕唐突!)

《京报副刊》上前天有王铸君的一篇《鲁迅先生……》和《现代评论》前几期的那篇,我觉得读后还合意。我总喜欢听那在教室里所讲一类的话,虽则未必能有多少领略,体会,或者也许不免于"误解",但总觉意味深长,有引人入胜之妙。在还未听惯的人们,固然容易错过,找不出头绪来,然而也不要紧,到那时自然会有善法来调和它,总比冗长好,学者非患不知,患不能法也。

现时的"太太类"的确敢说没有一个配到这里来的——小姐类同此不另——而老爷类的王九龄也下台了。但不知法学博士能打破这种成见否？总之，现在风潮闹了数月，呈文递了无数，部里也来查过两次，经过三个总长而校事毫无着落，这"若大旱之望云霓"的换人，不知何年何月始有归宿。薛已经依然回校任事了。用一张纸，贴在公布处，大意说：薛辞，经再三挽留，薛以校务为重，已允任事，云云。自治会当即会议是否仍认他为教务长，而四年级毕业在即，表示承认之意，其余的人是少数，便不能通过异说，这是内部的麻木，"装死"的复活。而新任的教育总长，虽在他对于我校未有表示之前，也不能不令人先怀几分失望，虽然太太类长女校的成见，在他脑里也许可望较轻。然而此外呢！？这种种内外的黑幕，总想在文字上发泄发泄，但因各方的牵掣和投稿的困难，直逼得人叫苦连天，暗地咽气，"由他去罢"，"欲罢不能"！不罢不可！总没得个干脆！

　　对于《猛进》，既在《语丝》上忽略了目录，又不在门房处看看卖报条子，事虽小，足见粗疏。

但今既知道，如何再放过，当日已仍令门房订来了。既承锦注，便以奉闻。

小鬼许广平。

四月十六晚。

一四

鲁迅师：

前几天寄上一信，料想收到了罢？

"□□周刊"是否即日来所打算组织的那种材料？我希望缩短光阴，早到星期五，以便先睹为快。

今天在讲堂上勒令带上博物馆去的举动，委实太不合于 Gentleman[1] 的态度了。然而大众的动机，的确与"逃学"和"难为先生"不同，凭着小学生的天真，野蛮和出轨是有一点。回想起来，大家总不免好笑，觉得除了先生以外，我们是绝对不干的。

近来忽然出了一个想"目空一切，横扫千人"

———

1　英文，绅士之意。

的琴心女士，在学校中的人固然疑惑，即外面的人，来打听这闷葫芦的也很多。现在居然打破了：原来她躯壳是Ｓ妹，魂灵是司空蕙。哈哈，无怪她屡次替司空辩护，原来是一鼻孔出气。我想她起这"三位一体"——琴心——雪纹——司空蕙——的名字的最大目的，即在所谓"用琴心的名字将近日文坛新发表的许多文艺作品，下一个严格的批评，使一班自命不凡的蛇似的艺术家不至于太过目中无人了"。原来如此，无怪她（？）与培良君[1]如此的不共戴天，而其为《玉君》捧场，则恐怕也就是替自己说话。这些都是小玩意，本无多大关系，现在说及，不过以供一笑，且知文坛上有这种新奇法术而已。

今日《京报》上登有《民国公报》招考编辑的广告，仿佛听得这种报也是《民国日报》一流，不知确否？它的宗旨是偏重那一派的政见？报名地点在那里？一切章程如何？先生是知道外面事情比我

1　向培良（1905年—1959年），现代作家，笔名漱美、漱年、姜良，湖南黔阳人。

多许多的，能够示知一二以定进止否？小鬼学识甚浅，自然不配想当编辑，尤其是对于新闻学未有研究，现在所以愿意投考者，实在因为觉得这比做"人之患"该可以多得点进步，于学识上较有帮助。先生以为何如？

小鬼许广平。

四月二十晚。

一五

广平兄：

十六和廿日的信都收到了，实在对不起，到现在才一并回答。几天以来，真所谓忙得不堪，除些琐事以外，就是那可笑的"□□周刊"。这一件事，本来还不过一种计划，不料有一个学生对邵飘萍[1]一说，他就登出广告来，并且写得那么夸大可笑。第二天我就代拟了一个别的广告，硬令登载，又不

---

1 邵飘萍（1886年—1926年），汉族，原名镜清，后改为振清，字飘萍，笔名萍、阿平、素昧平生，浙江东阳人，革命志士，民国时期著名报人、《京报》创办者、新闻摄影家。

许改动，不料他却又加上了几句无聊的案语。做事遇着隔膜者，真是连小事情也碰头。至于我这一面，则除百来行稿子以外，什么也没有，但既然受了广告的鞭子的强迫，也不能不跑了，于是催人去做，自己也做，直到此刻，这才勉强凑成，而今天就是交稿的日子。统看全稿，实在不见得高明，你不要那么热望，过于热望，要更失望的。但我还希望将来能够比较的好一点。如有稿子，也望寄来，所论的问题也不拘大小。你不知定有《京报》否？如无，我可以嘱他们将《莽原》——即所谓"口口周刊"——寄上。

但星期五，你一定在学校先看见《京报》罢。那"莽原"二字，是一个八岁的孩子写的，名目也并无意义，与《语丝》相同，可是又仿佛近于"旷野"。投稿的人名都是真的，只有末尾的四个都由我代表，然而将来从文章上恐怕也仍然看得出来，改变文体，实在是不容易的事。这些人里面，做小说的和能翻译的居多，而做评论的没有几个：这实在是一个大缺点。

薛先生已经复职，自然极好，但来来去去，似乎未免太劳苦一点了。至于今之教育当局，则我不知其人。但看他挽孙中山对联中之自夸，与对于完全"道不同"之段祺瑞之密切，为人亦可想而知。所闻的历来的言行，盖是一大言无实，欺善怕恶之流而已。要之，能在这昏浊的政局中，居然出为高官，清流大约无这种手段。由我看来，王九龄要好得多罢。校长之事，部中毫无所闻，此人之来，以整顿教育自命，或当别有一反从前一切之新法（他是大不满于今之学风的），但是否又是大言，则不得而知，现在鬼鬼祟祟之人太多，实在无从说起。

我以前做些小说，短评之类，难免描写，或批评别人，现在不知道怎么，似乎报应已至，自己忽而变了别人的文章的题目了。张王两篇，也已看过，未免说得我太好些。我自己觉得并无如此"冷静"，如此能干，即如"小鬼"们之光降，在未得十六来信以前，我还未悟到已被"探检"而去，倘如张君所言，从第一至第三，全是"冷静"，则该早已看破了。但你们的研究，似亦不甚精细，现在试出一题，加以考试：我所坐的有玻璃窗的房子的屋顶，是什么样子的？后园已经到过，应该可以看见这个，仰即答复可也！

星期一的比赛"韧性"，我确又失败了，但究竟抵抗了一点钟，成绩还可以在六十分以上。可惜众寡不敌，终被逼上午门，此后则遁入公园，避去近于"带队"之厄。我常想带兵抢劫，固然无可讳言，但若一变而为带女学生游历，则未免变得离题太远，先前之逃来逃去者，非怕"难为"，"出轨"等等，其实不过是逃脱领队而已。

琴心问题，现在总算明白了。先前，有人说是司空蕙，有人说是陆晶清[1]，而孙伏园[2]坚谓俱不然，乃是一个新出台的女作者。盖投稿非其自写，所以是另一样笔迹，伏园以善认笔迹自负，岂料反而上当。二则所用的红信封绿信纸，早将伏园善识笔迹之眼睛吓昏，遂愈加疑不到司空蕙身上去了。加以所作诗文，也太近于女性，今看他署着真名之文，

———

1 陆晶清（1907 年—1993 年），原名陆秀珍，笔名小鹿、娜君、梅影，云南昆明人。

2 孙伏园（1894 年—1966 年），原名福源，笔名伏庐等，浙江绍兴人。五四时期曾先后在《国民公报》《晨报》工作，并任《晨报》副刊主编。

也是一样色彩，本该容易识破，但他人谁会想到他为了争一点无聊的名声，竟肯如此钩心斗角，无所不至呢。他的"横扫千人"的大作，今天在《京报副刊》上似乎也露一点端倪了；所扫的一个是批评廖仲潜小说的芳子，但我现在疑心芳子就是廖仲潜，实无其人，和琴心一样的。第二个是向培良，则识力比他坚实得多，琴心的扫帚，未免太软弱一点。但培良已往河南去办报，不会有答复的了，这实在可惜，使我们少看见许多痛快的议论。

《民国公报》的实情，我不知道，待探听了再回答罢。普通所谓考试编辑，多是一种手段，大抵因为荐条太多，无法应付，便来装作这一种门面，故作秉公选用之状，以免荐送者见怪，其实却是早已暗暗定好，别的应试者不过陪他变一场戏法罢了。但《民国公报》是否也这样，却尚难决（我看十之九也这样）。总之，先去打听一回罢。我的意见，以为做编辑是不会有什么进步的，我近来常与周刊之类相关，弄得看书和休息的工夫也没有了，因为选用的稿子，也常须动笔改削，倘若任其自然，又怕闹出笑话来。还是"人之患"较为从容，即使有时逼上午门，也不过费两三个钟头而已。

鲁迅。

四月二十二日夜。

一六

鲁迅师：

先后的收到信和《莽原》，使我在寂寞的空气中，不知不觉的发生微笑。此外还有《猛进》,《孤军》,《语丝》,《现代评论》等，源源而来，关心大局的人居然多起来了！每周得着这些师资，多么快活呀。

这种小周刊，多半总是每版分为三层，第一版上层之首印着刊名，同版下层的末尾印着目录。《莽原》的形式也如此。这不知是否有特别意义，较别的方法佳？但我的意见，以为倘将目录和刊名放在一起，则成为：

（一）　或（二）

这样的一个方块，而将这放在第一版的上层的前头，就免得读者看到第三层，忽然见有一段目录出来，分散了对于该处作品的注意力。否则，将这方块设在中层的中央，倒也颇觉特别。再不然，则刊名仍旧（第一版上层之最前），而目录则请它去坐"交椅"（第八版之末）。这只是我的心理作用觉得这样好，但说不出正当理由来，请参考可也。

《莽原》之文仍多不满于现代，但是范围较《猛进》，《孤军》等之偏重政治者为宽，故甚似《语丝》，其委曲宛转，饶有弦外之音的态度，也较其他周刊为特别，这是先生的特色，无可讳言的。看了第一期，觉得"冥昭"就是先生，此外《棉袍里的世界》颇有些先生的作风在内，但不能决定。

余如《槟榔集》的作者想是姓向的那位，也有几分相肖于先生。而全期之中，则先生只有两篇作品。

在《棉袍里的世界》文中，作者揪住了朋友来开始审判，以为取了他"思想"，"友谊"……甚至于"想把我当做一件机器来供你们使用"。我当时十分惭愧，反省，我是否也是"多方面掠夺者"之一？唉，虽则我不敢当是朋友，然而学生"掠夺"先生，那还了得！明目张胆的"掠夺"先生，那还了……得！！！此人心之所以不古也。有志之士，盍起而防御之！？

第二期也许学学做文章，但是仍本粗人做不了细活计的面目，恐怕还是做出来不中用，那时，只请破除情面，向字纸篓里一塞。然而能否做出，也还是一个问题。

"报应"之来，似有甚于做"别人的文章的题目"的。先生，你看第八期的《猛进》上，不是有人说先生"真该割去舌头"么？——虽然是反话。我闻阎王十殿中，有一殿是割舌头的，罪名就是生前说谎，这是假话的处罚。而现在却因为"把国民的丑德都暴露出来"，既承认是"丑德"，则其非假也可知，而仍有"割舌"之罪，这真是人间地狱，这真是人间有甚于地狱了！

考试尚未届期呢，本可抗不交卷的，但考师既要提前，那么现在做了答案，暑假时就可要求免试了——倘不及格，自然甘心补考——答曰：

那房子的屋顶，大体是平平的，暗黑色的，这是和保存国粹一样，带有旧式的建筑法。至于内部，则也可以说是神秘的苦闷的象征。靠南有门，但因隔了一间过道的房子，所以显得暗，左右也不十分光亮，独在前面——北——有一大片玻璃，就好像号筒口。这是什么解释呢？我摆开八卦，熏沐斋戒的占算一下罢。卦曰：世运凌夷，君子道消，逢凶化吉，发言有瘳。解曰：号筒之口，声带之门，因势利导，时然后言。夫人不言，言必有中，此南无阿弥陀佛救苦救难观世音菩萨亲降灵签也。余文尚多，以不在本答案范围之内，均从略。

此外小鬼也有一点"敢问"求答的——但是绝非报复的考试，虽然"复仇乃春秋大义"，然而学生岂敢与先生为仇，而且想复，更兼要考呢，罪过罪过，其实不过聊博一笑耳。问曰：我们教室天花版的中央有点什么？倘答电灯，就连六分也不给，倘俟星期一临时预备夹带然后交卷，那就更该处罚（？）了。其实这题目原甚平常而且熟习，不如探检那么生疏，该不费力的罢。敢请明教可也！

午门之游，归来总带着得胜的微笑，从车上直到校中，以至良久良久；更回想及在下楼和内操场时的泼皮，真是得意极了！人们总是求自我的满足的，何尝计及被困者的为难。其实被困者那天心理测验也施行得够了：命大家起立以占是否多数，再下楼迟延以察是否诚意。然而终竟被"煽动"了。据最新的分数计算法，全对就满分，一半对一半错就相抵消，一分也没有，倘若完全失败，更不待言是等于零。"六十分？"太宽了罢！其实那天何尝是"被逼"而"失败"，归结也还是因为"摇身一变"的法术未臻上乘，否则，变成女先生，就不妨"带队"（我的这话也"岂有此理"，男先生"带队"有什么出奇），或者变成女……，就不妨冲锋突围而出。可是终于"被逼"，这是界限分得太清的缘故罢，还是世俗积习之终于不易破除呢？！

现社会也实在黑暗，女子出来做事，实是处处遇到困难。我不是胆怯，只为想避免些麻烦，所以往往先托人打听。不料知识界的报界也是鬼蜮——它未写明报名地点，即是可疑处——也是如此。这真教猛进的人处处感着多少阻碍和踌躇。"谁叫你生着是女人呢？"这句话，我着实没法解答于老爷们，太太们之前。

小鬼许广平。

四月二十五晚。

一七

广平兄：

来信收到了。今天又收到一封文稿，拜读过了，后三段是好的，首一段累坠一点，所以看纸面如何，也许将这一段删去。但第二期上已经来不及登，因为不知"小鬼"何意，竟不署作者名字。所以请你捏造一个，并且通知我，并且必须下星期三上午以前通知，并且回信中不准说"请先生随便写上一个可也"之类的油滑话。

现在的小周刊，目录必在角上者，是为订成本子之后，读者容易翻检起见，倘要检查什么，就不必全本翻开，才能够看见每天的细目。但也确有隔断读者注意的弊病，我想了另一格式，是专用第一版上层的，如下：

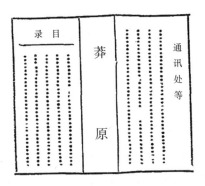

则目录既在边上，容易检查，又无隔断本文之弊，可惜《莽原》第一期已经印出，不能便即变换了，但到二十期以后，我想来"试他一试"。至于印在末尾，书籍尚可，定期刊却不合宜，放在第一版中央，尤为不便，擅起此种"心理作用"，应该记大过二次。

《莽原》第一期的作者和性质，诚如来信所言；

长虹[1]确不是我，乃是我今年新认识的，意见也有一部分和我相合，而似是安那其主义者[2]。他很能做文章，但大约因为受了尼采的作品的影响之故罢，常有太晦涩难解处，第二期登出的署着 CH 的，也是他的作品。至于《棉袍里的世界》所说的"掠夺"问题，则敢请少爷不必多心，我辈赴贵校教书，每月明明写定"致送脩金十三元五角正"，夫既有"十三元五角"而且"正"，则又何"掠夺"之有也欤哉！

割舌之罪，早在我的意中，然而倒不以为意。近来整天的和人谈话，颇觉得有点苦了，割去舌头，则一者免得教书，二者免得陪客，三者免得做官，四者免得讲应酬话，五者免得演说，从此可以专心做报章文字，岂不舒服。所以你们应该趁我还未割去舌头之前，听完《苦闷的象征》，前

1　高长虹（1898 年—1954 年），原名仰愈，曾用笔名残红，山西盂县人。中国现代作家，曾应邀参加莽原社，协助鲁迅投入《莽原》周刊的编辑工作。
2　又称无政府主义者，起源于法国思想家蒲鲁东的理论，其目的在于废除政府当局与所有的政府管理机构。

回的不肯听讲而逼上午门，也就应该记大过若干次。而我六十分，则必有无疑。因为这并非"界限分得太清"之故，我无论对于什么学生，都不用"冲锋突围而出"之法也。况且，窃闻小姐之类，大抵容易潸然泪下，倘我挥拳打出，诸君在后面哭而送之，则这一篇文章的分数，岂非当在零分以下？现在不然，可知定为六十分者，还是自己客气的。

但是这次考试，我却可以自认失败，因为我过于大意，以为广平少爷未必如此"细心"，题目出得太容易了。现在也只好任凭排卦拈签，不再辩论，装作舌头已经割去之状。惟报仇题目，却也不再交卷，因为时间太严。那信是星期一上午收到的，午后即须上课，其间更无作答的工夫，而一经上课，则无论答得如何正确，也必被冤为"临时预备夹带然后交卷"，倒不如挤出，交了白卷便宜。

中国现今文坛（？）的状况，实在不佳，但究竟做诗及小说者尚有人。最缺少的是"文明批评"和"社会批评"，我之以《莽原》起哄，大半也就为了想由此引些新的这一种批评者来，虽在割去敝舌之后，也还有人说话，继续撕去旧社会的假面。可惜所收的至今为止的稿子，也还是小说多。

鲁迅。

四月二十八日。

一八

鲁迅师：

因为忙中未及在投稿上写一个"捏造"的名字，就引出三个"并且"，而且在末个"并且"中还添上"不准"，这真算应着"师严然后道尊"那句话了。

先前《晨报副刊》讨论"爱情定则"时，我曾用了"非心"的名，而编辑先生偏改作"维心"登出，我就知道这些先生们之"细心"，真真非同小可，现在先生又因这点点忘记署名而如是之"细心"了，可见编辑先生是大抵了不得的。此外还用过"归真"，"寒潭"，"君平"……等名字，用了之后，辄多弃置，这也许是鉴于以投稿沽名的人们的心理状态之可笑，遂至迂腐到不免矫枉过正了罢。

本星期二朱希祖[1]先生讲文学史，说到人们用假名是不负责任的推诿的表示。这也有一部分精义，敢作敢当，也是不可不有的精神。那么，发表出来的就写许广平三字罢。但不知何故，我总不喜欢这三个字。我确有好"捏造"许多名儿的脾气（也许以后要改良这恶习），这回呢，用"西瓜皮"（同学们互相起的诨名，差不多每人都有一个）三字则颇有滑稽之趣，用"小鬼"也甚新颖，这现时的我都喜欢它。鱼与熊掌，自己实难于取舍，还是"请先生随便写上一个可也"罢。要知道"油滑"的用处甚大，尤其是在"钻网"之时，先生似乎无须加以限制的。

前一段的确无意思，现在正式的要求"将这一段删去"。其余的呢，如果另外有好的稿子，千万就将拙作"带住"，因为使读者少看若干佳作，在良心上总觉得是遗憾的一件事。

现在确乎到了"力争"的时期了！被尊为

———

1　朱希祖（1879 年—1944 年），浙江嘉兴人，字逷先，又作迪先、逿先。清道光状元朱昌颐族孙。

"兄"，年将耳顺，这"的确老大了罢，无论如何奇怪的逻辑"，怎么竟"谓偷闲学少年"，而遽加"少爷"二字于我的身上呢！？要知道硬指为"小姐"，固然辱没清白，而尊之曰"少爷"，亦殊不觉得其光荣，总不如一撇一捺这一个字来得正当。至于红鞋绿袜，满脸油粉气的时装"少爷"，我更希望"避之则吉"，请先生再不要强人所难，硬派他归入这些族类里去了！

司空蕙已把《妇女周刊》的权利放弃，写信给陆晶清请交代清楚了。但晶清前日已得自滇来电，说是"父逝速回"。她家中只有十三龄的弱弟和一个继母，她是一定要回去料理生和死的，多么不幸呀！在这时期，遇这变故，我们都希望而且劝她速去速回。但"来日之事，不可预知"，因此《妇周》本身恐怕也不免多少受点困难。晶清虽则自己未能有等身的著作，除新诗外，学理之文和写情的小说，似乎俱非性之所近，但她交游广，四处供献材料者多，所以《妇周》居然支持了这些期。现在呢，她去了，恐怕纯阳性的作品，要占据《妇周》了（除波微一人）。这是北京女界的一件可感慨的，——其实也无须感慨。

缝纫先生要来当校长，我们可以专攻女红了！！！从此描龙绣凤，又是另一番美育，德育。但不知道这梦做得成否？然而无论如何，女人长女校的观念的成见，是应该缯以毛瑟的。可恶之极！"何物老妪，生此……"[1]？

考试的题目出错了。如果出的是"书架上面一盒盒的是什么"，也许要交白卷，幸而考期已过，就不妨"不打自招"的直白的供出来。假如要做答案，我没有刘伯温卜烧饼[2]的聪明，只好认是书籍。这可给他零分么？

小鬼许广平。

四月三十晚。

一九

广平兄：

四月卅的信收到了。闲话休提，先来攻击朱老

---

1 出自《晋书·王衍传》："何物老妪，生此宁馨儿。"
2 出自明太祖以烧饼测试刘伯温的典故。

夫子的"假名论"罢。

　　夫朱老夫子者，是我的老同学，我对于他的在窗下孜孜研究，久而不懈，是十分佩服的，然此亦惟于古学一端而已，若夫评论世事，乃颇觉其迂远之至者也。他对于假名之非难，实不过其最偏的一部分。如以此诬陷毁谤个人之类，才可谓之"不负责任的推诿的表示"，倘在人权尚无确实保障的时候，两面的众寡强弱，又极悬殊，则须又作别论才是。例如子房为韩报仇，从君子看来，盖是应该写信给秦始皇，要求两人赤膊决斗，才算合理的。然而博浪一击，大索十日而终不可得，后世亦不以为"不负责任"者，知公私不同，而强弱之势亦异，一匹夫不得不然之故也。况且，现在的有权者，是什么东西呢？他知道什么责任呢？《民国日报》案故意拖延月余，才来裁判，又决罚至如此之重，而叫喊几声的人独要硬负片面的责任，如孩子脱衣以入虎穴，岂非大愚么？朱老夫子生活于平安中，所做的是《萧梁旧史考》，负责与否，没有大关系，也并没有什么意外的危险，所以他的侃侃而谈之谈，仅可供他日共和实现之后的参考，若今日者，则我以为只要目的是正的——这所谓正不正，又只专凭自己判断——即可用无论什么手段，而况区区假名真名之小事也哉。此我所以指窗下为活人之坟墓，而劝人们不必多读中国之书者也！

本来还要更长更明白的骂几句，但因为有所顾忌，又哀其胡子之长，就此收束罢。那么，话题一转，而论"小鬼"之假名问题。那两个"鱼与熊掌"，虽并为足下所喜，但我以为用于论文，却不相宜，因以真名招一种无聊的麻烦，固然不值得，但若假名太近于滑稽，则足以减少论文的重量，所以也不很好。你这许多名字中，既然"非心"总算还未用过，我就以"编辑"兼先生"之威权，给你写上这一个罢。假如于心不甘，赶紧发信抗议，还来得及，但如到星期二夜为止并无痛哭流涕之抗议，即以默认论，虽驷马也难于追回了。而且此后的文章，也应细心署名，不得以"因为忙中"推诿！

试验题目出得太容易了，自然也算得我的失策，然而也未始没有补救之法的。其法即称之为

"少爷"，刺之以"细心"，则效力之大，也抵得记大过二次。现在果然慷慨激昂的来"力争"了，而且写至七行之多，可见费力不少。我的报复计划，总算已经达到了一部分，"少爷"之称，姑且准其取消罢。

历来的《妇周》，几乎还是一种文艺杂志，议论很少，即偶有之，也不很好，前回的那一篇，则简直是笑话。请他们诸公来"试他一试"，也不坏罢。然而咱们的《莽原》也很窘，寄来的多是小说与诗，评论很少，倘不小心，也容易变成文艺杂志的。我虽然被称为"编辑先生"，非常骄气，但每星期被逼作文，却很感痛苦，因为这就像先前学校中的星期考试。你如有议论，敢乞源源寄来，不胜荣幸感激涕零之至！

缝纫先生听说又不来了，要寻善于缝纫的，北京很多，本不必发电号召，奔波而至，她这回总算聪明。继其后者，据现状以观，总还是太太类罢。其实这倒不成为什么问题，不必定用毛瑟，因为

"女人长女校"，还是社会的公意，想章士钊[1]和社会奋斗，是不会的，否则，也不成其为章士钊了。老爷类中也没有什么相宜的人，名人不来，来也未必一定能办好。我想：校长之类，最好是请无大名而真肯做事的人做，然而目下无之。

我也可以"不打自招"：东边架上一盒盒的确是书籍。但我已将废去考试法不用，倘有必须报复之处，则尊称之曰"少爷"，就尽够了。

鲁迅。

五月三日。

（其间缺鲁迅五月八日信一封。）

二〇

鲁迅师：

收到五三，五八的信和第三期《莽原》，现在才作复，然而这几日中，已发生了多少大大小小的

1　章士钊（1881 年—1973 年），字行严，笔名黄中黄、青桐、秋桐。曾任中华民国北洋政府段祺瑞政府司法总长兼教育总长、中华民国国民政府国民参政会参政员、中华人民共和国全国人大常委会委员、全国政协常委、中央文史研究馆馆长。

事，在寂闷的空气中，添一点火花的声响。

在积薪之下抛一根洋火，自然免不了燃烧。五七那天，章宅的事情，和我校的可算是遥遥相对。同在这种"整顿学风"之下，生命的牺牲，学业的抛荒，诚然是无可再小的小事。这算什么呢！这总是高压时代所必有的结果。

教育当局也太可笑了。种种新奇的部令，激出章宅的一打，死的死了，被捕的捕去了，失踪的失踪了，怕事的赶快躲掉了，迎合意旨以压迫学生为然的欢欣鼓舞起来了！今日（五九）学校牌示开除六人，我自然是早在意中的。当五七那天，在礼堂上，杨氏呼唤警察的时候，我心里想，如果捕了去，那是为大众请命而被罪，而个人始终未尝为威屈，利诱，我的血性还能保持刚生下来的态度，这是我有面目见师长亲友，而师长亲友所当为我欣喜的。这种一纸空文的牌示，一校的学籍开除，愈使我领悟到遍地都是漆黑的染缸，打破的运动之愈不可缓了。现在教育部重要人员处和本校都接连开了火，也许从此焚烧起来，也许消防队的力量大，能够扑灭。但是把戏总是有的，无论成与败。

《莽原》上，非心出来了。这个假名，在先前似乎还以为有点意思，然而现在时代已经不同，在"心"字排行的文学家旗帜之下，我配不上滥竽，而且着实有冒充或时髦之惧。前回既说任凭先生"随便写下一个"，那当然是默认的，以后呢，也许又要改换。这种意志薄弱，易于动摇的态度，真也可笑罢。

《莽原》虽则颇有勃勃的生气，但仍然不十分激烈深透——尤其是第二期，似更稳重。浅显则味道不觉得隽永，含蓄则观众不易于了解领略。一种刊物要能够适合各种人物的口味，真真是不容易。

因征稿而"感激涕零"，更加上"不胜……之至"，哈哈，原来老爷们的涕泗滂沱较小姐们的"潸然泪下"更甚万倍的。既承认"即有此泪，也就是不进化"，"……哭……则一切无用"了，为什么又要"涕零"呢？难道"涕零"是伤风之一种，与"泪"，"哭"无关的么？先生，我真不解。

"胡子之长"即应该"哀之"么？这与杀人不眨眼的精神相背谬。是敬老，抑怜老呢？我有一点毛病，就是最怕听半截话，怪闷气的。所以仍希望听听"更长更明白的骂几句",请不要"顾忌",给我喝一杯冰结凌罢!

小鬼许广平。

五,九,晚。

二一

鲁迅师:

满腹的怀疑,早已无从诉起:读了《编完写起》,不觉引起了要说的几句话,在忙里偷闲中写出来。不知吾师将"感激涕零"而阅之否?

群众是浮躁,急不及待的。忍耐不过,众寡不敌,自难免日久变生,越发不可收拾。而且孤立无助,简单头脑的学生,的确敌不过金钱运动,背有靠山的"凶兽样的羊"[1]。六人的出校是不足惜的,其如学校前途何?!

这一回给我的教训,就是群众之不足恃,聪明人之太多,而公理之终不敌强权,"锲而不舍"的秘诀却为"凶兽样的羊"所宝用。

———

1 鲁迅杂文《忽然想到》中的内容。

牺牲不是任何人所能劝的。放着"凶兽样的羊"而不驱逐,血气之伦,谁能堪此。

然而果真驱逐了么?恐还只有无益的牺牲罢!

可诅咒的自身!

可诅咒的万恶的环境!

小鬼许广平。

十七,五。

二二

广平兄:

两信均收到,一信中并有稿子,自然照例"感激涕零"而阅之。小鬼"最怕听半截话",而我偏有爱说半截话的毛病,真是无可奈何。本来想做一篇详明的"朱老夫子论"呈政,而心绪太乱,又没有工夫。简捷地说一句罢,就是:他历来所走的都是最稳的路,不做一点小小冒险事,所以他偶然的话倒是不负责任的,待到别人因此而被祸,他不作声了。

群众不过如此,由来久矣,将来恐怕也不过如此。公理也和事之成败无关。但是,女师大的教员也太可怜了，只见暗中活动之鬼，而竟没有站出来说话的人。我近来对于口先生之赴西山，也有些怀疑了，但也许真真恰巧，疑之者倒是我自己的神经过敏。

我现在愈加相信说话和弄笔的都是不中用的人，无论你说话如何有理，文章如何动人，都是空的。他们即使怎样无理，事实上却着着得胜。然而，世界岂真不过如此而已么？我要反抗，试他一试。

提起牺牲，就使我记起前两三年被北大开除的冯省三。他是闹讲义风潮之一人，后来讲义费撤消了，却没有一个同学再提起他。我那时曾在《晨报副刊》上做过一则杂感，意思是：牺牲为群众祈福，祀了神道之后，群众就分了他的肉，散胙。

听说学校当局有打电报给学生家属之类的举动，我以为这些手段太毒了。教员之类该有一番宣言，说明事件的真相，几个人也可以的。如果没有一个人肯负这一点责任（署名），那么，即使校长竟去，学籍也恢复了，也不如走罢。全校没有人了，还有什么可学？

鲁迅。

五月十八日。

二三

鲁迅师：

五月十九日发的信早已读过，因为遇见时已经知道收到，所以一直搁到如今，才又整理起这枝笔来说几句话。

今日（廿七）见报上发表的宣言，知道已有"站出来说话的人"了，而且是七个之多。在力竭声嘶时，可以算是添了军火，加增气力。但是战线愈加扩充了——《晨报》是这样观察的——来日方长，诚恐热心的师长，又多一件麻烦，思之一喜一惧。

今日第七时上形义学，在沈兼士[1]先生的点名册上发见我已被墨刑（姓名上涂了墨），当时同学多抱不平，但不少杨党的小姐，见之似乎十分惬

———

1　沈兼士（1887年—1947年），中国语言文字学家、文献档案学家、教育学家。

意。三年间的同学感情，是可以一笔勾消的，翻脸便不相识，何堪提起！有值周生二人往诘薛，薛答以奉校长办公室交来条子。办公室久已封锁，此纸何来，不问而知是偏安的谕旨，从太平湖饭店颁下的。盖以婆婆自居之杨氏，总不甘心几个学生尚居校中，必欲使两败俱伤而后快，恐怕日内因此或有一种波动也。

　　读吾师"世界岂真不过如此而已么？……"的几句，使血性易于起伏的青年如小鬼者，顿时在冰冷的煤炉里加上煤炭，红红的燃烧起来。然而这句话是为对小鬼而说的么？恐怕自身也当同样的设想罢。但从别方面，则总接触些什么恐怕"我自己看不见了"，"寿终正寝"等等怀念走到尽头的话。小鬼实在不高兴听这类话。据自己的经验说起来，当我幼小时，我的三十岁的哥哥死去的时候，凡在街上见了同等年龄的人们，我就憎恨他，为什么他不死去，偏偏死了我的哥哥。及至将近六旬的慈父见背的时候，我在街上又加添了我的阿父偏偏死去，而白须白发的人们却只管活在街头乞食的憎恨。此外，则凡有死的与我有关的，同时我就憎恨所有与我无关的活着的人。我因他们的死去，深感到死了的寂寞，一切一切，俱付之无何有之乡。进女师大的第一年，我也曾因猩红热几乎死去。但这自身的危险，和死的空虚，却驱策形成了一部分的意见，就是：无论老幼，几时都可以遇到可死的机会，但在尚未遇到之时，不管三七二十一，还是将我自身当作一件废物，可以利用时尽管利用它一下子。这何必计及看见看不见，正寝非正寝呢？如其计及之，则治本之法，我以为当照医生所说：1，戒多饮酒；2，请少吸烟。

我希望《莽原》多出点慷慨激昂，阅之令人浮一大白的文字，近来似乎有点穿棉鞋戴厚眼镜了。这也是因为我希望之切，遂不觉责备之深罢。可是我也没有交出什么痛哭流涕的文字，虽则本期想凑篇稿子，省得我师忙到连饭也没工夫吃。但是，自私是总脱不掉的，同时因为他项事故，终于搁起笔来了。你说该打不该打？

小鬼许广平。

五月廿七晚。

（其间缺广平留字一纸。）

二四

广平兄：

午回来，看见留字。现在的现象是各方面都黑暗，所以有这情形，不但治本无从说起，便是治标也无法，只好跟着时局推移而已。至于《京报》事，据我所闻却不止秦小姐一人，还有许多人去运动，结果是说定两面的新闻都不载，但久而久之，也许会反而帮牠们（男女一群，所以只好用"牠"）的。办报的人们，就是这样的东西。——其实报章的宣传，于实际上也没有多大关系。

今天看见《现代评论》，所谓西滢也者，对于我们的宣言出来说话了，装作局外人的样子，真会玩把戏。我也做了一点寄给《京副》，给他碰一个小钉子。但不知于伏园饭碗之安危如何。牠们是无所不为的，满口仁义，行为比什么都不如。我明知道笔是无用的，可是现在只有这个，只有这个而且还要为鬼魅所妨害。然而只要有地方发表，我还是不放下；或者《莽原》要独立，也未可知。独立就独立，完结就完结，都无不可。总而言之，倘笔舌尚存，是总要使用的，东滢西滢，都不相干也。

西滢文托之"流言"，以为此次风潮是"某系某籍教员所鼓动"，那明明是说"国文系浙籍教员"了，别人我不知道，至于我之骂杨荫榆，却在此次风潮之后，而"杨家将"偏偏来诬赖，可谓卑劣万分。但浙籍也好，夷籍也好，既经骂起，就要骂下去，杨荫榆尚无割舌之权，总还要被骂几回的。

现在老实说一句罢，"世界岂真不过如此而已么？……"这些话，确是"为对小鬼而说的"。我所说的话，常与所想的不同，至于何以如此，则我已在《呐喊》的序上说过：不愿将自己的思想，传染给别人。何以不愿，则因为我的思想太黑暗，而自己终不能确知是否正确之故。至于"还要反抗"，倒是真的，但我知道这"所以反抗之故"，与小鬼截然不同。你的反抗，是为了希望光明的到来罢？我想，一定是如此的。但我的反抗，却不过是与黑暗捣乱。大约我的意见，小鬼很有几点不大了然，这是年龄，经历，环境等等不同之故，不足为奇。例如我是诅咒"人间苦"而不嫌恶"死"的，因为"苦"可以设法减轻而"死"是必然的事，虽曰"尽头"，也不足悲哀。而你却不高兴听这类话，——但是，为什么将好好的活人看作"废物"的？这就比不做"痛哭流涕的文字"还"该打"！又如来信说，凡有死的同我有关的，同时我就憎恨所有与我无关的……，而我正相反，同我有关的活着，我倒不放心，死了，我就安心，这意思也在《过客》中说过，都与小鬼的不同。其实，我的意见原也一时不容易了然，因为其中本含有许多矛盾，教我自己说，或者是人道主义与个人主义这两种思想的消长起伏罢。所以我忽而爱人，忽而憎人；做事的时候，有时确为别人，有时却为自己玩玩，有时则竟因为希望生命从速消磨，所以故意拚命的做。此外或者还有什么道理，自己也不甚了然。但我对人说话时，却总拣择那光明些的说出，然而偶不留意，就露出阎王并不反对，而"小鬼"反不乐闻的话来。总而言之，我为自己和为别人的设想，是两样的。所以者何，就因为我的思想太黑暗，但究竟是否真确，又不得而知，所以只能在自身试验，不敢邀请别人。其实小鬼希望父兄长存，而自视为"废物"，硬去替"大众请命"，大半也是如此。

《莽原》实在有些穿棉花鞋了，但没有撒泼文章，真也无法。自己呢，又做惯了晦涩的文章，一时改不过来，下笔时立志要显豁，而后来往往仍以晦涩结尾，实在可气之至！现在除附《京报》分送外，另售千五百，看的人也不算少。待"闹潮"略有结束，你这一匹"害群之马"多来发一点议论罢。

鲁迅。

五月三十日。

二五

鲁迅师：

接到卅一日的信，尚未拆口，就感着不快：牠们居然检查邮件了！先前也有这种情形，但这次同时收两封信，两封的背面下方都有拆过再粘，失了原状的痕迹。当然与之理论，但是何益！？我想，托人转交，或者可免此弊罢。然而又回想，我何必避它，索性在信中骂一个畅快，给牠看也好。可是我师何辜，遭此牵涉，从前是有诛九族，罪妻孥的，现在也要恢复，责及其师么？可恶之极！

昨日（星期）看了西滢的《闲话》，做了一篇《六个学生该死》，本想痛快的层层申说该死的各方，但写了那些之后，就头涔涔的躺下了。今早打算以此还《妇周》评梅所索之债，但不见来。今请先生阅之，如伏园老头子不害怕，而稿子还可对付，可否仍送《京副》。但其中许多意思，前人已屡次说过，此文不过尔尔。

我早知世界不过如此，所以常感苦闷，而自视为废物。其欲利用之者，犹之尸体之供医学上解剖，冀于世不无小补也。至于光明，则老实说起来，我活到那么大就从来没有望见过。为我个人计，自然受买收可以比在外做"人之患"舒服，不反抗比反抗无危险，但是一想到我以外的人，我就绝不敢如此。所以我佛悲苦海之沉沦，先儒惕日月之迅迈，不安于"死"，而急起直追，同是未能免俗。小鬼也是俗鬼，旧观念还未打破，偶然思想与先生合，偶尔转过来就变卦，废物利用又何尝不是"消磨生命"之术，但也许比"纵酒"稍胜一筹罢。自然，先生的见解比我高，所以多"不同"，然而即使要"捣乱"，也还是设法多住些时好。褥子下明晃晃的钢刀，用以克敌防身是妙的，倘用以……似乎……小鬼不乐闻了！

小鬼许广平。

六月一日。

二六

广平兄：

拆信案件，或者牠们有些受了冤，因为卅一日的那一封，也许是我自己拆过的。那时已经很晚，又写了许多信，所以自己不大记得清楚，只记得将其中之一封拆开（从下方），在第一张上加了一点细注。如你所收的第一张上有小注，那就确是我自己拆过的了。

至于别的信，我却不能代牠们辩护。其实，私拆函件，本是中国的惯技，我也早料到的。但是这类技俩，也不过心劳日拙而已。听说明的方孝孺，就被永乐皇帝灭十族，其一是"师"，但也许是齐东野语，我没有考查过这事的真伪。可是从西滢的文字上看来，此辈一得志，则不但灭族，怕还要

"灭系"，"灭籍"了。

明明将学生开除，而布告文中文其词曰"出校"，我当时颇叹中国文字之巧。今见上海印捕击杀学生，而路透电则云，"华人不省人事"，可谓异曲同工，但此系中国报译文，不知原文如何。

其实我并不很喝酒，饮酒之害，我是深知道的。现在也还是不喝的时候多，只要没有人劝喝。多住些时，固无不可的。短刀我的确有，但这不过为夜间防贼之用，而偶见者少见多怪，遂有"流言"，皆不足信也。

汪懋祖[1]先生的宣言发表了，而引"某女士"之言以为重，可笑。牠们大抵爱用"某"字，不知何也？又观其意，似乎说是"某籍某系"想将学校解散，也是一种奇谈。黑幕中人面目渐露，亦殊可观，可惜他自己又说要"南归"了。躲躲闪闪，躲躲闪闪，此其所以为"黑幕中人"欤！？哈哈！

迅。

六月二日。

———

1 汪懋祖 (1891年—1949年)，字典存，江苏吴县 (今苏州市区) 人，中国近代教育家。

二七

鲁迅师:

这时我又来捣乱了,也不管您有没有闲工夫看这捣乱的信。但是我还是照旧的写下去——

上海风潮起后,接联的"以脱"的波动传到北京来了。在万人空巷的监视之下,排着队游行,高喊着不易索解的无济于事的口号,自从两点多钟在第三院出发,直至六点多钟到了天安门才算一小结束。这回是要开国民大会。席地而坐,以资休息的"它们",忽的被指挥者挥起来,意思是:当这个危急存亡,不顾性命的时候,还不振作起精神来,一致对外吗!?对的,一骨碌个个笔直的立正起来,而不料起来了却要看把戏。说是北大,师大的人争做主席,争做总指挥,台下两派,呐喊助威,并且叫打,眼看舞台上开始肉搏了!我们气愤的高声喝住:这不是争做主席的时候,这是什么情形,还在各自争夺做头领!然而众寡不敌,气的只管气,喝的只管喝,闹的只管闹。这种情形,记得前些时天安门开什么大会,也是如此。这真是"古已有之",

而不图"于今为烈"。于是我只得废然返校了。

所可稍快心意的，是走至有一条大街，迎面看见杨婆子笑迷迷的瞅着我们大队时，我登即无名火起，改口高呼打倒杨荫榆，打倒杨荫榆，驱逐杨荫榆！同侪闻声响应，直喊至杨车离开了我们。这虽则似乎因公济私，公私混淆，而当时迎头一击的痛快，实在比游过午门的高兴，快活，可算是有过之无不及。先生，您看这匹"害群之马"简直不羁到不可收拾了。这可怎么办？

既封了信，再有话说，最好还是另外写一封，"多多益善"，免致小鬼疑神疑鬼，移祸东吴（其实东吴也确有可疑之处）。看前信第一张上，的确"加了一点细注"，经这次考究，省掉听半截话一样的闷气，也好。

"劝喝"酒的人是随时都有的，下酒物也随处皆是。只求在我，外缘可以置之不闻不问罢。

小问题（校长）还未解决，大问题（上海事件）又起来；平时最犯忌是提前放假，现在却自动的罢课了。虽则每日有讲演，募捐，宣传等等工作，但是暑假期到了，恐怕男女的在校办事人，就将设法拆学生之台，相率离去，那时电灯不开，自来水不流……。饭可以自己往外买，其余怎办呢？这是一件公私（国，校）相连的问题，政治又呈不安之象，现时"救死惟恐不暇"，这个教育的部分小问题，谁有闲情逸致来打扫这不香气的"茅厕"，无怪我们在"茅厕"坑的人，永沦不拔了！

黑幕中人陆续星散，确是"冷一冷"，"冷一冷"……的秘诀。校长去了，教务，总务辞职了，自以为解决种种问题的评议会，教务联席会议，不能振作旗鼓了。最末一著就是拆学生之台，个个散去，使学生不能在校中存在。像这种极端破坏主义，前途何堪设想！？

罢课了！每星期的上《苦闷的象征》的机会也没有了！此后几时再有解决风潮，安心听讲的机会呢？

小鬼许广平。

六月五夕。

伏园老大出力于《京副》，此时此境，究算难得，是知有其师必有其弟也。

二八

鲁迅师：

六月六日发去一封信，不知是否遇了洪乔[1]？念念。

学校的一波未平，上海的一波又起，小鬼心长力弱，深感应付无方，日来逢人发脾气——并非酒疯——长此以往，将成狂人矣！幸喜素好诙谐，于滑稽中减少许多苦闷，这许是苦茶中的糖罢，但是，真的，"苦之量如故"。

今夕"微醉"（？）之后，草草握笔，做了一篇短文，即景命题，名曰《酒瘾》。好久被上海事件闹得"此调不弹"了，故甚觉生涩，希望以"编辑"而兼"先生"的尊位，斧削，甄别。如其得逃出"白光"而钻入第十七次的及第，则请 赐列第□期《莽原》的红榜上坐一把末后交椅："不胜荣幸感激涕零之至"！

———

1 该典故出自《世说新语·任诞》，表示丢失信件。"殷洪乔作豫章郡，临去，都下人因附百许函书。既至石头，悉掷水中，因祝曰：'沉者自沉，浮者自浮，殷洪乔不能作致书邮！'"

敬领

骂好！！！！

小鬼许广平。

六月十二夕。

二九

广平兄：

六月六日的信早收到了，但我久没有复；今天又收到十二夕信，并文稿。其实我并不做什么事，而总是忙，拿不起笔来，偶然在什么周刊上写几句，也不过是敷衍，近几天尤其甚。这原因大概是因为"无聊"，人到无聊，便比什么都可怕，因为这是从自己发生的，不大有药可救。喝酒是好的，但也很不好。等暑假时闲空一点，我很想休息几天，什么也不做，什么也不看，但不知道可能够。

第一，小鬼不要变成狂人，也不要发脾气了。人一发狂，自己或者没有什么——俄国的梭罗古勃[1]以为倒是幸福——但从别人看来，却似乎一切都已完结。所以我倘能力所及，决不肯使自己发狂，实未发狂而有人硬说我有神经病，那自然无法可想。性急就容易发脾气，最好要酌减"急"的角度，否则，要防自己吃亏，因为现在的中国，总是阴柔人物得胜。

上海的风潮，也出于意料之外。可是今年的学生的动作，据我看来是比前几回进步了。不过这些表示，真所谓"就是这么一回事"。试想：北京全体（？）学生而不能去一章士钉[2]，女师大大多数学生而不能去一杨荫榆，何况英国和日本。但在学生一方面，也只能这么做，唯一的希望，就是等候意外飞来的"公理"。现在"公理"也确有点飞来了，而且，说英国不对的，还有英国人。所以无论如何，我总觉得洋鬼子比中国人文明，货只管排，而那品性却很有可学的地方。这种敢于指摘自己国度的错误的，中国人就很少。

1　费奥多尔·库兹米奇·梭罗古勃（Фёдор Кузьмич Сологуб，1863年—1927年），俄罗斯作家。
2　指章士钊。

所谓"经济绝交"者，在无法可想中，确是一个最好的方法。但有附带条件，要耐久，认真。这么办起来，有人说中国的实业就会借此促进，那是自欺欺人之谈。（前几年排斥日货时，大家也那么说，然而结果不过做成功了一种"万年糊"。草帽和火柴发达的原因，尚不在此。那时候，是连这种万年糊也不会做的，排货事起，有三四个学生组织了一个小团体来制造，我还是小股东，但是每瓶卖八枚铜子的糊，成本要十枚，而且货色总敌不过日本品。后来，折本，闹架，关门。现在所做的好得多，进步得多了，但和我辈无关也。）因此获利的却是美法商人。我们不过将送给英日的钱，改送美法，归根结蒂，二五等于一十。但英日却究竟受损，为报复计，亦足快意而已。

可是据我看来，要防一个不好的结果，就是白用了许多牺牲，而反为巧人取得自利的机会，这种在中国是常有的。但在学生方面，也愁不得这些，只好凭良心做去，可是要缓而韧，不要急而猛。中国青年中，有些很有太"急"的毛病（小鬼即其一），因此，就难于耐久（因为开首太猛，易将力气用完），也容易碰钉子，吃亏而发脾气，此不佞所再三申说者也，亦自己所曾经实验者也。

前信反对喝酒，何以这回自己"微醉"（？）了？大作中好看的字面太多，拟删去一些，然后赐列第口期《莽原》。

口口的态度我近来颇怀疑，因为似乎已与西滢大有联络。其登载几篇反杨之稿，盖出于不得已。今天在《京副》上，至于指《猛进》，《现代》，《语丝》为"兄弟周刊"，大有卖《语丝》以与《现代》拉拢之观。或者《京副》之专载沪事，不登他文，也还有别种隐情（但这也许是我的妄猜），《晨副》即不如此。

我明知道几个人做事，真出于"为天下"是很少的。但人于现状，总该有点不平，反抗，改良的意思。只这一点共同目的，便可以合作。即使含些"利用"的私心也不妨，利用别人，又给别人做点事，说得好看一点，就是"互助"。但是，我总是"罪孽深重，祸延"自己，每每终于发见纯粹的利用，连"互"字也安不上，被用之后，只剩下耗了气力的自己一个。有时候，他还要反而骂你；不骂你，还要谢他的洪恩。我的时常无聊，就是为此，但我还能将一切忘却，休息一时之后，从新再来，即使明知道后来的运命未必会胜于过去。

本来有四张信纸已可写完，而牢骚发出第五张上去了。时候已经不早，非结束不可，止此而已罢。

迅。

六月十三夜。

然而，这一点空白，也还要用空话来填满。司空蕙前回登过启事，说要到欧洲去，现在听说又不到欧洲去了。我近来收到一封信，署名"捏蚊"，说要加入《莽原》，大约就是"雪纹"，也即司空蕙。这回《民众文艺》上所登的署名"聂文"的，我看也是他。碰一个小钉子，就说要到欧洲去，一不到欧洲去，就又闹"琴心"式的老玩艺了。

这一点空白即以这样填满。

三〇

鲁迅先生吾师左右：

接到六月十三的信又好些天了，有时的确"并不做什么事"，但总没机会拿起笔来写字。人为什么会"无聊"呢？原因是不肯到外面走走散步不是呢？想"休息"实现而不至于被阻，最好还是到西山去。倘在家里而想"什么也不做什么也不看"，恐怕敲门声一响，也还是躲也躲不掉罢。要"休息"，也须有这个地位和机会；像我，现在和六个同学同进退，不至八大爷到来，不得越雷池一步，真是苦极。就我自己想，如果长此以往，接触的实有令人发狂的必要，为自己打算，自是暂时离开此地便宜，但是不能够。可见有可以离开的地位和机会的，还是及早玩玩好。

设法消灭自己的办法，无论如何我以为与废物利用之意相反，此刻不容这种偏激思想存在了！但自己究是神经质，禁不起许多刺激而不生反应，于是，第一步就对谁都开枪，第二步是谁也不再能见谅，自己倘不怀沙自沉[1]，舍疯狂无第二法。这是神经支配骨肉，感情胜过理智，没奈何的一件事。自

---

[1] 出自楚国政治家、诗人屈原临终前的绝命词，大概意指怀抱沙石以自沉的典故。

然，我不以为这是"幸福"，但也不觉得可怕。假使有那一天，那么，所希望的是有人给我一粒铁丸，或一针圣药，就比送到什么医院中麻木的活下去强得多了。但是这不过说得好听一点，故作惊人之谈，其实小鬼还是食饱睡足的一个凡人，玩的玩，笑的笑，与别人并无二致。有的人志大言夸，小鬼就是这样的一个人。吾师说过，不能受我们小学生的话骗倒，这回可也有一点相信谎说了。可见要高人一等的不受愚，还得仔细的"明察秋毫"才行。

　　在现政府之下而不压抑民气，我总有点怀疑，不是暗中向外人低首认错，便是另外等机会先扬后抑，使文章警策一点。总之，上海的事，大约是有扩大而无缩小的，远东的混战，也许从此发轫，否则自认吃亏，死了人还得赔款道歉，这真是蒙羞万代，遗臭千年，生不如死了。至于"意外飞来的公理"，则恐怕做梦也不容易盼到，洋鬼子虽然也有自知不对的，然而都不是掌权的人，犹之中国今日之一品大百姓，话虽好听，于事还是无补的。先生总不肯使后生小子失望灰心，所以谈吐之间，总设法找一点有办法有希望的话，可是事实究不如此之简单容易。有些人听了安慰话，自然还是不敢放心，但以此为安心的依据，而宽懈下来的人，也未始不常有。还请吾师注意一下子罢。

提起做万年糊，我也想到可笑的事来了。那时在天津，收集些现成的雪花膏瓶子，做出许许多多的万年糊来，托着盘子向各处廉价兜售。不用本钱买瓶子，该可以不吃亏了罢，结果还是赔钱不讨好。因为做的成绩究不如市上卖的好，人也不肯来热心买。又想法用石膏模子铸成空心的蜡图囡，洋狗，狮子等小品玩艺，希图代替市上的轻薄皮的玩具，然而总是敌不过，终于同样的失败了。

"白用了许多牺牲而反为巧人取得自利的机会"，这是我所常常虑及的。即如我校风潮，寒假时确不敢说开始的人们并非别有用意，所以我不过袖手旁观，就是现在，也不敢说她们决非别有用意，但是学校真也太不像样了，忍无可忍，只得先做第一步攻击，再谋第二步的建设。这是我个人的见解，但攻击已成俘虏之势，建设不敢言矣。所以，我的目标是不满于杨，而因此而来的举动，却也许被第三者收渔人之利，不劳而获，那么，我也就甚似被人所"利用"了。这是社会的黑暗，傻子的结果。真还是决不"有点不平，反抗，改良的意思"的人们舒服。尤其坏的是：公举你出来做事时，个个都说做后盾，个个都在你面前塞火药，等你装足了，火线点起了，他们就远远的赶快逃跑，结果你不过做一个炸弹壳，五花粉碎。

《京报副刊》有它的不得已的苦衷，也实在可惜。从它所没收和所发表的文章看起来，蛛丝马迹，固然大有可寻，但也不必因此愤激。其实这也是人情（即面子）之常，何必多责呢。吾师以为"发见纯粹的利用"，对□□有点不满（不知是否误猜），但是，屡次的"碰壁"，是不是为激于义愤所利用呢？横竖是一个利用，请付之一笑，再浮一大白可也。

小鬼许广平。

六月十七日下午六时。

三一

如何在世上混过去的方法

（录鲁迅信之"一，走人生的长途……"至
"这真是没有法子！"凡三段，已见上文，故
不重抄。）

鲁迅师：

以前给我的信中有上面的一大段，我总觉得
"独食难肥，还想分甘同味"（二句是粤谚），以公
同好，现在上海事起，应有百折不回的精神，故
我以为这些话有公开之必要，因此抄录奉呈，以光
《莽原》篇幅。标题仍本吾师原文录下，至于署名，
则自不待言是有宗主权矣。然而发表与否之权，仍
属于作者，小鬼不敢僭定，故仍乞斟酌也。（但据
我愚见，还希批准为幸！）

杨婆子在新平路十一号大租其办事处，积极准
备招生。学生方面往各先生处接洽，结果由在京四
位主任亲到教育部催促早日处理解决校事，一面另
行呈文至执政处，请其从速选人至教育部负责，然

后解决校事。在京四人，居然能做到这一点，真不容易。至于到校维持，则碍于婆子手段，恐未必肯办。凡出来说话做事的人，往往出力不讨好，又惹一身脏，如发表宣言的七个先生的事，就是前车，此后自然没有人敢于举动。结果，还是大家不管的女师大。

然而主任的先生说，非不肯管也，实有愿管而负责之人在，别人自然没法了。这也是不管的一个原因。而且要管的人，日来趾高气扬了，原因是狼狈为奸，巴结上司的成功。闻有人亲口说，我能上台，你就能返校，而我之能上台者，以天津为依靠也。貔狍十万，孱弱书生何足畏哉，况此外还有袁世凯从中作祟。此事一实现，小学生无噍类[1]矣。世上真应该将"真理"二字的铅字消毁，免得骗了小孩子上当。目前满布了武装到校，解散文理二豫科，再开除学生共十八人（或云十二人）之说。又云某某定端节前一日到部，反之者即拒之以孔方兄，自不成问题。彼方对于学校的最低要求，是至

——

1 指没有活着的生物。

少将学生六和婆子一，共同牺牲，彼此是非，在所不问。此亦可见破坏教育之坚决，但倘有益于校，死且不悔，六人不以为恨也，所虑者六人走了，仍未必有益于校耳。

小鬼许广平。

六月十九晚。

（其间当有缺失，约二三封。）

三二

（前缺。）

那一首诗，意气也未尝不盛，但此种猛烈的攻击，只宜用散文，如"杂感"之类，而造语还须曲折，否，即容易引起反感。诗歌较有永久性，所以不甚合于做这样题目。

沪案以后，周刊上常有极锋利肃杀的诗，其实是没有意思的，情随事迁，即味如嚼蜡。我以为感情正烈的时候，不宜做诗，否则锋铓太露，能将"诗美"杀掉。这首诗有此病。

我自己是不会做诗的，只是意见如此。编辑者对于投稿，照例不加批评，现遵来信所嘱，妄说

几句，但如投稿者并未要知道我的意见，仍希不必
告知。

迅。

六月二十八日。

（此间缺广平二十八日信一封。）

三三

广平兄：

昨夜，或者今天早上，记得寄上一封信，大概
总该先到了。刚才得二十八日函，必须写几句回
答，就是小鬼何以屡次诚惶诚恐的赔罪不已，大约
也许听了"某籍"小姐的什么谣言了罢？辟谣之
举，是不可以已的：

第一，酒精中毒是能有的，但我并不中毒。即
使中毒，也是自己的行为，与别人无干。且夫不佞
年届半百，位居讲师，难道还会连喝酒多少的主见
也没有，至于被小娃儿所激么！？这是决不会的。

第二，我并不受有何种"戒条"。我的母亲也
并不禁止我喝酒。我到现在为止，真的醉止有一回
半，决不会如此平和。

然而"某籍"小姐为粉饰自己的逃走起见，一定将不知从那里拾来的故事（也许就从太师母那里得来的），加以演义，以致小鬼也不免吓得赔罪不已了罢。但是，虽是太师母，观察也未必就对，虽是太太师母，观察也未必就对。我自己知道，那天毫没有醉，更何至于胡涂，击房东之拳，吓而去之的事，全都记得的。

所以，此后不准再来道歉，否则，我"学笈单洋，教鞭17载"，要发杨荫榆式的宣言以传布小姐们胆怯之罪状了。看你们还敢逗能么？

来稿有过火处，或者须改一点。其中的有些话，大约是为反对往执政府请愿而说的罢。总之，这回以打学生手心之马良为总指挥，就可笑。

《莽原》第十期，与《京报》同时罢工了，发稿是星期三，当时并未想到要停刊，所以并将目录在别的周刊上登载了。现在正在交涉，要他们补印，还没有头绪；倘不能补，则旧稿须在本星期五出版。

《莽原》的投稿，就是小说太多，议论太少。现在则并小说也少，大约大家专心爱国，要"到民间去”，所以不做文章了。

迅。

六，二九，晚。

（其间当缺往来信札数封，不知确数。）

三四

广平仁兄大人阁下，敬启者：前蒙投赠之
大作，就要登出来，而我或将被作者暗暗咒骂。因
为我连题目也已经改换，而所以改换之故，则因为
原题太觉怕人故也。收束处太没有力量，所以添了
几句，想来也未必与尊意背驰；但总而言之：殊为
专擅。尚希曲予
海涵，免施
贵骂，勿露"勃谿"[1]之技，暂羁"害马"之才，仍
复源源投稿，以光敝报，不胜侥幸之至！
至于大作之所以常被登载者，实在因为《莽原》有
些闹饥荒之故也。我所要多登的是议论，而寄来的

1　亦作"勃磎"，指吵架，争斗。《庄子·外物》："室无空虚，则妇姑
勃磎。"

偏多小说，诗。先前是虚伪的"花呀""爱呀"的诗，现在是虚伪的"死呀""血呀"的诗。呜呼，头痛极了！所以倘有近于议论的文章，即易于登出，夫岂"骗小孩"云乎哉！又，新做文章的人，在我所编的报上，也比较的易于登出，此则颇有"骗小孩"之嫌疑者也。但若做得稍久，该有更进步之成绩，而偏又偷懒，有敷衍之意，则我要加以猛烈之打击：小心些罢！

肃此布达，敬请

"好说话的"安！

"老师"谨训。

七月九日。

报言章士钊将辞，屈映光[1]继之，此即浙江有名之"兄弟素不吃饭"人物也，与士钊盖伯仲之间，或且不及。所以我总以为不革内政，即无一好现象，无论怎样游行示威。

（其间当缺往来信札约五六封。）

1　屈映光（1883年—1973年），字文六，法名法贤，浙江临海人。早年与秋瑾、徐锡麟等人参加革命，历任浙江民政长、山东都督、省长等要职。

三五

广平兄:

在好看的天亮还未到来之前，再看了一遍大作，我以为还不如不发表。这类题目，其实，在现在，是只能我做的，因为大概要受攻击。然而我不要紧，一则，我自有还击的方法；二则，现在做"文学家"似乎有些做厌了，仿佛要变成机械，所以倒很愿意从所谓"文坛"上摔下来。至于如诸君之雪花膏派，则究属"嫩"之一流，犯不上以一篇文章而招得攻击或误解，终至于"泣下沾襟"。

那上半篇，倘在小说，或回忆的文章里，固然毫不足奇，但在论文中，而给现在的中国读者看，却还太直白。至于下半篇，则实在有点迂。我在那篇文章里本来说：这种骂法，是"卑劣"的。而你却硬诬赖我"引以为荣"，真是可恶透了。

其实，对于满抱着传统思想的人们，也还大可以这样骂。看目下有些批评文字，表面上虽然没有什么，而骨子里却还是"他妈的"思想，对于这样批评的批评，倒不如直捷爽快的骂出来，就是"即以其人之道，还治其人之身"，于人我均属合适。
我常想：治中国应该有两种方法，对新的用新法，对旧的仍用旧法。例如"遗老"有罪，即该用清朝法律：打屁股。因为这是他所佩服的。民元革命时，对于任何人都宽容（那时称为"文明"），但待到二次革命失败，许多旧党对于革命党却不"文明"了：杀。假使那时（元年）的新党不"文明"，则许多东西早已灭亡，那里会来发挥他们的老手段？现在用"他妈的"来骂那些背着祖宗的木主[1]以自傲的人们，夫岂太过也欤哉！？

　　还有一篇，今天已经发出去，但将两段并作一个题目了：《五分钟与半年》。多么漂亮呀。

　　天只管下雨，绣花衫不知如何？放晴的时候，赶紧晒一晒罢，千切千切！

　　　　　　　　　　　　　　　　迅。

　　　　七月二十九，或三十，随便。

1　木制的神位，上书死者姓名以供祭祀。又称神主，俗称牌位。

第二集

厦门——广州

一九二六年九月至一九二七年一月

三六

广平兄：

我九月一日夜半上船，二日晨七时开，四日午后一时到厦门，一路无风，船很平稳，这里的话，我一字都不懂，只得暂到客寓，打电话给林语堂，他便来接，当晚即移入学校居住了。

我在船上时，看见后面有一只轮船，总是不远不近地走着，我疑心就是"广大"。不知你在船中，可看见前面有一只船否？倘看见，那我所悬拟的便不错了。

此地背山面海，风景佳绝，白天虽暖——约八十七八度——夜却凉。四面几无人家，离市面约有十里，要静养倒好的。普通的东西，亦不易买。听差懒极，不会做事也不肯做事；邮政也懒极，星期六下午及星期日都不办事。

因为教员住室尚未造好（据说一月后可完工，但未必确），所以我暂住在一间很大的三层楼上，上下虽不便，眺望却佳。学校开课是二十日，还有许多日可闲。

我写此信时，你还在船上，但我当于明天发出，则你一到校，此信也就到了。你到校后，望即见告，那时再写较详细的情形罢，因为现在我初到，还不知什么。

迅。

九月四日夜。

三七

（每起头的○是某一个时间内写的，用○起始，以示段落。）

○ MY DEAR TEACHER[1]:

———

1 英语，译为：亲爱的老师。

昨到你住的孟渊旅馆奉访后，四妹领我到永安公司，买得小手巾六条，只一元，算来一条不到二角。晚上又游四川路广东街，买雨伞一把，也不过几角钱。访了两处亲戚，都还客气，留吃点心或饭，点心是吃的，但饭却推却了。

今天（九月一日）又往先施公司等，买得皮鞋一双，只三元；又信纸六大本（与此纸同，但大得多），一元。此外又买些应用什物，不敢多买，因为我那天看见你用炒饭下酒，所以也想节省一点。

○今晚（一日）七时半落广大轮船，有二位弟弟送行，又有大安旅馆之茶房带同挑夫搬送行李，现在是已在船中安置好了。一房二人，另一人行李先到，占了上格床，我居下格。现只我一人在房，我想遇有机会，想说什么就写什么，管它多少，待到岸即投入邮筒；但临行时所约的时间，我或者不能守住，要反抗的。

船票二十五元，连杂费约共花三十余元，余下的还很不少。又，大安旅馆自沪一直招呼至粤，使费大约较自己瞎撞的公道，且可靠，这也足以令人放心的。

船中热甚，一房竟夕惟我一人，也自由，也寂寞，船还停着，门窗不敢打开，闷热极了！好在虽然时时醒来，但也即睡去；臭虫到处都是，不过我尚能安眠。只是因为今晚独自在船，想起你的昨晚来了。本来你昨晚下船没有，走后情形如何，我都不知道，晚间妹妹们又领我上街闲走，但总是蓦地一件事压上心头，十分不自在，我因想，此别以后的日子，不知怎么样？

〇二日晨八时十分，船始开。天刚亮，就有人来查行李。先开随身的木箱，后开帆布箱，我故意慢慢地。他不耐烦了，问我作什么的。我答学生，现做教员。他走了。船开后又来查，这回是查私贩铜元的，床铺里也都穷搜，将漆黑的手印满留在枕席上。

同房的姓梁，是基督教徒，有一个她的女友，住房舱的，却到我们房里来吃饭，两人总是谈着什么牧师爷牧师奶，讨厌得很，我这回车和船都顶着"华盖"了。午后她们又约我打牌，虽则不算钱，总是费时无益的事，我连忙躺下看书，不久睡着，从十一点多钟一直到四点。六时顷晚饭，菜是广东味，不十分好，也还吃得几碗饭。也不晕船，躺着看小说。

〇睡起见水色已变浅绿，泛出雪白的波头，好看极了。因为多年囚禁在沙漠中，所以见之不禁惊喜，但可气的是船面上挤满着人，铺盖，水桶，货物；房的窗口也总有成排的人，高高的坐在箱子上，遮得全房漆黑，而我又在下层床，日里又要听基督圣谕。MY DEAR TEACHER！你的船中生活怎么样？

〇三日晨七时起床，十时早饭，十一时左右，在我们房门口的堆满行李的舱面上，是工友们开会。许多人聚在一处，有一个学生模样的做主席，大家演说北伐的必要……随意发挥；报告各地情形的也有，我也略略说了一点北京的黑暗。开会有二时之久，大家精神始终贯注，互相勉励，而著重于鼓励工人，因为这会是为工人而开的。我在旁参与，觉到一种欢欣，算是我途中第一次的喜遇。这现象，在北方恐怕是梦想不到的罢！下午一时多散会，还豫约每天开会一次，尤其是注意于向着上海工厂招来的工友们，灌输国民革命的意义。有一个孙传芳部下的军官，当场演说北方军阀的黑幕，并说自当军官以来，不求升官发财，现在看北方军人实在无可希望了，所以毅然脱离，径向广东投国民革命军，意欲从这里打破北方的黑暗。这是大家都很欢迎的。MY DEAR TEACHER，你看这种情形是多么朝气呀！

十时吃的算是午饭，一时顷有咖啡一杯，面包二片，晚九时又有鸡粥一碗，其间的四时顷是晚餐，食物较火车上为方便。船甚稳，如坐长江轮船一样，不知往厦门去的是否也如此？

〇四日被姓梁的惊醒，已经八点多了。她有一个女友，和一个男友（？），不绝的来，一方面唱圣诗，一方面又打扑克。我被挤得连看书的地方都没有了，也看不下去，勉强的看了《骆驼》；又看《炭画》，是文言的，没有终卷。继看《夜哭》，字句既欠修饰，命意也很无聊，糟透了。

下午四时船经过厦门，我注意看看，不过茫茫的水天一色，厦门在那里！？

因为听说是经过厦门，我就顺便打听从厦门到广州的走法。据客栈人说：可以由厦门坐船到香港，再由香港搭火车到广州，但坐火车要中途自己走一站，不方便，倘由广州往香港，则须用照相觅铺保，准一星期回，否则惟店铺是问。也有从厦门到汕头的。我想，这条路较好，从汕头至广州，不是敌地，检查之类，可省许多麻烦，这是船中所闻，先写寄，免忘记，借供异日参考。

现在写字时是四日晚的九时，快有粥吃了。男女两教徒都走了，清净不少，但天气比前两天热，也不愿意睡，就想起上面的那些话，写了下来。

○ MY DEAR TEACHER：现在是五日午后二时廿分了，我正吃过午点心。不晓得你在做什么？今天工人仍然开会，但时间提早了，是十时多。刚刚摆开早饭，一个工人就来邀我赴会，说有两个主席，我是其一。我想，在这样人地生疏的境况之下，做主席是很难的，一不合式，就会引起纠纷，便说正在吃饭，又向来没有做过主席，不敢当，当场推却了。饭后到会，就有人要我演说，正推辞间，主席已在宣布喉咙不大好，说话不便，要我去接替。我没法，只得站上台去，攻击了一顿北京的政治和社会上的黑暗的情形。一完就退席，回到房里。听人说，开会时有国民党员百来人，但是彼此争执开会手续不合法，一部分人退席了。这是我后来才知道的。往回一想，这么几个人，在这么短期间，开一个小会就冲突，则情形之复杂可想，幸而我没有做主席，否则，也许会糟到连自己都莫名其妙哩！听说明天上午可以到广州了，船内的会总该不致再开，我或者可以不再去说话。但是，到广州呢？

现时船早过了汕头，晚饭顷可经香港之北，名大划的地方。在这里须等候带船的人来领人广州，但他来的迟早很不一定，即使来了，也得再走六小时之久，始达终点。但无论如何，六日是必能到广州的了。

○ MY DEAR TEACHER：今天是六日，现在是快到八点了。昨晚十时，船停香北大划地方，候带船人，因为此后伏礁甚多，非熟识者难以前进。幸而今早起来，听说带船人已经到了，专候潮长，便即开船；如能准时，则午后可到珠江了。

○ MY DEAR TEACHER：现在（三时）船快到

了，以后再谈罢。

YOUR H. M.

六日下午三时。

三八

先生：

六日我寄了一封信，那是在船上陆续写出，到粤后托客栈人寄的，收到了没有？

船于这日上午九时启碇驶入广州，经虎门黄埔，下午二时又停于距城甚远之车歪炮台[1]外，又候至六时，始受专意捣乱，久延始来之海关外人查关检疫，乃放人换坐小艇泊岸。将泊岸了，而船夫一时疏失，突入旋涡，更兼船中人多（三十余）货重（百余件），躲浪不及，以致船身倾侧，江水入船，船夫坠水，幸全船镇静，使船放平，坠水船夫更竭力挽救，始得化险为夷，迨水上警察来时，已

---

1 又称大黄滘口炮台，位于广州市荔湾区东塱村大黄滘口附近珠江上的龟岗岛。车歪炮台始建于清嘉庆二十二年（1817年），是清代广州的护城炮台。

经平安无事矣。

　　登岸后，住大安栈，但钱币不同，路不认识，迫得写信叫人送给约我回来的陈家表叔，请其到栈接我，即于七日上午迁寓陈家，此信即在陈家所写。女子师范学校已经正式上课，今日（八日）下午四时左右，便当搬到校内去了。一切情形还多。女师甚复杂。我担任的是训育，另外授课八小时，每班一时，现在姑且尽力，究竟能否长久，再看情形就是了。

　　这里民气激昂，但闻北伐顺利，所以英人从中破坏，现正多方寻衅，见诸事实，例如武装兵船示威珠江，沙面等，以图扰乱后方即是。闽中有何新闻？关于本地或外省的，便希通知一下。以后再谈。

　　候著安。

你的 H. M.

九月八日。

三九

迅师：

七,九两日发了两封信,你都收到了没有？那信是写一路上情形的。

五日你寄的信,十日晚收到了。信来在我到校之后,并非一到校也就收到。

八日搬入学校,在下午四时顷,我的妹妹,嫂嫂已在等我相见许多时候了。待行李送到后,我即和她们同回老家,入门,则见房屋颓坏,人物全非,对此故园,不胜凄痛。晚间蚊虫肆虐,竟夕不成眠。次晨为母氏纪念日,祀祭后十时余返校。卧室在旧校楼上,是昔之缝纫室,今隔为三,前后两间皆有窗,光线充足,但先已有人居住；中间室狭而暗,周围无窗,四面"碰壁",即我朝夕之居处也。

校役招呼尚好,食品价亦不算太贵,但较北方或略昂,惟若可口,即算值得。

本校八日正式开课,校长特许休息几天,所以于明日（十三,星期一）才起首授课及办公。以前几天，有时在校豫备教课，或休息，有时也出去探访亲戚，但总是请人带领。

这个学校的学生颇顽固，而且盲动，好闹风潮，将来也许要反对我，现时在小心中。

我一路上不觉受苦，回来后精神也佳，校内旧的熟人不少，但是我还是常常喜欢在房内看书。

你的较详细的信是否在途中，还是尚未写发，我希望早点收到。

明天有两小时教课，急要豫备，下次再细谈罢。

YOUR H. M.

九月十二晚六时三十五分。

我的职务（略）

四〇

（明信片背面）

从后面（南普陀）所照的厦门大学全景。

前面是海，对面是鼓浪屿。

最右边的是生物学院和国学院，第三层楼上有 *记的便是我所住的地方。

昨夜发飓风，拔木发屋，但我没有受损害。

迅。

九，十一。

（明信片正面）

想已到校，已开课否？

此地二十日上课。

十三日。

四一

广平兄：

依我想，早该得到你的来信了，然而还没有。大约闽粤间的通邮，不大便当，因为并非每日都有船。此地只有一个邮局代办所，星期六下午及星期日不办事，所以今天什么信件也没有——因为是星期一——且看明天怎样罢。

我到厦门后发一信（五日），想早到。现在住了已经近十天，渐渐习惯起来了，不过言语仍旧不懂，买东西仍旧不便。开学在二十日，我有六点钟功课，就要忙起来，但未开学之前，却又觉得太闲，有些无聊，倒望从速开学，而且合同的年限早满。学校的房子尚未造齐，所以我暂住在国学院的陈列所空屋里，是三层楼上，眺望风景，极其合宜，我已写好一张有这房子照相的明信片，或者将与此信一同发出。上遂[1]的事没有结果，我心中很不安，然而也无法可想。

十日之夜发飓风，十分利害，语堂的住宅的房顶也吹破了，门也吹破了，粗如笔管的铜闩也都挤弯，毁东西不少。我住的屋子只破了一扇外层的百叶窗，此外没有损失。今天学校近旁的海边漂来不少东西，有桌子，有枕头，还有死尸，可见别处还翻了船或漂没了房屋。

此地四无人烟，图书馆中书籍不多，常在一处的人，又都是"面笑心不笑"，无话可谈，真是无聊之至。海水浴倒是很近便，但我多年没有浮水了，又想，倘若你在这里，恐怕一定不赞成我这种举动，所以没有去洗，以后也不去洗罢，学校有洗浴处的。夜间，电灯一开，飞虫聚集甚多，几乎不

———

1 指许寿裳（1883 年—1948 年），字季茀，号上遂，浙江绍兴人，中国近代著名学者、传记作家。

能做事，此后事情一多，大约非早睡而一早起来做不可。

迅。

九月十二夜。

今天（十四日）上午到邮政代办所去看看，得到你六日八日的两封来信，高兴极了。此地的代办所太懒，信件往往放在柜台上，不送来，此后来信，可于厦门大学下加"国学院"三字，使他易于投递，且看如何。这几天，我是每日去看的，昨天还未见你的信，因想起报载英国鬼子在广州胡闹，进口船或者要受影响，所以心中很不安，现在放心了。看上海报，北京已戒严，不知何故；女师大已被合并为女子学院，师范部的主任是林素园（小研究系），而且于四日武装接收了，真令人气愤，但此时无暇管也无法管，只得暂且不去理会它，还有将来呢。

回上去讲我途中的事，同房的是一个五十多岁的广东人，姓魏或韦，我没有问清楚，似乎也是民党中人，所以还可谈，也许是老同盟会员罢。但我们不大谈政事，因为彼此都不知道底细，也曾问他从厦门到广州的走法，据说最好是从厦门到汕头，再到广州，和你所闻于客栈中人的话一样。船中的饭菜顿数，与广大同，也有鸡粥；船也很平；但无耶稣教徒，比你所遭遇的好得多了。小船的倾侧，真太危险，幸而终于"马"已登陆，使我得以放心。我到厦门时，亦以小船搬入学校，浪也不小，但我是从小惯于坐小船的，所以一点也没有什么。

我前信似乎说过这里的听差很不好，现在熟识些了，觉得殊不尽然。大约看惯了北京的听差的唯唯从命的，即容易觉得南方人的倔强，其实是南方的等级观念，没有北方之深，所以便是听差，也常有平等言动，现在我和他们的感情好起来了，觉得并不可恶。但茶水很不便，所以我现在少喝茶了，或者这倒是好的。烟卷似乎也比先前少吸。

我上船时，是克士[1]送我去的，还有客栈里的

1　指周建人（1888 年—1984 年），鲁迅三弟，初名松寿，乳名阿松，后改名建人，字乔峰，浙江绍兴人，笔名克士、高山、李正、孙鲠等。

茶房。当未上船之前，我们谈了许多话，我才知道关于我的事情，伏园已经大大的宣传过了，还做些演义。所以上海的有些人，见我们同车到此，便深信伏园之说了，然而也并不为奇。

我已不喝酒了，饭是每餐一大碗（方底的碗，等于尖底的两碗），但因为此地的菜总是淡而无味（校内的饭菜是不能吃的，我们合雇了一个厨子，每月工钱十元，每人饭菜钱十元，但仍然淡而无味），所以还不免吃点辣椒末，但我还想改良，逐渐停止。

我的功课，大约每周当有六小时，因为语堂希望我多讲，情不可却。其中两点是小说史，无须豫备；两点是专书研究，须豫备；两点是中国文学史，须编讲义。看看这里旧存的讲义，则我随便讲讲就很够了，但我还想认真一点，编成一本较好的文学史。你已在大大地用功，豫备讲义了罢，但每班一小时，八时相同，或者不至于很费力罢。此地北伐顺利的消息也甚多，极快人意。报上又常有闽粤风云紧张之说，在这里却看不出，不过听说鼓浪屿上已有很多寓客，极少空屋了，这屿就在学校对面，坐舢板一二十分钟可到。

迅。

九月十四日午。

四二

广平兄：

十三日发的给我的信，已经收到了。我从五日发了一信之后，直到十四日才发信，十四以前，我只是等着等着，并没有写信，这一封才是第三封。前天，我寄上了《彷徨》和《十二个》各一本。

看你所开的职务，似乎很繁重，住处亦不见佳。这种四面"碰壁"的住所，北京没有，上海是有的，在厦门客店里也看见过，实在使人气闷。职务有定，除自己心知其意，善为处理外，更无他法；住室却总该有一间较好的才是，否则，恐怕要瘦下。

本校今天行开学礼，学生在三四百人之间，就算作四百人罢，分为豫科及本科七系，每系分三级，则每级人数之寥寥，亦可想而知。此地不但交通不便，招考极严，寄宿舍也只容四百人，四面是荒地，无屋可租，即使有人要来，也无处可住，而学校当局还想本校发达，真是梦想。大约早先就是没有计画[1]的，现在也很散漫，我们来后，都被搁在须作陈列室的大洋楼上，至今尚无一定住所。听说现正赶造着教员的住所，但何时造成，殊不可知。我现在如去上课，须走石阶九十六级；来回就是一百九十二级；喝开水也不容易，幸而近来倒已习惯，不大喝茶了。我和兼士及朱山根[2]，是早就收到聘书的，此外还有几个人，已经到此，而忽然不送聘书，玉堂费了许多力，才于前天送来；玉堂在此似乎也不大顺手，所以上遂的事，竟无法开口。

我的薪水不可谓不多，教科是五或六小时，也可以算很少，但别的所谓"相当职务"，却太繁，有本校季刊的作文，有本院季刊的作文，有指导研究员的事（将来还有审查），合计起来，很够做做

———

1 即"计划"。
2 指顾颉刚（1893 年—1980 年），原名诵坤，字铭坚，号颉刚，小名双庆，笔名余毅等，江苏苏州人。中国现代著名历史学家、民俗学家，古史辨学派创始人，现代历史地理学和民俗学的开拓者、奠基人。

了。学校当局又急于事功，问履历，问著作，问计画，问年底有什么成绩发表，令人看得心烦。其实我只要将《古小说钩沈》整理一下拿出去，就可以作为研究教授三四年的成绩了，其余都可以置之不理，但为了玉堂好意请我，所以我除教文学史外，还拟指导一种编辑书目的事，范围颇大，两三年未必能完，但这也只能做到那里算那里了。

在国学院里的，朱山根是胡适之的信徒，另外还有两三个，好像都是朱荐的，和他大同小异，而更浅薄，一到这里，孙伏园便要算可以谈谈的了。我真想不到天下何其浅薄者之多。他们面目倒漂亮的，而语言无味，夜间还要玩留声机，什么梅兰芳之类。我现在惟一的方法是少说话；他们的家眷到来之后，大约要搬往别处去了罢。从前在女师大做办事员的白果是一个职员兼玉堂的秘书，一样浮而不实，将来也许会兴风作浪，我现在也竭力地少和他往来。此外，教员内有一个熟人，是先前往陕西去时认识的，似乎还好；集美中学内有师大旧学生五人，都是国文系毕业的，昨天他们请我们吃饭，算作欢迎，他们是主张白话的，在此好像有点

136

孤立。

这一星期以来，我对于本地更加习惯了，饭量照旧，这几天而且更能睡觉，每晚总可以睡九至十小时；但还有点懒，未曾理发，只在前晚用安全剃刀刮了一回髭须而已。我想从此整理为较有条理的生活，大约只要少应酬，关起门来，是做得到的。此地的点心很好；鲜龙眼已吃过了，并不见佳，还是香蕉好。但我不能自己去买东西，因为离市有十里，校旁只有一个小店，东西非常之少，店中人能说几句"普通话"，但我懂不到一半。这里的人似乎很有点欺生。因为是闽南了，所以称我们为北人；我被称为北人，这回是第一次。

现在的天气正像北京的夏末，虫类多极了，最利害的是蚂蚁，有大有小，无处不至，点心是放不过夜的。蚊子倒不多，大概是因为我在三层楼上之故。生疟疾的很多，所以校医给我们吃金鸡纳。霍乱已经减少了。但那街道，却真是坏，其实是在绕着人家的墙下，檐下走，无所谓路的。

兼士似乎还要回京去，他要我代他的职务，我不答应他。最初的布置，我未与闻，中途接手，一班绝不相干的人，指挥不灵，如何措手，还不如关起门来，"自扫门前雪"罢，况且我的工作也已经够多了。

章锡琛托建人写信给我，说想托你给《新女性》做一点文章，嘱我转达。不知可有这兴致？如有，可先寄我，我看后转寄去。《新女性》的编辑，近来好像是建人了，不知何故。那第九（？）期，我已寄上，想早到了。

我从昨日起，已停止吃青椒，而改为胡椒了，特此奉闻。再谈。

迅。

九月二十日下午。

四三

迅师：

七，九，十二去了三信，只接到五日来的一信，你那里的消息一概不知道，惟有心猜臆测。究竟近状如何？是否途中感冒，现在休养？望勿秘不见告。

我不喜欢出街，因为到处不胜今昔之感；也因回来迟了，更不好意思偷懒，日常自早八时至晚五时才从办公室退至寝室，此后是沐浴和豫备教课……时间总觉短促，各方还未顺熟，终日傻瓜似的一个。

这校有三数学生是顽固大家，大多数都是盲从，貌似一气，其实全无主见。今日十六晚是星期四，此信寄到或当不是在邮差休息时，你可以早些看见了。你豫备教课忙么？余后陈。

祝你在新境度中秋鉴赏他们的快乐。

你的 H. M.

九月十七日。

四四

广平兄：

十七日的来信，今天收到了。我从五日发信后，只在十三日发一信片，十四日发一信，中间间隔，的确太多，致使你猜我感冒，我真不知怎样说才好。回想那时，也有些傻气，因为我到此以后，正听见嘆[1]人在广州肇事，遂疑你所坐的船，亦将为彼等所阻，所以只盼望来信，连寄信的事也拖延了。这结果，却使你久不得我的信。

现在十四的信，总该早到了罢。此后，我又于同日寄《新女性》一本，于十八日寄《彷徨》及《十二个》各一本，于二十日寄信一封（信面却写了廿一），想来都该到在此信之前。

我在这里，不便则有之，身体却好，此地并无人力车，只好坐船或步行，现在已经炼得走扶梯百余级，毫不费力了。眠食也都好，每晚吃金鸡纳霜一粒，别的药一概未吃。昨日到市去，买了一瓶麦精鱼肝油，拟日内吃它。因为此地得开水颇难，所以不能吃散拿吐瑾[2]。但十天内外，我要移住到旧的教员寄宿所去了，那时情形又当与此不同，或者易得开水罢。（教员寄宿舍有两所，一所住单身人者曰"博学楼"，一所住有夫人者曰"兼爱楼"，不知何人所名，颇可笑。）

---

1 英国的旧译。
2 一种德国产的补脑健胃药。

教科也不算忙，我只六时，开学之结果，专书研究二小时无人选，只剩了文学史，小说史各二小时了。其中只有文学史须编讲义，大约每星期四五千字即可，我想不管旧有的讲义，而自己好好的来编一编，功罪在所不计。

这学校化钱[1]不可谓不多，而并无基金，也无计划，办事散漫之至，我看是办不好的。

昨天中秋，有月，玉堂送来一筐月饼，大家分吃了，我吃了便睡，我近来睡得早了。

迅。

九月二十二日下午。

四五

MY DEAR TEACHER：

你扣足了一星期给我一信，我在企望多日之中总算得到一点安慰——虽则只是一张明信片。

然而我实不解，我于七，九，十二，十七共发四函，并此为五，倘皆不到，我想，是否理由如下：

——

1 即"花钱"。

141

第一信，是到广州之次早，托大安栈茶房发出的，不知是否他学了洪乔？但可惜，此信记自沪至粤一路情形颇详细。

第二信，同时寄出者四处，除你之外尚有上海之叔，天津之嫂，东省之谢。岂学校女工（给我做事的）作弊？

兹对于收到之信片更作复函，由我自己投邮，看结果如何？

五日来信十日晚到，十三信片十八到，计需六天。如我寄之信不失，则你于十二，十四，十八，二二，二四，应陆续接得我信。假使非茶房及女工之误，则请你向贵校门房一询，凡有书周树人，豫才，鲁迅而下款为广州或粤之景，宋，许……缄者，即为我寄之信。下笔时故意捣乱，不料反致遗失，可叹！

我校从十三日起，我即授课办公，教课似乎还过得去（察看情形），至于训育，真是难堪，包括学监舍监的事，从早八时至下午五时在办公处或查堂，回来吃晚饭后又要查学生自习及注意起居饮食……，总之无一时是我自己的时间。更有课外会议，各种领导事业及自己豫备教材……，弄得精疲力尽，应接不暇。明日是星期，下午一时还要开训育会议，回想做学生真快活也。

现人已睡久，钟停了不知何时，急忙写此，恕其不备为幸。

祝快乐，不敢劝戒酒，但祈自爱节饮。

你的 H. M.
九月十八晚。

飓风拔木，何不向林先生要求乔迁？

四六

广平兄：

十八日之晚的信，昨天收到了。我十三日所发的明信片既然已经收到，我惟有希望十四日所发的信也接着收到。我惟有以你现在一定已经收到了我的几封信的事，聊自慰解而已。至于你所寄的七，九，十二，十七的信，我却都收到了，大抵是我或孙伏园从邮务代办处去寻来的，他们很乱，或送或不送，堆成一团，只要有人去说要拿那几封，便给拿去，但冒领的事倒似乎还没有。我或伏园是每日自去看一回。

　　看厦大的国学院，越看越不行了。朱山根是自称只佩服胡适陈源两个人的，而田千顷，辛家本，白果[1]三人，似皆他所荐引。白果尤善兴风作浪，他曾在女师大做过职员，你该知道的罢，现在是玉堂的襄理，还兼别的事，对于较小的职员，气焰不可当，嘴里都是油滑话。我因为亲闻他密语玉堂，"谁怎样不好"等等，就看不起他了。前天就很给他碰了一个钉子，他昨天借题报复，我便又给他碰了一个大钉子，而自己则辞去国学院兼职。我是不与此辈共事的，否则，何必到厦门。

　　我原住的房屋，要陈列物品了，我就须搬。而学校之办法甚奇，一面催我们，却并不指出搬到那里，教员寄宿舍已经人满，而附近又无客栈，真是无法可想。后来总算指给我一间了，但器具毫无，向他们要，则白果又故意特别刁难起来（不知何意，此人大概是有喜欢给别人吃点小苦头的脾气的），要我开帐签名具领，于是就给碰了一个钉子

1　分别指陈万里、潘家洵、黄坚三人。

而又大发其怒。大发其怒之后，器具就有了，还格外添了一把躺椅，总务长亲自监督搬运。因为玉堂邀请我一场，我本想做点事，现在看来，恐怕是不行的，能否到一年，也很难说。所以我已决计将工作范围缩小，希图在短时日中，可以有点小成绩，不算来骗别人的钱。

此校用钱并不少，也很不撙节，而有许多悭吝举动，却令人难耐。即如今天我搬房时，就又有一件。房中原有两个电灯，我当然只用一个的，而有电机匠来，必要取去其一个玻璃泡，止之不可。其实对于一个教员，薪水已经化了这许多了，多点一个电灯或少点一个，又何必如此计较呢。

至于我今天所搬的房，却比先前的静多了，房子颇大，是在楼上。前回的明信片上，不是有照相么？中间一共五座，其一是图书馆，我就住在那楼上，间壁是孙伏园和张颐[1]教授（今天才到，原先也是北大教员），那一面是钉书作场，现在还没有

---

1 张颐（1887 年—1969 年），字真如，又名唯识，四川叙永人。中国现代研究 G. W. F. 黑格尔哲学的学者、教授。

人。我的房有两个窗门，可以看见山。今天晚上，心就安静得多了，第一是离开了那些无聊人，也不必一同吃饭，听些无聊话了，这就很舒服。今天晚饭是在一个小店里买了面包和罐头牛肉吃的，明天大概仍要叫厨子包做。又自雇了一个当差的，每月连饭钱十二元，懂得两三句普通话，但恐怕颇有点懒。如果再没有什么麻烦事，我想开手编《中国文学史略》了。来听我的讲义的学生，一共有二十三人（内女生二人），这不但是国文系全部，而且还含有英文，教育系的；这里的动物学系，全班只有一人，天天和教员对坐而听讲。

但是我也许还要搬。因为现在是图书馆主任正请假着，由玉堂代理，所以他有权。一旦本人回来，或者又有变化也难说。在荒地里开学校，无器具，无房屋给教员住，实在可笑。至于搬到那里去，现在是无从揣测的。

现在的住房还有一样好处，就是到平地只须走扶梯二十四级，比原先要少七十二级了。然而"有利必有弊"，那"弊"是看不见海，只能见轮船的烟通。

今夜的月色还很好，在楼下徘徊了片时，因有风，遂回，已是十一点半Г。我想，我的十四的信，到二十，二十一或二十二总该寄到了罢，后天（二十七）也许有信来，因先来写了这两张，待二十八日寄出。

二十二日曾寄一信，想已到了。

迅。

二十五日之夜。

今天是礼拜，大风，但比起那一次来，却差得远了。明天未必一定有从粤来的船，所以昨天写好的两张信，我决计于明天一早寄出。

昨天雇了一个人，叫作流水，然而是替工，今天本人来了，叫作春来，也能说几句普通话，大约可以用罢。今天又买了许多器具，大抵是铝做的，又买了一只小水缸，所以现在是不但茶水饶足，连吃散拿吐瑾也不为难了。（我从这次旅行，才觉到散拿吐瑾是补品中之最麻烦者，因为它须兼用冷水热水两种，别的补品不如此。）

今天忽然有瓦匠来给我刷墙壁了，懒懒地乱了一天。夜间大约也未必能静心编讲义，玩一整天再说罢。

迅。

九月二十六日晚七点钟。

四七

MY DEAR TEACHER：

二十二日得到你十四的和十二的放在一个信封内的信，知道了好多要说的话，虽则似乎很幽默，但我是以己度人，能够领解的。我以为一两天的路程，通信日期当然也不过如此，即须较多，三四天了不得了，而乃五六七八天，这真教人从何说起，况有时且又过之呢？

我正式做工和上课，已经有一星期零四天了，所觉到的结果是忙，忙……早上八点起就到办事处，或办事，或授课，此外还要查堂，看学生勤惰；五时回来吃晚饭；到七时学生自习，又要查了。训育职务是兼学监舍监之类（但又别有教务，舍务处），又须注意学风，宣传党义，与教务及总务俱隶属于校长之下，而如此办法，则惟广东在今年暑假后为然。我初毕业，既无经验，且又无可借鉴（他校尚未成立训育处），居此地位，真是盲人瞎马，"害"字加了一目矣。更兼学生为三数旧派所左右，外有全省学生联合会（广东学生而多顽固，岂非"出人意表之外"）为之援，更外则京沪旧派为之助，势力滋蔓，甚难图也，此后倘能改革，固为大幸，否则我自然三十六着，走为上着，但多半是要被排斥的。当我未回之前，学生联合会已借口省立第一，二中学为□□校长，作种种办学无状之条文，洋洋洒洒，大加攻击，甚至教育厅开除学生；继而广大（中山大学）法科反对陈启修[1]为主任，亦与第一，二中同一线索。女师是他们豫备第三次起风潮的，所以学生总是蠢蠢欲动，现正在多方探听我的色彩，好像曾经反抗段祺瑞政府者，亦即党国罪人一样。女子本少卓见，加以外诱，增其顽强，个个有杨荫榆之流风，甚可叹也。好在我只要自己努力，或者不至失败，即使

————

1　陈启修（1886年—1960年），后改名陈豹隐，字惺农，笔名勺水、罗江。四川中江人，历任广州黄埔军校教官与农民运动讲习所教员、国立中山大学法科科务主席兼经济学系主任、武汉《中央日报》总编辑等。

失败，现时广东女子地位与男子等，亦自有别处可去，非如外地一受攻击，即难在社会上立足之困人也。

MY DEAR TEACHER! 你为什么希望"合同年限早满"呢？你是因为觉得诸多不惯，又不懂话，起居饮食不便么？如果对于身体的确不好，甚至有妨健康，则还不如辞去的好。然而，你不是要"去作工"么？你这样的不安，怎么可以安心作工！？你有更好的方法解决没有？或者于衣食抄写有需我帮忙的地方，也不妨通知，从长讨论。

中秋那一天，你玩了没有？难得旅行到福建，住一天，最好是勿白辜负了这一天，还是玩玩吃吃的好，学校的厨子不好，不是五分钟可到鼓浪屿么？那边一定有食处，也有去处，谢君的哥哥就住在那地方，他们待人都好，你愿意去看看他么？今日还接到谢君来信，他极希望回到家乡去做点事，但看你所处的情形，连上遂先生也难荐，则其余恐怕更不必说了。

我在中秋的那天上午随校长赴追悼朱执信[1]六周年纪念会，到的人很多，见于树德[2]先生讲演，依然北方淳厚之风，后又往烈士坟凭吊，回校已午后一时，算是过了上半天的节。是日，不断的忆起去年今日，我远远的提着四盒月饼，跑来喝酒，此情此景，如在目前，有什么法子呢！而且训育方面逼住要中秋后一天开会，交出计画书去，我于中秋前赶做一晚，当天又接着做，勉强抄袭出来，能否适用还说不定。中秋下午，我实在耐不住了，跑回家里一趟，看见嫂妹的冷清清的，便又记起未出广东以前家庭的样子，不胜凄恻，又不忍走开，即买菜同吃一顿。饭后出街走了一圈，回来买些灯笼给孩子们，买些水果大家吃，约莫十时睡了，月是怎么样，没有细看。

　　北京女师大事，我收到两次学生宣言，教育

1　朱执信（1885 年—1920 年），原名大符，字执信，原籍浙江绍兴府萧山县，政治家、革命家、思想家。
2　于树德（1894 年—1982 年），字永滋，河北静海（今天津静海）人，李大钊同学。早年曾加入中国同盟会。

部诬助学生之教员为图自己饭碗；岂明，祖正[1]二先生且被林素园当面诬为赤化，虽即要求他认错取消，但亦可谓晦气。北伐想是顺利，此间清一色的报纸，莫明究竟，在福建大约可以较得真相。

邮政代办所离学校有多少远？天天走不累的慌么？

伏园宣传的话，其详可得闻欤？

现时候不早，眼睛倦极，下次再谈罢。祝你快乐！

你的 H. M.

九月二十三晚。

1　岂明、祖正分别指周作人与徐祖正。周作人（1885 年—1967 年），原名周櫆寿，又名周奎绶，后改名周作人，字星杓，又名启明、启孟、起孟，浙江绍兴人。中国现代著名散文家、文学理论家、评论家、诗人、翻译家、思想家，中国民俗学开拓人，新文化运动的杰出代表。鲁迅之弟，周建人之兄。徐祖正 (1895 年—1978 年)，字耀辰，又作曜辰，江苏昆山人，作家，翻译家，北大日语系的元老。

四八

广平兄:

廿七日寄上一信,收到了没有?今天是我在等你的信了,据我想,你于廿一二大约该有一封信发出,昨天或今天要到的,然而竟还没有到,所以我等着。

我所辞的兼职(研究教授),终于辞不掉,昨晚又将聘书送来了,据说林玉堂因此一晚睡不着。使玉堂睡不着,我想,这是对他不起的,所以只得收下,将辞意取消。玉堂对于国学院,不可谓不热心,但由我看来,希望不多,第一是没有人才,第二是校长有些掣肘(我觉得这样)。但我仍然做我该做的事,从昨天起,已开手编中国文学史讲义,今天编好了第一章。眠食都好,饭两浅碗,睡觉是可以有八或九小时。

从前天起,开始吃散拿吐瑾,只是白糖无法办理,这里的蚂蚁可怕极了,有一种小而红的,无处不到。我现在将糖放在碗里,将碗放在贮水的盘中,然而倘若偶然忘记,则顷刻之间,满碗都是小蚂蚁。点心也这样。这里的点心很好，而我近来却怕敢买了，买来之后，吃过几个，其余的竟无法安放，我住在四层楼上的时候，常将一包点心和蚂蚁一同抛到草地里去。

风也很利害，几乎天天发，较大的时候，令人疑心窗玻璃就要吹破；若在屋外，则走路倘不小心，也可以被吹倒的。现在就呼呼地吹着。我初到时，夜夜听到波声，现在不听见了，因为习惯了，再过几时，风声也会习惯的罢。

现在的天气，同我初来时差不多，须穿夏衣，用凉席，在太阳下行走，即遍身是汗。听说这样的天气，要继续到十月（阳历？）底。

L. S.

九月二十八日夜。

今天下午收到廿四发的来信了，我所料的并不错。但粤中学生情形如此，却真出我的"意表之外"，北京似乎还不至此。你自然只能照你来信所说的做，但看那些职务，不是忙得连一点闲空都没有了么？我想，做事自然是应该做的，但不要拚命地做才好。此地对于外面的情形，也不大了然，看今天的报章，登有上海电（但这些电报是什么来路，却不明），总结起来：武昌还未降，大约要攻击；南昌猛扑数次，未取得；孙传芳已出兵；吴佩孚似乎在郑州，现正与奉天方面暗争保定大名。

我之愿合同早满者，就是愿意年月过得快，快到民国十七年，可惜来此未及一月，却如过了一年了。其实此地对于我的身体，仿佛倒好，能吃能睡，便是证据，也许肥胖一点了罢。不过总有些无聊，有些不高兴，好像不能安居乐业似的，但我也以转瞬便是半年，一年，聊自排遣，或者开手编讲义，来排遣排遣，所以眠食是好的。我在这里的情形，就是如此，还可以无需帮助，你还是给学校办点事的好。

中秋的情形，前信说过了。谢君的事，原已早向玉堂提过的，没有消息。听说这里喜欢用"外江佬"，理由是因为倘有不合，外江佬卷铺盖就走了，从此完事，本地人却永久在近旁，容易结怨云。这也是一种特别的哲学。谢君的令兄我想暂且不去访问他，否则，他须来招呼我，我又须去回谢他，反而多一番应酬也。

伏园今天接孟余[1]一电，招他往粤办报，他去否似尚未定。这电报是廿三发的，走了七天，同信一样慢，真奇。至于他所宣传的，大略是说：他家不但常有男学生，也常有女学生，但他是爱高的那一个的，因为她最有才气云云。平凡得很，正如伏园之人，不足多论也。

此地所请的教授，我和兼士之外，还有朱山根。这人是陈源之流，我是早知道的，现在一调查，则他所安排的羽翼，竟有七人之多，先前所谓不问外事，专一看书的舆论，乃是全都为其所骗。他已在开始排斥我，说我是"名士派"，可笑。好在我并不想在此挣帝王万世之业，不去管他了。

我到邮政代办处的路，大约有八十步，再加八十步，才到便所，所以我一天总要走过三四回，因为我须去小解，而它就在中途，只要伸首一窥，毫不费事。天一黑，就不到那里去了，就在楼下的

---

1 顾孟余（1888年—1972年），原名兆熊，1888年生于河北宛平（今北京），原籍浙江，原中国国民党中央执行委员。

草地上了事。此地的生活法，就是如此散漫，真是闻所未闻。我因为多住了几天，渐渐习惯，而且骂来了一些用具，又自买了一些用具，又自雇了一个用人，好得多了，近几天有几个初到的教员，被迎进在一间冷房里，口干则无水，要小便则须旅行，还在"茫茫若丧家之狗"哩。

听讲的学生倒多起来了，大概有许多是别科的。女生共五人。我决定目不邪视，而且将来永远如此，直到离开了厦门。嘴也不大乱吃，只吃了几回香蕉，自然比北京的好，但价亦不廉，此地有一所小店，我去买时，倘五个，那里的一位胖老婆子就要"吉格浑"（一角钱），倘是十个，便要"能（二）格浑"了。究竟是确要这许多呢，还是欺我是外江佬之故，我至今还不得而知。好在我的钱原是从厦门骗来的，拿出"吉格浑""能格浑"去给厦门人，也不打紧。

我的功课现在有五小时了，只有两小时须编讲义，然而颇费事，因为文学史的范围太大了。我到此之后，从上海又买了一百元书。克士已有信来，说他已迁居，而与一个同事姓孙的同住，我想，这人是不好的，但他也不笨，或不至于上当。

要睡觉了，已是十二时，再谈罢。

迅。

九月三十日之夜。

四九

MY DEAR TEACHER：

廿三晚写好的信，廿四早发出了。当日下午收到《彷徨》和《十二个》，包裹甚好，书一点没有损坏。但是两本书要寄费十分，岂非太不经济？

我一天的时间，能够给我自己支配的，只有晚上九时以后，我做自己的事——如写信，豫备教材——全得在这时候。此外也许有时有闲，但不一定。所以我写信时匆忙极了，许多应当写下来的事，也往往忘却，致使你因此挂心，这真是该打！忘记了什么呢？就是我光知道诉苦，说我住的是"碰壁"的房，可是现在已经改革了，东面的楼上住的一位附小的教员辞了职，校长教我搬去，我赶紧实行，于到校第二个星期六搬过来了。此楼方形，隔成田字，开间颇大，用具也不少。每间住一人，余三人为小学教员，胸襟一样狭窄，第一天即三人成众，给我听了不少讽刺话，我也颇气愤，但因不是在做学生了，总得将就一些，便忍耐下去，次早还要陪笑脸招呼，这真是做先生的苦处。现在她们有点客气了，然而实在热闹得可以，总是高朋满坐，即使只有三人，也还是大叫大嚷，没一时安静。更难堪的是有两位自带女仆婢子，日里做事，夜间就在她们房里搭床，连饭菜也由用人用煤油炉煮食，一小房便是一家庭，其污浊局促可想。所以我的房门口的过道，就成了女仆婢子们的殖民地，摆了桌子，吃饭，梳洗，桌下锅盆碗碟，堆积甚多，煞是好看。但我这方面总是竭力回避，关起门来，算是我的世界，好在一大块向南的都是窗，有新空气，不会病了。

这个学校，先前是师范和小学合在一处的，现在师范分到新校去了，但校舍还未造好，正在筹捐，所以师范教员和学生仍旧住在小学——即旧校里。今年暑假以后，算是大加革新了，分设教务，总务，训育于校长之下，而训育最繁琐，且须管理寄宿，此校学生曾起反对校长风潮，后虽平息，而常愤愤，每寻瑕伺隙，与办事人为难。我上课的第一天，学生就提出改在寝室内自修（原在教室，但灯暗……）的难题目给我做。现已给以附有条件的允许，于明日实行。但那么一来，学生散处各室，夜间查堂就更加困难了。对寝室负责的，我之外本来还有一舍监，现此人因常骂学生及仆人，大有非去不可之势，学校当局以为我闲空，要我兼任（但不加薪），我只答应暂兼数天，那时就将更加忙碌，因早晚舍监应做的如督率女仆，收拾寝室，厕所……也须归我管理也。

看你在厦大，学生少，又属草创，事多而趣少，如何是好？菜淡不能加盐么？胡椒多吃也不是办法，买罐头补助不好么？火腿总有地方买，不能做来吃么？万勿省钱为要！！！

广东水果现时有杨桃，五瓣，横断如星形，色黄绿，厦门可有么？

广东常有雨，但一止就可以出街，无雨则热甚，上课时汗流浃背的，蚊子大出，现在就一面写字，一面在喂它。蚂蚁也不亚于厦门，记得在"碰壁"的房里时，夜间睡眠中，臂膊还曾被其所咬；

食物自然更易招致，即使挂起来，也能缘绳而至，须用水绕，始得平安。空气甚湿，衣物书籍，动辄发霉，讨厌极了。

我虽然忙，但《新女性》既转折的写了信来，似乎不好推却。不过我的作品太幼稚，你有什么方法鼓舞我，引导我，勿使我疏懒退缩不前么？

现在我事务虽然加多，但办得较前熟手了。八时教课，实则只要豫备四班教材，而都是从头讲起，班高的讲快，参考简单，班低讲慢，参考较多，互相资助，日来似觉稍为顺手。总之，到这里初做事，要做得好，即不能辞劳苦，宁可力竭而去，不欲懒散而存，所以我愿意努力工作，你以为何如？

有北京消息没有，学校近况如何？

祝你健康。

YOUR H. M.

九月二十八晚。

五〇

广平兄:

一日寄出一信并《莽原》两本，早到了罢。今天收到九月廿九的来信了，忽然于十分的邮票大发感慨，真是孩子气。花了十分，比寄失不是好得多么？我先前闻粤中学生情形，颇"出于意表之外"，今闻教员情形，又"出于意表之外"，我先前总以为广东学界状况，总该比别处好得多，现在看来，似乎也只是一种幻想。你初作事，要努力工作，我当然不能说什么，但也须兼顾自己，不要"鞠躬尽瘁"才好。至于作文，我怎样鼓舞，引导呢？我说，大胆做来，先寄给我，不够么？好否我先看，即使不好，现在太远，不能打手心，只得记帐，这就已可以放胆下笔，无须退缩的了，还要怎么样呢？

从信上推测起你的住室来，似乎比我的阔些，我用具寥寥，只有六件，皆从奋斗得来者也。但自从买了火酒灯之后，我也忙了一点，因为凡有饮用之水，我必煮沸一回才用，因为忙，无聊也仿佛减少了。酱油已买，也常吃罐头牛肉，何尝省钱！！！火腿我却不想吃，在北京时吃怕了。在上海时，我和建人因为吃不多，便只叫了一碗炒饭，不料又惹出影响，至于不在先施公司多买东西，孩子之神经过敏，真令人无法可想。相距又远，鞭长不及马腹，也还是姑且记在帐上罢。

我在此常吃香蕉，柚子，都很好；至于杨桃，却没有见过，又不知道是甚么名字，所以也无从买起。鼓浪屿也许有罢，但我还未去过，那地方大约也不过像别处的租界，我也无甚趣味，终于懒下来了。此地雨倒不多，只有风，现在还热，可是荷叶却干了。一切花，我大抵不认识；羊是黑的。防止蚂蚁，我现也用四面围水之法，总算白糖已经安全，而在桌上，则昼夜总有十余匹爬着，拂去又来，没有法子。

我现在专取闭关主义，一切教职员，少与往来，也少说话。此地之学生似尚佳，清早便运动，晚亦常有；阅报室中也常有人。对我之感情似亦好，多说文科今年有生气了，我自省自己之懒惰，殊为内愧。小说史有成书，所以我对于编文学史讲义，不愿草率，现已有两章付印了，可惜本校藏书不多，编起来很不便。

北京信已有收到，家里是平安的，煤已买，每吨至二十元。学校还未开课，北大学生去缴学费，而当局不收，可谓客气，然则开学之毫无把握可知。女师大的事没有听到什么，单知道教员都换了男师大的，大概暂时当是研究系势力。总之，环境如此，女师大是决不会单独弄好的。

上遂要搬家眷回南，自己行踪未定，我曾为之写信向天津学校设法，但恐亦无效。他也想赴广东，而无介绍。此地总无法想，玉堂也不能指挥如意，许多人的聘书，校长压了多日才发下来。校长是尊孔的，对于我和兼士，倒还没有什么，但因为化了这许多钱，汲汲要有成效，如以好草喂牛，要挤些牛乳一般。玉堂盖亦窥知此隐，故不日要开展览会，除学校自买之泥人（古冢中土偶也）而外，还要将我的石刻拓片挂出。其实这些古董，此地人那里会要看，无非胡里胡涂，忙碌一番而已。

在这里好像刺戟少些，所以我颇能睡，但也做不出文章来，北京来催，只好不理。口口书店想我有书给他印，我还没有；对于北新，则我还未将《华盖集续编》整理给他，因为没有工夫。长虹和这两店，闹起来了，因为要钱的事。沈钟社和创造社，也闹起来了，现已以文章口角；创造社伙计内部，也闹起来了，已将柯仲平[1]逐出，原因我不知道。

迅。

十，四，夜。

五一

MY DEAR TEACHER：

今早到办公室就看见你廿二日写给我的信了。现在是卅晚十时，我正从外面回校，因为今天是我一个堂兄生了孩子的满月，在城隍庙内的酒店请客，人很多，菜颇精致，我回来后吃广东酒席，今天是第二次了。广东一桌翅席，只几样菜，就要

1　柯仲平（1902年—1964年），原名柯维翰，云南广南人，中国作家协会原副主席。

二十多元，外加茶水，酒之类，所以平常请七八个客，叫七八样好菜，动不动就是四五十元。这种应酬上的消耗，实在利害，然而社会上习惯了，往往不能避免，真是恶习。

现时我于教课似乎熟习些，豫备也觉容易，但将上讲堂时，心中仍不免忐忑。训育一方，则千头万绪，学生又多方找事给我做，找难题给我处理，往往一波未平，一波又起，校务舍务，俱不能脱开。前信曾说过舍监要走的事，幸而现在已经打消了，我也省得来独力支持，专招怨骂了。

学校散漫而无基金，学生少，设备不全，当然是减少兴味的。但看北京的黑暗，一时不易光明，除非北伐军打入北京，或国民军再进都城，我们这路人，是避之则吉的。这样一想，现时我们所处的地方，就是避难桃源，其他不必苛求，只对自己随时善自料理就是了。

睡早而少吃茶烟，是出于自然还是强制？日间无聊，将何以写忧？

广东几乎无日无雨，天气潮湿，书物不易存储，出太阳则又热不可耐，讨厌之极。又此地不似外省随便，女人穿衣，两三月辄换一个尺寸花头，高低大小，千变万化，学生又好起人绰号，所以我带回来的衣服，都打算送给人穿，自己从新做过，不是名流，未能免俗，然私意总从俭朴省约着想，因我固非装饰家也。但此种恶习，也与酒席一样消耗得令人厌恶。

愿你将你的情形时时告我。祝你安心课业。

YOUR H. M.

九月卅晚十时半。

MY DEAR TEACHER:

现在我又给你写信了，卅日写了一纸，本待寄去，又想，或者就有来信，所以又等着，到现在，四天了，中间有礼拜六，日，明天也许有信到，但是我等不及了，恐怕你盼望，就先寄给你罢。

这数日来我的大事记——一日整天大雨，无屋不漏。但党政府定于这天叫人到党部领徽章（铜质，有五元，一元，四角三种）去卖，我就代表学校，前去领取，还有扑满，旗帜，标语，宣传印刷品等，要点数目，费了大半天工夫。二日除照常校务外，并将徽章按各班人数分配妥帖。三日星期，则上半天全化在将这些分给各班各组的事情上，神疲力尽，十一时始完。午餐后去看李表妹及陈君，他们正拟邀我往城北游玩，因一同出城，乡村风景，甚觉宜人，野外花园，殊有清趣，树木蔚为大观，食品较城市便宜，我们三人在北园饮茶吃炒粉，又吃鸡，菜，共饱二顿，而所费不过三元余，从午至暮，盘桓半日，始返陈宅。

今天四日晨，复与大家往第一公园一游，午后上街买书报，又回家一看，三时顷回校收学生售章回来之扑满，直至五时，还只数个，明天尚有事做也。当我回校时，桌上见有李之良名片，她初到粤，人地生疏，又不懂话，因即于晚六时半往访，听了一点关于北京的情形。才知道我出京后，那边收不到我的信，但是谢君的弟弟却收到的，不知何故。你这里于北京消息不隔膜么？至于女师大，据李君说，则已由教育部直接用武装军警，强迫交代，学生被任可澄[1]林素园召集至礼堂训话，大家

1　任可澄（1878 年—1946 年），贵州普定（今安顺）人。光绪二十九年（1903 年）癸卯科举人。曾在南明河右岸创建贵州公立中学堂，开办新学，为贵州近代中学教育之开始。

只有痛哭，当面要求三事，一全体教职员照旧，二学校独立，三经费独立，闻经一一应允，但至李君来时，已经教职员全去，只留学生云。

我事情仍甚忙，学生对我尚无恶感，可是应付得太费力了，处处要钩心斗角，心里不愿如此，而表面上不得不如此，我意姑且尽职一学期至阳历一月，如那时情形不佳，则惟有另图生活之一法了。

前两天学校将所收的学费分掉了，新教职员得薪水之三成，我收到五十九元四角。听说国庆日以前还可多发一点，然而从中减去了公债票，国库券，北伐慰劳捐等等，则所余亦属无几。总之，所谓主任也者，名目好听，事情繁，收入少，实在为难，不过学学经验，练练脾气，也是好的。从前是气冲牛斗的害马，现在变成童养媳一般，学生都是婆婆小姑，要看她们的脸色做事了。这样子，又那里会有自我的个性，本来的面目。然而回心一想，社会就是这样，我从前太任性了，现今正该多加磨练，以销尽我的锋铓，那时变成什么，请你监视我就是了。

你近况何如？对于程度较低的学生，倘用了过于深邃充实的教材，有时反而使他们难于吸收，更加不能了解：请你注意于这一层。

现已十一时，快夜半了，昨夜睡得不多，现倦甚，以后再谈罢。

祝你精神康适。

YOUR H. M.

十月四日晚十一时。

五二

迅师：

六日收到您九月廿七的信及杂志一束，廿二的信亦已收到。我除十八以前的信外，又有廿四，廿九，十月五日，及此信共四封，想也陆续寄到了。

厦大情形，闻之令人气短，后将何以为计，念念。广州办学，似乎还不至如此，你也有熟人如顾先生等，倘现时地位不好住，可愿意来此间一试否？郭沫若做政治部长去了。广大改名中山大学，校长是戴季陶[1]。陈启修先生在此似乎不得意，有前往江西之说。

我在此处，校中琐事太多，一点自己的时间都没有，几乎可以说全然卖给它了。其价若干？你猜，今天领到九月份薪水，名目是百八十元之四成五，实得小洋三十七元，此外有短期国库券二十元，须俟十一月廿六方能领取，又公债票十五元，则领款无期，还有学校建筑捐款九元（以薪金作比例），女师毕业生演剧为母校筹款，因为是主任，派购入场券一张五元，诸如此类，不胜其烦。而最讨厌的是整天对学生钩心斗角，不能推诚相与（学生视学校如敌人，此少数人把持所致），所以觉得实在没趣，但仍姑且努力，倘若还是没法办，那时再作他图罢。

本来你在厦门就令人觉得不合式，但是到了现在，你有什么方法呢？信的邮递又是那么不便，你的情形已经尽情地说出来了没有呢？

———

1 戴季陶（1891年—1949年），初名良弼，后名传贤，字季陶，笔名天仇。原籍浙江吴兴（今湖州），生于四川广汉，中国国民党元老，曾先后担任黄埔军校政治部主任、国立中山大学校长。

《语丝》九六上《女师大的命运》那篇，岂明先生说："经过一次解散而去的师生有福了，"那么，你我不是有福的么？大可以自慰了。

祝你精神。

YOUR H. M.

十月七晚十二时。

五三

广平兄：

十月四日得九月廿九日来信后，即于五日寄一信，想已收到了。人间的纠葛真多，兼士直到现在，未在应聘书上签名，前几天便拟于国学研究院成立会一开毕，便往北京去，因为那边也有许多事待他料理。玉堂大不以为然，而兼士却非去不可。我便从中调和，先令兼士在应聘书上签名，然后请假到北京去一趟，年内再来厦门一次，算是在此半年，兼士有些可以了，玉堂又坚执不允，非他在此整半年不可。我只好退开。过了两天，玉堂也可以了，大约也觉得除此更别路了罢。现在此事只要经校长允许后，便要告一结束了。兼士大约十五左右动身，闻先将赴粤一看，再向上海。伏园恐怕也同行，至是否便即在粤，抑接洽之后，仍回厦门一次，则不得而知。孟余请他是办副刊，他已经答应了，但何时办起，则似未定。

据我想：兼士当初是未尝不豫备常在这里的，待到厦门一看，觉交通之不便，生活之无聊，就不免"归心如箭"了。这实在是无可奈何的事，教我如何劝得他。

这里的学校当局，虽出重资聘请教员，而未免视教员如变把戏者，要他空拳赤手，显出本领来。即如这回开展览会，我就吃苦不少。当开会之前，兼士要我的碑碣拓片去陈列，我答应了。但我只有一张小书桌和小方桌，不够用，只得摊在地上，伏着，一一选出。及至拿到会场去时，则除孙伏园自告奋勇，同去陈列之外，没有第二人帮忙，寻校役也寻不到，于是只得二人陈列，高处则须桌上放一椅子，由我站上去。弄至中途，白果又硬将孙伏园叫去了，因为他是"襄理"（玉堂的），有叫孙伏园去之权力。兼士看不过去，便自来帮我，他已喝了一点酒，这回跳上跳下，晚上就大吐了一通。襄理的位置，正如明朝的太监，可以倚靠权势，胡作非为，而受害的不是他，是学校。昨天因为白果对书记们下条子（上谕式的），下午同盟罢工了，后事不知如何。玉堂信用此人，可谓胡涂。我前回辞国学院研究教授而又中止者，因怕兼士与玉堂觉得为难也，现在看来，总非坚决辞去不可，人亦何苦因为别人计，而自轻自贱至此哉！

此地的生活也实在无聊，外省的教员，几乎无一人作长久之计，兼士之去，固无足怪。但我比兼士随便一些，又因为见玉堂的兄弟及太太，都很为我们的生活操心；学生对我尤好，只恐怕在此住不惯，有几个本地人，甚至于星期六不回家，豫备星期日我若往市上去玩，他们好同去作翻译。所以只要没有什么大下不去的事，我总想在此至少讲一年，否则，我也许早跑到广州或上海去了。（但还有几个很欢迎我的人，是要我首先开口攻击此地的社会等等，他们好跟着来开枪。）

今天是双十节[1]，却使我欢喜非常，本校先行升旗礼，三呼万岁，于是有演说，运动，放鞭爆。北京的人，仿佛厌恶双十节似的，沉沉如死，此地这才像双十节。我因为听北京过年的鞭爆听厌了，对鞭爆有了恶感，这回才觉得却也好听。中午同学生上饭厅，吃了一碗不大可口的面（大半碗是豆芽菜）；晚上是恳亲会，有音乐和电影，电影因为电力不足，不甚了然，但在此已视同宝贝了。教员太太将最新的衣服都穿上了，大约在这里，一年中另外也没有什么别的聚会了罢。

听说厦门市上今天也很热闹，商民都自动的地挂旗结彩庆贺，不像北京那样，听警察吩咐之后，才挂出一张污秽的五色旗来。此地的人民的思想，我看其实是"国民党的"的，并不怎样老旧。

自从我到此之后，寄给我的各种期刊很杂乱，忽有忽无。我有时想分寄给你，但不见得期期有，

———

1　1911年（农历辛亥年）10月10日辛亥革命爆发，中华民国政府特定该日为"国庆节"，也称为"双十节"。

勿疑为邮局失落。好在这类东西，看过便罢，未必保存，完全与否亦无什么关系。

我来此已一月余，只做了两篇讲义，两篇稿子给《莽原》；但能睡，身体似乎好些。今天听到一种传说，说孙传芳的主力兵已败，没有什么可用的了，不知确否。我想，一二天内该可以得到来信，但这信我明天要寄出了。

迅。

十月十日。

五四

广平兄：

昨天刚寄出一封信，今天就收到你五日的来信了。你这封信，在船上足足躺了七天多，因为有一个北大学生来此做编辑员的，就于五日从广州动身，船因避风，或行或止，直到今天才到，你的信大约就与他同船的。一封信的往返，往往要二十天，真是可叹。

我看你的职务太烦剧了，薪水又这么不可靠，衣服又须如此变化，你够用么？我想：一个人也许应该做点事，但也无须乎劳而无功。天天看学生的脸色办事，于人我都无益，这也就是所谓"澈精神于无用之地"，听说在广州寻事做并不难，你又何必一定要等到学期之末呢？忙自然不妨，但倘若连自己休息的时间都没有，那可是不值得的。

我的能睡，是出于自然的，此地虽然不乏琐事，但究竟没有北京的忙，即如校对等事，在这里就没有。酒是自己不想喝，我在北京，太高兴和太愤懑时就喝酒，这里虽然仍不免有小刺戟[1]，然而不至于"太"，所以可以无须喝了，况且我本来没有瘾。少吸烟卷，可不知道是怎么一回事，大约因为编讲义，只要调查，无须思索之故罢。但近几天可又多吸了一点，因为我连做了四篇《旧事重提》。这东西还有两篇便完，拟下月再做，从明天起，又要编讲义了。

兼士尚未动身，他连替他的人也还未弄妥，但因为急于回北京，听说不往广州了。孙伏园似乎还

———

1 意指刺激。

要去一趟。今天又得李逢吉从大连来信，知道他往广州，但不知道他去作何事。

广东多雨，天气和厦门竟这么不同么？这里不下雨，不过天天有风，而风中很少灰尘，所以并不讨厌。我自从买了火酒灯以后，开水不生问题了，但饭菜总不见佳。从后天起，要换厨子了，然而大概总还是差不多的罢。

迅。

十月十二夜。

八日的信，今天收到了；以前的九月廿四，廿九，十月五日的信，也都收到。看你收入和做事的比例，实在相距太远了。你不知能即另作他图否？我以为如此情形，努力也都是白费的。

"经过一次解散而去的"，自然要算有福，倘我们还在那里，一定比现在要气愤得多。至于我在这里的情形，我信中都已陆续说出，其实也等于卖身。除为了薪水之外，再没有别的什么，但我现在或者还可以暂时敷衍，再看情形。当初我也未尝不想起广州，后来一听情形，暂时不作此想了。你看陈惺农[1]尚且站不住，何况我呢。

我在这里不大高兴的原因，首先是在周围多是语言无味的人物，令我觉得无聊。他们倘肯让我独自躲在房里看书，倒也罢了，偏又常常寻上门来，给我小刺戟。但也很有一班人当作宝贝看，和在北京的天天提心吊胆，要防危险的时候一比，平安得多，只要自己的心静一静，也未尝不可以暂时安住。但因为无人可谈，所以将牢骚都在信里对你发了。你不要以为我在这里苦得很，其实也不然的，身体大概比在北京还要好一点。

你收入这样少，够用么？我希望你通知我。

今天本地报上的消息很好，但自然不知道可确的，一，武昌已攻下；二，九江已取得；三，陈仪[2]（孙之师长）等通电主张和平；四，樊锺秀[3]已入开封，吴佩孚逃保定（一云郑州）。总而言之，即使

———
1　即前文所指陈启修。
2　陈仪（1883年—1950年），字公侠、公洽，号退素，浙江绍兴人。中华民国陆军二级上将。
3　樊锺秀（1888年—1930年），现作樊钟秀，字醒民，河南宝丰（今平顶山）人，中国近现代军事人物。

要打折扣，情形很好总是真的。

迅。

十月十五日夜。

五五

迅师：

现时是双十节午后二点二十分，我刚带学生游行回来。今天国民政府一面庆贺革命军在武汉又推倒恶势力，一面提出口号，说这是革命事业的开始而非成功，所以群众的样子，并不趾高气扬，却带着多少战兢在内。而赴大会的民众，尤以各工会为多，南方的工人又大抵识字，深了然于一切，所以情形很好，这是大可慰悦的。所惜者今晨大雨，午后时雨时止，路极泥泞。大会场在东门外，名东校场之处，搭一演说台，而讲演者无传声筒，以致雨声，风声，人声，将演讲的声音压住，只见他口讲指划。更特别的是因为国庆，所以助兴的舞狮子和锣鼓，随处皆是；商家更燃放大爆竹，比较北京的只挂一张国旗，热闹多了（广东早已取消五色旗，用作国旗的是青天白日）。

学校因今天是星期，明天补假一日，我免去了教课三点钟。今晚有女师毕业生演剧助款为母校建筑，我或要去招呼学生。昨天已经去了一晚，演的是洪深编的《少奶奶的扇子》。北京女师大恢复纪念时，陆秀珍他们也曾演过此戏，但男女角俱用女人，劳而无功，此处则为一种剧社组织，男女角各以性分任，无矫揉造作之弊，女角又大方，不羞涩而声音大，故较那一回为优。但开场太迟，仍然不守时刻（各机关亦如此），且闭幕后空堂太久，又未插入余兴，致使不耐久坐者往往先去，则其所短也。

这回于九日收到十月四日来信，但信内所说的"一日寄出一信并《莽原》两本"，却至今未见，不知何故。又来信云收到我九月廿九信，而未提廿四寄出的一封，恐回复之语，必在失去的一日信内，是否？如亦未收到，则是同时你失我一信，我失你一信二书了。

我的住室并不阔，纵五步横六步（平常步），桌椅是拿各处的破烂的凑合成功的。但最苦的是那邻人三户，总是叫嚣吵闹，倘或早睡（十时），即常被惊醒。我的脾气又是要静一点，这才能够豫备功课或写字的，而此处却大相反。如此看来，恐怕至多也只能敷衍一学期，现时我在想留意别的机会。

香蕉柚子都是不容易消化的食物，在北京，就有人不愿意你多吃，现在不妨事么？你对我讲的话，我大抵给些打击，不至于因此使你有秘而不宣的情形么？

防止蚂蚁还有一法，就是在放食物的周围，以石灰粉画一圈，即可避免。石灰又去湿，此法对于怕湿之物可采用。

看你四日的信，和廿七日那封信的刻不可耐的心情似乎有些不同了。这是真的，还是为防止我的神经过敏而发的呢？

一点泥人，一些石刻拓片，就可以开展览会么？好笑。

广东学校放假真多，本星期一补国庆假，星五重九，廿二日学校运动会，又要放假了。四年级师范生已将毕业，而初做几何，手工；豆工折纸俱极草率。此处的学生颇轻视手工，缝纫，图画等，也许是受革命影响，人心浮动之故罢。

现在已是三点三十五分了，写了这几个字，其迟钝可想。但要说的都说了，如再记起，随后再写罢。

YOUR H. M.

双十节下午三时。

五六

广平兄：

今天（十六日）刚寄一信，下午就收到双十节的来信了。寄我的信，是都收到的。我一日所寄的信，既然未到，那就恐怕已和《莽原》一同遗失。我也记不清那信里说的是什么了，由它去罢。

我的情形，并未因为怕你神经过敏而隐瞒，大约一受刺激，便心烦，事情过后，即平安些。可是本校情形实在太不见佳，朱山根之流已在国学院大占势力，口口（口口）又要到这里来做法律系主任了，从此《现代评论》色彩，将弥漫厦大。在北京是国文系对抗着的，而这里的国学院却弄了一大批胡适之陈源之流，我觉得毫无希望。你想：兼士至于如此模胡，他请了一个朱山根，山根就荐三人，田难干[1]，辛家本，田千顷，他收了；田千顷又荐两人，卢梅，黄梅，他又收了。这样，我们个体，自然被排斥。所以我现在很想至多在本学期之末，离开厦大。他们实在有永久在此之意，情形比北大还坏。

另外又有一班教员，在作两种运动：一，是要求永久聘书，没有年限的；一，是要求十年二十年后，由学校付给养老金终身。他们似乎要想在这里建立他们理想中的天国，用橡皮做成的。谚云"养儿防老"，不料厦大也可以"防老"。

我在这里又有一事不自由，学生个个认得我了，记者之类亦有来访，或者希望我提倡白话，和旧社会闹一通；或者希望我编周刊，鼓吹本地新文艺；而玉堂他们又要我在《国学季刊》上做些"之乎者也"，还有到学生周会去演说，我真没有这三头六臂。今天在本地报上载着一篇访我的记事，对于我的态度，以为"没有一点架子，也没有一点派头，

———

1 指陈乃乾。

也没有一点客气，衣服也随便，铺盖也随便，说话也不装腔作势……"觉得很出意料之外。这里的教员是外国博士很多，他们看惯了那俨然的模样的。

今天又得了朱家骅[1]君的电报，是给兼士玉堂和我的，说中山大学已改职（当是"委"字之误）员制，叫我们去指示一切。大概是议定学制罢。兼士急于回京，玉堂是不见得去的。我本来大可以借此走一遭，然而上课不到一月，便请假两三星期，又未免难于启口，所以十之九总是不能去了，这实是可惜，倘在年底，就好了。

无论怎么打击，我也不至于"秘而不宣"，而且也被打击而无怨。现在柚子是不吃已有四五天了，因为我觉得不大消化。香蕉却还吃，先前是一吃便要肚痛的，在这里却不，而对于便秘，反似有好处，所以想暂不停止它，而且每天至多也不过四五个。

一点泥人和一点拓片便开展览会，你以为可笑

---

1 朱家骅（1893年—1963年），字骝先，浙江吴兴（今湖州）人。中国近代教育家、科学家，政治家。

么？还有可笑的呢。田千顷并将他所照的照片陈列起来，几张古壁画的照片，还可以说是与"考古"相关，然而还有什么"牡丹花"，"夜的北京"，"北京的刮风"，"苇子"……。倘使我是主任，就非令撤去不可，但这里却没有一个人觉得可笑，可见在此也惟有田千顷们相宜。又国学院从商科借了一套历代古钱来，我一看，大半是假的，主张不陈列，没有通过。我说，那么，应该写作"古钱标本"。后来也不实行，听说是恐怕商科生气。后来的结果如何呢？结果是看这假古钱的人们最多。

　　这里的校长是尊孔的，上星期日他们请我到周会演说，我仍说我的"少读中国书"主义，并且说学生应该做"好事之徒"。他忽而大以为然，说陈嘉庚[1]也正是"好事之徒"，所以肯兴学，而不悟和他的尊孔冲突。这里就是如此胡里胡涂。

L. S.

十月十六日之夜。

———

1　陈嘉庚（1874年—1961年），福建集美人，祖籍河南固始。爱国华侨领袖、企业家、教育家、慈善家、社会活动家。

五七

MY DEAR TEACHER：

今日又是星四，又到我有机会写信的时候了。况且明天是重九，呆板的办公也得休息了。做学生时希望放假，做先生时更甚，尤其希望在教课钟点最多那一天。明天我没有课上。放假自然比不放好，但我总觉得不凑巧，倘是星六或星一，我就省去二三小时一天的豫备了，岂不更妙也哉！

南方重九可以登高，比北方热闹，厦门不知怎样，广东是这天旅行山上的人很多的。我因约了一位表姊，明天带我去买布做冬衣，大约不能玩了。说起冬衣，前几天这里雨且冷，不亚于北京的此时（甚言之耳，或不至如此），我的衣服送往家里晒去了，无人送来，自己也无暇去取，就穿上四五层单衣裤，但竟因此伤风，九十两日演剧时，我陪学生去做招待及各项跳舞，回来两晚皆已十二点钟，也着了些冷。幸而有人告诉我一个秘方，就是用枸杞子燉[1]猪肝吃，吃了两次，果然好了，现在更好了。

———

1　"炖"的异体字写法。

人多说：广东这时这样的冷，是料不到的。厦门有可以吹倒人的大风而不冷，仍须穿夏衣的么？那就比广东暖热了。

前信（十日写寄）不是说你一日寄来的信和书都没有收到么，但是一日的信，十二收到了，书则在学校的印刷物堆里，一位先生翻出来交还我的，大约到了好几天了，但我不知道在什么时候。总之，书和信都收到了。

这封信特别的"孩子气"十足，幸而我收到。"邪视"有什么要紧，惯常倒不是"邪视"，我想，许是冷不提防的一瞪罢！记得张竞生[1]之流发过一套伟论，说是人都提高程度，则对于一切，皆如鲜花美画一般，欣赏之，愿显示于众，而自然私有之念消，你何妨体验一下？

我虽然愿意努力工作，但对于有些事，总觉得能力不够，即如训育主任，要起草训育会章程，而这正如议宪法一样，参考虽有，合用则难，所以从

――

1　张竞生（1888年—1970年），原名张江流、张公室，广东饶平人，民国第一批留洋（法国）博士。哲学家、美学家、性学家、文学家和教育家。

回来至今，开过三次会议，召集十多人，而我的章程不行，至今还未组成会。现又另举四人为起草委员，只这一点，就可见我能力的薄弱了。此校发展难，自己感觉许多不便，想办好罢，也如你之在厦大一样。

此间报载北伐军于双十节攻下武昌，九江，南昌，则湖北江西全定了，再联合豫樊，与北之国民军成一直线，天下事即大有可为，此情想甚确。冯玉祥[1]在库伦亦发通电，正式加入国民政府，遵守总理遗嘱，实行三民主义了。闻闽战亦大顺利，不知确否？陈启修先生有不日往宜昌为政治部宣传主任之说，顾约孙来，不知是否代陈之缺，但陈是做社论的，孙如代他，即须多发政论，不能如向来副刊之以文艺为主也。

广东一小洋换十六枚（有时十五），好的香蕉，也不过一毛买五个，起了许多黑点的，则半个铜元就买到了。我常买香蕉吃，因为这里的新鲜而香，

---

1 冯玉祥（1882年—1948年），原名冯基善，又名冯御香，字焕章，安徽巢县（今巢湖）人，民国时期西北军的统帅和最高军政首脑。

和运到北京者大异。闻福建人多善做肉松，你何妨买些试试呢。

学生感情好，自然增加兴致，处处培植些好的禾苗，以供给大众，接济大众罢，这在自己，也是一种精神上的愉快，不虚负此一行的。在南人中插入一个北人的你，而他们不但并不歧视，反而这样优待，这是多么令人"闻之喜而不寐"呢。话虽如此，却不要因此又拚命工作，能自爱，才能爱人。

《新女性》上的文章，想下笔学做，但在现在，环境和时间都不容许，过几时写出再寄罢。

祝你有"聊"！

YOUR H. M.
十月十四日晚。

五八

广平兄：

伏园今天动身了。我于十八日寄你一信，恐怕就在邮局里一直躺到今天，将与伏园同船到粤罢。我前几天几乎也要同行，后来中止了。要同行的理由，小半自然也有些私心，但大部分却是为公，我以为中山大学既然需我们商议，应该帮点忙，而且厦大也太过于闭关自守，此后还应该与他大学往还。玉堂正病着，医生说三四天可好，我便去将此意说明，他亦深以为然，约定我先去，倘尚非他不可，我便打电报叫他，这时他病已好，可以坐船了。不料昨天又有了变化，他不但自己不说去，而且对于我的自去也翻了成议，说最好是向校长请假。教员请假，向来是归主任管理的，现在他这样说，明明是拿难题给我做。我想了一想，就中止了。此外还有一个原因，大概因为和南洋相距太近之故罢，此地实在太斤斤于银钱，"某人多少钱一月"等等的话，谈话中常听见；我们在此，当局者也日日希望我们从速做许多工作，发表许多成绩，像养牛之每日挤牛乳一般。某人每日薪水几元，大约是大家都念念不忘的。我一走，至少需两星期，有些人一定将以为我白白骗去了他们半月薪水，玉堂之不愿我旷课，或者就因为顾虑着这一节。我已收了三个月薪水，而上课才一月，自然不应该又请假，但倘计划远大，就不必拘拘于此，因为将来可以尽力之日正长。然而他们是眼光不远的，我也不作久远之想，所以我便不走，拟于本年中为他们作一篇季刊上的文章，到学术讲演会去讲演一次，又将我所辑的《古小说钩沈》献出，则学校可以觉得钱不白化，而我也可以来去自由了。至于研究教授，那自然不再去辞，因为即使辞掉，他们也仍要想法使你做别的工作，使收成与国文系教授之薪水相当的，还是任它拖着的好。

"现代评论"派的势力，在这里我看要膨涨起来，当局者的性质，也与此辈相合。理科也很忌文科，正与北大一样。闽南与闽北人之感情颇不洽，有几个学生极希望我走，但并非对我有恶意，乃是要学校倒楣。

这几天此地正在欢迎两位名人。一个是太虚和尚[1]到南普陀来讲经，于是佛化青年会提议，拟令童子军捧鲜花，随太虚行踪而散之，以示"步步生莲花"之意。但此议竟未实行，否则和尚化为潘

---

[1] 太虚（1890 年—1947 年），中国现代高僧。俗姓吕，本名淦森，法名唯心，别号悲华。浙江崇德（今桐乡）人。

妃¹，倒也有趣。一个是马寅初²博士到厦门来演说，所谓"北大同人"，正在发昏章第十一，排班欢迎。我固然是"北大同人"之一，也非不知银行之可以发财，然而于"铜子换毛钱，毛钱换大洋"学说，实在没有什么趣味，所以都不加入，一切由它去罢。

二十日下午。

写了以上的信之后，躺下看书，听得打四点的下课钟了，便到邮政代办所去看，收得了十五日的来信。我那一日的信既已收到，那很好。邪视尚不敢，而况"瞪"乎？至于张先生的伟论，我也很佩服，我若作文，也许这样说的。但事实怕很难，我若有公之于众的东西，那是自己所不要的，否则不愿意。以己之心，度人之心，知道私有之念之消除，大约当在二十五世纪，所以决计从此不瞪了。

---

1 潘妃，南朝齐东昏侯萧宝卷的宠妃，小字玉儿，有姿色，穷奢极欲，宫殿地铺金莲纹，潘玉儿行踏于殿，此步步生金莲也。
2 马寅初（1882年—1982年），名元善，字寅初，浙江嵊县（今嵊州）人，无党派人士，经济学家、银行家、教育家和人口学家，中国科学院学部委员，中央研究院院士，原北京大学校长，原浙江大学校长。

这里近三天凉起来了，可穿夹衫，据说到冬天，比现在冷得不多，但草却已有黄了的。学生方面，对我仍然很好；他们想出一种文艺刊物，已为之看稿，大抵尚幼稚，然而初学的人，也只能如此，或者下月要印出来。至于工作，我不至于拚命，我实在比先前懒得多了，时常闲着玩，不做事。

你不会起草章程，并不足为能力薄弱之证据。草章程是别一种本领，一须多看章程之类，二须有法律趣味，三须能顾到各种事件。我就最怕做这东西，或者也非你之所长罢。然而人又何必定须会做章程呢？即使会做，也不过一个"做章程者"而已。

据我想，伏园未必做政论，是办副刊。孟余们的意思，盖以为副刊的效力很大，所以想大大的干一下。上遂还是找不到事做，真是可叹，我不得已，已嘱伏园面托孟余去了。

北伐军得武昌，得南昌，都是确的。浙江确也独立了，上海附近也许又要小战，建人又要逃难，此人也是命运注定，不大能够安逸的，但走几步便是租界，大概不要紧。

重九日这里放一天假，我本无功课，毫无好处；登高之事，则厦门似乎不举行。肉松我不要吃，不去查考了。我现在买来吃的，只是点心和香蕉，偶然也买罐头。

明天要寄你一包书，都是零零碎碎的期刊之类，历来积下，现在一总寄出了。内中的一本《域外小说集》，是北新书局新近寄来的，夏天你要，我托他们去买，回说北京没有，这回大约是碰见了，所以寄来的罢，但不大干净，也许是久不印，没有新书之故。现在你不教国文，已没有用，但他们既然寄来，也就一并寄上，自己不要，可以送人的。

我已将《华盖集续编》编好，昨天寄去付印了。

迅。

二十日灯下。

五九

MY DEAR TEACHER:

从清早在期望中收到你的信（十日写寄），我欢喜的读着，你的心情似乎也能稍安了，但不知是否骗人安心，所以这样说，而实则勉强栖息在不合意的地方。

兼士，伏园先生已动身来粤也未？如要翻译，我可以尽义务的。

广州国庆日也和北方不同，当日我也寄你一信说及，想当早已收到了。

中山大学停一学期，再整理开学，文科主任的郭，做官去了，将来什么人来此教授，现尚未定。你如有意来粤就事，则你在这里的熟人颇不少，现在正是可以设法的时候，但这自然是现在的事万难再做下去的话。

昨星期日的上午及晚上，今晚，偷空凑了一篇文章寄上，可以过得去就转寄上海，否则尽可作废。

我校的舍监自行辞职，跑到政府里做女书记官去了。一时请不着人，就要我兼尽义务。明天她去到任，据说暂时还在这里帮助，等聘着人再去，不知确否。

我自己在这里也没有好坏可说，各班主任多不一致，对于训育，甚无进展，而且没空闲，机心[1]甚令人厌，倘有机会，不惜舍而之他也。

现甚困倦，如再有话，下次续写。

YOUR H. M.

十月十八晚。

六〇

广平兄：

我今天上午刚发一信，内中说到厦门佛化青年会欢迎太虚的笑话，不料下午便接到请柬，是南普陀寺和闽南佛学院公宴太虚，并邀我作陪，自然也还有别的人。我决计不去，而本校的职员硬要我去，说否则他们将以为本校看不起他们。个人的行

---

1 巧诈之心；机巧功利之心。出自《庄子集释》："吾虽有情，但仍忘弃机心。"

动，会涉及全校，真是窘极了，我只得去。罗庸[1]说太虚"如初日芙蓉"，我实在看不出这样，只是平平常常。入席，他们要我与太虚并排上坐，我终于推掉，将一位哲学教员供上完事。太虚倒并不专讲佛事，常论世俗事情，而作陪之教员们，偏好问他佛法，什么"唯识"呀，"涅槃"哪，真是其愚不可及，此所以只配作陪也欤。其时又有乡下女人来看，结果是跪下大磕其头，得意之状可掬而去。

这样，总算白吃了一餐素斋。这里的酒席，是先上甜菜，中间咸菜，末后又上一碗甜菜，这就完了，并无饭及稀饭。我吃了几回，都是如此。听说这是厦门的特别习惯，福州即不然。

散后，一个教员和我谈起，知道有几个这回同来的人物之排斥我，渐渐显著了，因为从他们的语气里，他已经听得出来，而且他们似乎还同他去联络。他于是叹息说："玉堂敌人颇多，但对于国学院不敢下手者，只因为兼士和你两人在此也。兼士

---

1 罗庸（1900年—1950年），蒙古族。字膺中，号习坎，笔名耘人、佗陵、修梅等。中国著名古典文学研究专家和国学家。

去而你在，尚可支持，倘你亦走，敌人即无所顾忌，玉堂的国学院就要开始动摇了。玉堂一失败，他们也站不住了。而他们一面排斥你，一面又个个接家眷，准备作长久之计，真是胡涂"云云。我看这是确的，这学校，就如一部《三国志演义》，你枪我剑，好看煞人。北京的学界在都市中挤轧，这里是在小岛上挤轧，地点虽异，挤轧则同。但国学院内部的排挤现象，外敌却还未知道（他们误以为那些人们倒是兼士和我的小卒，我们是给他们来打地盘的），将来一知道，就要乐不可支。我于这里毫无留恋，吃苦的还是玉堂，但我和玉堂的交情，还不到可以向他说明这些事情的程度，即使说了，他是否相信，也难说的。我所以只好一声不响，自做我的事，他们想攻倒我，一时也很难，我在这里到年底或明年，看我自己的高兴。至于玉堂，我大概是爱莫能助的了。

二十一日灯下。

十九的信和文稿，都收到了。文是可以用的，据我看来。但其中的句法有不妥处，这是小姐们的普通病，其病根在于粗心，写完之后，大约自己也

199

未必再看一遍。过一两天，改正了寄去罢。

兼士拟于廿七日动身向沪，不赴粤；伏园却已走了，打听陈惺农，该可以知道他的住址。但我以为他是用不着翻译的，他似认真非认真，似油滑非油滑，模模胡胡的走来走去，永远不会遇到所谓"为难"。然而行踪所过，却往往会留一点长远的小麻烦来给别人打扫。我不是雇了一个工人么？他却给这工人的朋友绍介，去包什么"陈源之徒"的饭，我教他不要多事，也不听。现在是"陈源之徒"常常对我骂饭菜坏，好像我是厨子头，工人则因为帮他朋友，我的事不大来做了。我总算出了十二块钱给他们雇了一个厨子的帮工，还要听埋怨。今天听说他们要不包了，真是感激之至。

上遂的事，除嘱那该打的伏园面达外，昨天又同兼士合写了一封信给孟余他们，可做的事已做，且听下回分解罢。至于我的别处的位置，可从缓议，因为我在此虽无久留之心，但目前也还没有决去之必要，所以倒非常从容。既无"患得患失"的念头，心情也自然安泰，决非欲"骗人安心，所以这样说"的：切祈明鉴为幸。

理科诸公之攻击国学院，这几天也已经开始了，因国学院房屋未造，借用生物学院屋，所以他们的第一着是讨还房子。此事和我辈毫不相关，就含笑而旁观之，看一大堆泥人儿搬在露天之下，风吹雨打，倒也有趣。此校大约颇与南开相像，而有些教授，则惟校长之喜怒是伺，妒别科之出风头，中伤挑眼，无所不至，妾妇之道也。我以北京为污浊，乃至厦门，现在想来，可谓妄想，大沟不干净，小沟就干净么？此胜于彼者，惟不欠薪水而已。然而"校主"一怒，亦立刻可以关门也。

我所住的这么一所大洋楼上，到夜，就只住着三个人：一张颐教授，一伏园，一即我。张因不便，住到他朋友那里去了，伏园又已走，所以现在就只有我一人。但我却可以静观默想，所以精神上倒并不感到寂寞。年假之期又已近来，于是就比先前沉静了。我自己计算，到此刚五十天，而恰如过了半年。但这不只我，兼士们也这样说，则生活之单调可知。

我新近想到了一句话，可以形容这学校的，是"硬将一排洋房，摆在荒岛的海边上"。然而虽是这样的地方，人物却各式俱有，正如一滴水，用显微镜看，也是一个大世界。其中有一班"姜妇"们，上面已经说过了。还有希望得爱，以九元一盒的糖果恭送女教员的老外国教授；有和著名的美人结婚，三月复离的青年教授；有以异性为玩艺儿，每年一定和一个人往来，先引之而终拒之的密斯先生；有打听糖果所在，群往吃之的无耻之徒……。世事大概差不多，地的繁华和荒僻，人的多少，都没有多大关系。

浙江独立，是确的了；今天听说陈仪的兵已与卢永祥开仗，那么，陈在徐州也独立了，但究竟确否，却不能知。闽边的消息倒少听见，似乎周荫人[1]是必倒的，而民军则已到漳州。

长虹又在和韦漱园吵闹了，在上海出版的《狂飙》上大骂，又登了一封给我的信，要我说几句话。这真是吃得闲空，然而我却不愿意奉陪了，这几年来，生命耗去不少，也陪得够了，所以决计置

———

1　周荫人（1885年—1956年），别号华辅，别字樾恩，河北武强人。民国军事人物。

之不理。况且闹的原因，据说是为了《莽原》不登向培良的剧本，但培良和漱园在北京发生纠葛，而要在上海的长虹破口大骂，还要在厦门的我出来说话，办法真是离奇得很。我那里知道其中的底细曲折呢。

此地天气凉起来了，可穿夹衣。明天是星期，夜间大约要看影戏，是林肯一生的故事。大家集资招来的，需六十元，我出一元，可坐特别席。林肯之类的故事，我是不大要看的，但在这里，能有好的影片看吗？大家所知道而以为好看的，至多也不过是林肯的一生之类罢了。

这信将于明天寄出，开学以后，邮政代办所在星期日也办公半日了。

L. S.

十月二十三日灯下。

六一

MY DEAR TEACHER：

现时是十点半，是我自己的时间了。我总觉得好久没有消息似的，总是盼望着，其实查了一查，是十八才收过信，隔现在不过三天。

舍监十九辞职了，由我代她兼任，已经三天，白天查寝室清洁，晚上查自习，七时至九时走三角点位置的楼上楼下共八室，走东则西不复自习，走西而南又不复自习。每走一次，稍耽搁即半小时，走三四次，即成了学生自习的时间，就是我在兜圈子的时间。至十时后，她们熄灯全都睡觉了，我才得回房，然而还要豫备些教课。现在虽在寻觅适当的人，但是很不易，因为初师毕业者，学生以其资格相等，不佩服，而专门以上毕业的人，则又因舍监事烦而薪水少，不肯来了。

这回回粤，家里有几个妇孺，帮忙是谊不容辞的，不料有些没有什么关系的女人们，也跑到学校里来，硬要借钱，缠绕不已，真教人苦恼极了。我磨命磨到寝食不安，折扣下来，所得有限，而她们硬当我发了大财，每月是二三百的进款。我的欠薪，恐怕要到明年底，才能慢慢地派回一点，但看目前内外交迫的情形，则即使只维持到阳历一月，我的身体也许就支持不住的。

MY DEAR TEACHER! 人是那么苦，总没有比

较的满意之处，自然，我也知道乐园是在天上，人间总不免辛苦的，然而我们的境遇，像你到厦，我到粤的经历，实在也太使人觉得寒心。人固应该在荆棘丛中寻坦途，但荆棘的数量也真多，竟生得永没有一些空隙。

今晚又是星期四，初拟写信，后想等一两天，得了来信再写，后又因为受了一点刺激，就提起笔来向你发牢骚了，过一会就会心平气和的，勿念。

十九日收到十二寄的《语丝》九九期。这日我寄出一信，并文稿，想已到。

YOUR H. M.

十月廿一晚十一时十分。

MY DEAR TEACHER：

我昨晚写了一张信，也在盼着来信，觉得今天大概可以得到的，早上到办公处，果然看见桌上有你的信在，我欢喜的读了。现在是晚饭前的五时余，我的饭还未开来，就又打开你的信，将要说的话写在这下面——

职务实在棘手，我自然在设法的，但聘书上写着一学期，只好勉强做。而且我的训育，颇关紧要，如无结果而去，也未免太不像样，所以只得做，做得不好再说。今日学校约定了一个暂代舍监的人，她的使命是为党工作，对于舍务不大负责，每星期有三四天不住校，约定是短期的，至多一学期，少则一二月。那么，我还是忙，不过较现在可以较好。但她要十一月初才能到校，所以现在仍是我独当其冲，每晚要十点多后，才得豫备功课或做私事。而近来又新添了一件事，就是徐谦[1]提议改良司法男女平等后，广州的各界妇女联合会推举我校校长为代表，并推八个团体为修改法律委员会，我校也即其一。我是管公共事业的，所以明天开会，令我出席，后天星期还开会，大约也是我去，你看连星期日也没得空。但有什么法呢，我是训育主任，因此就要使我变把戏，而且得像孙悟空一样，摇身一变，化为七十二个，才够应付。

用度自然量入为出，不够也不至于，我没有开口，你不要用对少爷们的方法对付我，因为我手头

---

1 徐谦（1871年—1940年），字季龙，出生于江西南昌，曾任第一届中华民国国民参政会参政员。

愈宽，应付环境就愈困难，你晓得么？我甚悔不到汕头去教书，却到这里来，否则，恐怕要清净得多。

伏园逢吉来，如要我招呼，不妨通知他们一声，但我的忙碌，也请豫先告诉。

中山大学（旧广大）全行停学改办，委员长是戴季陶，副顾孟余，此外是徐谦，朱家骅，丁维汾[1]。我不明白内中的情形，所以改办后能否有希望，现时也不敢说，但倘有人邀你的话，我想你也不妨试一试，从新建造，未必不佳。我看你在那里实在勉强。

我昨晚写的信，也是向你发牢骚的，本想不寄，但也是一时的心情，所以仍给你看一看。然而我现在颇高兴了，今天寻得了舍监。虽然要十一月一日才来，但我盼望那时能够合起来将学校整顿一下，我然后再走，也不枉我这次来校一行。现在要吃饭了。这封信是分两次写的。不久就要去查——

1　丁惟汾（1874年—1954年），字鼎丞，山东日照人，曾留学日本明治大学。留学期间加入同盟会，任山东主盟人，在东京创办《晨钟》周刊，并联络会员在山东办学，宣传革命。

自习，以及豫备教课（明天我有两小时），下次再说罢。

YOUR H. M.

十月廿二日下午六时。

六二

广平兄：

廿三日得十九日信及文稿后，廿四日即发一信，想已到。廿二日寄来的信，昨天收到了。闽粤间往来的船，当有许多艘，而邮递信件，似乎被一个公司所包办，惟它的船才带信，所以一星期只有两回，上海也如此。我疑心这公司是太古。

我不得同意，不见得用对付少爷们之法，请放心。但据我想，自己是恐怕决不开口的，真是无法可想。这样食少事烦的生活，怎么持久？但既然决心做一学期，又有人来帮忙，做做也好，不过万不要拚命。人固然应该办"公"，然而总须大家都办，倘人们偷懒，而只有几个人拚命，未免太不"公"了，就该适可而止，可以省下的路少走几趟，可以不管的事少做几件，自己也是国民之一，应该爱惜的，谁也没有要求独独几个人应该做得劳苦而死的权利。

我这几年来，常想给别人出一点力，所以在北京时，拚命地做，忘记吃饭，减少睡眠，吃了药来编辑，校对，作文。谁料结出来的，都是苦果子。有些人就将我做广告来自利，不必说了；便是小小的《莽原》，我一走也就闹架。长虹因为社里压下（压下而已）了投稿，和我理论，而社里则时时来信，说没有稿子，催我作文。我实在有些愤愤了，拟至二十四期止，便将《莽原》停刊，没有了刊物，看大家还争持些什么。

我早已有些想到过，你这次出去做事，会有许多莫名其妙的人们来访问你的，或者自称革命家，或者自称文学家，不但访问，还要要求帮忙。我想，你是会去帮的，然而帮忙之后，他们还要大不满足，而且怨恨，因为他们以为你收入甚多，这一点即等于不帮，你说竭力的帮了，乃是你吝啬的谎话。将来或有些失败，便都一哄而散，甚者还要下石，即将访问你时所见的态度，衣饰，住处等等，作为攻击之资，这是对于先前的吝啬的罚。这种情形，我都曾一一尝过了，现在你大约也正要开始尝着这况味。这很使人苦恼，不平，但尝尝也好，因为知道世事就可以更加真切了。但这状态是永续不得的，经验若干时之后，便须恍然大悟，斩钉截铁地将他们撇开，否则，即使将自己全部牺牲了，他们也仍不满足，而且仍不能得救。其实呢，就是你现在见得可怜的所谓"妇孺"，恐怕也不在这例外。

以上是午饭前写的。现在是四点钟，今天没有事了。兼士昨天已走，早上来别。伏园已有信来，云船上大吐（他上船之前喝了酒，活该！），现寓长堤的广泰来客店，大概我信到时，他也许已走了。浙江独立已失败，那时外面的报上虽然说得热闹，但我看见浙江本地报，却很吞吐其词，好像独立之初，本就灰色似的，并不如外间所传的轰轰烈烈。福建事也难明真相，有一种报上说周荫人已为乡团所杀，我看也未必真。

这里可穿夹衣，晚上或者可加棉坎肩，但近几天又无需了。今天下雨，也并不凉。我自从雇了一个工人之后，比较的便当得多。至于工作，其实也并不多，闲工夫尽有，但我总不做什么事，拿本无聊的书玩玩的时候多，倘连编三四点钟讲义，便觉影响于睡眠，不容易睡着，所以我讲义也编得很慢，而且遇有来催我做文章的，大抵置之不理，做事没有上半年那么急进了，这似乎是退步，但从别一面看，倒是进步也难说。

楼下的后面有一片花圃，用有刺的铁丝拦着，我因为要看它有怎样的拦阻力，前几天跳了一回试试。跳出了，但那刺果然有效，给了我两个小伤，一股上，一膝旁，可是并不深，至多不过一分。这是下午的事，晚上就全愈了，一点没有什么。恐怕这事会招到诰诫，但这是因为知道没有什么危险，所以试试的，倘觉可虑，就很谨慎。例如，这里颇多小蛇，常见被打死着，颚部多不膨大，大抵是没有什么毒的，但到天暗，我便不到草地上走，连夜间小解也不下楼去了，就用磁的唾壶装着，看夜半无人时，即从窗口泼下去。这虽然近于无赖，但学校的设备如此不完全，我也只得如此。

玉堂病已好了。白果已往北京去接家眷，他大概决计要在这里安身立命。我身体是好的，不喝酒，胃口亦佳，心绪比先前较安帖。

迅。

十月二十八日。

六三

MY DEAR TEACHER：

昨廿二晚写一信，或者与此信同到，亦未可知。

今早到办事处，见你十九寄来的信；一日所寄的信及《莽原》，已随后收到，前信说及了。

这里既电邀你，你何妨来看一看呢。广大（中大）现系从新开始，自然比较的有希望，教员大抵新聘，学生也加甄别，开学在下学期，现在是着手筹备。我想，如果再有电邀，你可以来筹备几天，再回厦门教完这半年，待这里开学时再来。广州情形虽云复杂，但思想言论，较为自由，"现代"派这里是立不住的，所以正不妨来一下。否则，下半年到那去呢？上海虽则可去，北京也可去，但又何必独不赴广东？这未免太傻气了。

我读了你这封信后，我以为最要紧的是上面的那些话，此外也一时想不起要说什么来。总之，你可打听清楚，倘可以抽出一点工夫，即不妨来参观一趟，将来可做则做，要不然，明年不来就是了。我所说我的困难情形，是我那女师所特有的，别的地方却不如此。

我写这信，是从新校办公处跑回旧校寝室写的，现在急于去办事，就此搁笔了。

YOUR H. M.

十月廿三上午九时。

我这信，也因希望你来，故说得天花乱坠，一切由你洞鉴可矣。

六四

广平兄：

前日（廿七）得廿二日的来信后，写一回信，今天上午自己送到邮局去，刚投入邮箱，局员便将二十三发的快信交给我了。这两封信是同船来的，论理本该先收到快信，但说起来实在可笑，这里的情形是异乎寻常的。普通信件，一到就放在玻璃箱内，我们倒早看见；至于挂号的呢，则秘而不宣，一个局员躲在房里，一封一封上帐，又写通知单，叫人带印章去取。这通知单也并不送来，仍然供在玻璃箱里，等你自己走过看见。快信也同样办理，所以凡挂号信和'快'信，一定比普通信收到得迟。

我暂不赴粤的情形，记得又在二十一日的信里说过了。现在伏园已有信来，并未有非我即去不可之概；开学既然在明年三月，则年底去也还不迟。我固然很愿意现在就走一趟，但事实的牵扯也实在太利害，就是：走开三礼拜后，所任的事搁下太多，倘此后一一补做，则工作太重，倘不补，就有占了便宜的嫌疑。假如长在这里，自然可以慢慢地补做，不成问题，但我又并不作长久之计，而况还有玉堂的苦处呢。

至于我下半年那里去，那是不成问题的。上海，北京，我都不去，倘无别处可走，就仍在这里混半年。现在去留，专在我自己，外界的鬼祟，一时还攻我不倒。我很想尝尝杨桃，其所以熬着者，为己，只有一个经济问题，为人，就只怕我一走，玉堂立刻要被攻击，因此有些彷徨。一个人就能为这样的小问题所牵掣，实在可叹。

才发信，没有什么事了，再谈罢。

迅。

十，二九。

六五

MY DEAR TEACHER：

十九，廿二，及廿三的快信，你都收到了罢？

今早（廿七）到办事处，收到你廿一寄来的信及十月六日寄的书一束，内有第三，四期的《沈钟》各一，又《荆棘》一本，这些书要隔二十天才到，真也奇怪。

廿四星期日，我到陈先生寓里去访李之良，见长胡子的伏园在坐，听说是廿三就到这里，而你廿日的信则廿七才到，但十八的信，却确是"与伏园同船到粤"，廿三收到的。我当日即复一快信，是告诉你不妨来助中大一臂之力。现在我又陆续听说，这回的改组，确是意在革新，旧派已在那里抱怨，当局还决计多聘新教授，关于这一层，我希望你们来，否则，郭沫若做官去了，你们又不来，这里急不暇择，文科真不知道会请些什么人物。对于"现代"派，这里并没有人注意到，只知道攻击国家主义的周刊《醒狮》，而不知变相的《醒狮》，随处皆是。

玉堂先生一定也有他的为难之处，自己新办的国学院，内部先弄到这样子，而且从校长这方面，也许会给他听些难受的话，他自然迟疑不决了。至于计较金钱，那恐怕是普遍的现象，即如我在这里，虽然每月实收不过数十元，但人们是替我记着表面上的数目的，办事稍不竭力，难免得到指摘。

你要寄我"一包零零碎碎的期刊之类"的书，现在收到的只有三本，想是另外还有一包，此时未到，或者不至于寄失，待收到后，再行告知。

昨日（廿六）为援助韩国独立及万县惨案[1]，我校放假一日，到中大去开会。中大操场上搭讲台两座，人数十多万。下午三时巡行，回校后本想写信，因为太疲倦了，没有实行。

---

[1] 指 1926 年 9 月，英帝国主义在四川万县制造的一起野蛮屠杀中国军民的暴行。

以中大与厦大比较，中大较易发展，有希望，因为交通便利，民气发扬，而且政府也一气，又为各省所注意的新校。你如下学期不愿意再在厦大，此处又诚意相邀，可否便来一看。但薪水未必多于厦大，而生活及应酬之费，则怕要加多，但若作为旅行，一面教书，一面游玩，却也未始不可的。

现在是午后一时，在寝室写此，就要办公去了，下次详述罢。

YOUR H. M.

十月廿七午后一时。

六六

广平兄：

十月廿七的信，今天收到了；十九，二十二，二十三的，也都收到。我于廿四，廿九，卅日均发信，想已到。至于刊物，则查载在日记上的，是廿一，廿，各一回，什么东西，已经忘却，只记得有一回内中有《域外小说集》。至于十月六日的刊物，则不见于日记上，不知道是失载，还是其实是廿一所发，而我将月日写错了。只要看你是否收到廿一

217

寄的一包，就知道，倘没有，那是我写错的了；但我仿佛又记得六日的是别一包，似乎并不是包，而是三本书对叠，像普通寄期刊那样的。

伏园已有信来，据说上遂的事很有希望，学校的别的事情却没有提，他大约不久当可回校，我可以知道一点情形，如果中大定要我去，我到后于学校有益，那我就于开学之前到那边去。此处别的都不成问题，只在对不对得起玉堂。但玉堂也太胡涂——不知道还是老实——至今还迷信着他的"襄理"，这是一定要糟的，无药可救。山根先生仍旧专门荐人，图书馆有一缺，又在计画荐人了，是胡适之的书记，但这回好像不大顺手似的。至于学校方面，则这几天正在大敷衍马寅初。昨天浙江学生欢迎他，硬要拖我去一同照相，我竭力拒绝，他们颇以为怪。呜呼，我非不知银行之可以发财也，其如"道不同不相为谋"何。明天是校长赐宴，陪客又有我，他们处心积虑，一定要我去和银行家扳谈，苦哉苦哉！但我在知单上只写了一个"知"字，不去可知矣。

据伏园信说，副刊十二月开手，那么，他回校之后，两三礼拜便又须去了，也很好。

十一月一日午后。

　　但我对于此后的方针，实在很有些徘徊不决，那就是：做文章呢，还是教书？因为这两件事，是势不两立的：作文要热情，教书要冷静。兼做两样的，倘不认真，便两面都油滑浅薄，倘都认真，则一时使热血沸腾，一时使心平气和，精神便不胜困惫，结果也还是两面不讨好。看外国，兼做教授的文学家，是从来很少有的。我自己想，我如写点东西，也许于中国不无小好处，不写也可惜；但如果使我研究一种关于中国文学的事，大概也可以说出一点别人没有见到的话来，所以放下也似乎可惜。但我想，或者还不如做些有益的文章，至于研究，则于余暇时做，不过倘使应酬一多，可又不行了。

　　此地这几天很冷，可穿夹袍，晚上还可以加棉背心。我是好的，胃口照常，但菜还是不能吃，这在这里是无法可想的。讲义已经一共做了五篇，从明天起，想做季刊的文章了。

迅。

十一月一日灯下。

六七

MY DEAR TEACHER：

这几天忙一点，没有写信。我廿七收到你十月十六的信及六日的一束《沈钟》和《荆棘》，廿九又收到廿一寄来的一包书，内有《域外小说集》等九本。今日下午，又收到你廿四写来的信。

昨下午快到晚饭时候，伏园和毛子震先生（即与许先生一同在北京国务院前诊察刘和珍脉的那个）来大石街旧校相访，我忘记了他们是"外江佬"，一气说了一通广东话，待到伏园先生对我声明不懂，这才省悟过来。后来约到玉醪春饭店晚餐，见他们总用酱油，大约是嫌菜淡。伏园先生甚能饮，也吃，但每食必放下箸，好像文绉绉的小姐一样。结帐并不贵，大出我的意外，菜单六元六，付给七元，就很满意了。伏园先生说，不定今天就回厦，将来也许再来，未定，云云。我也没有向他探听中大的事。

你们雇用的听差很好，听伏园先生说，如果离开厦门，他也肯跟着走。那么，何妨带了他来，好长期使用呢。

今日（星六，卅）本校学生召集全体大会，手续时间都不合，我即加以限制，并设法引导他们，从此也许引起风潮，好的方面，则由此整理一下，否则我走。走是我早已准备的，人要做事，先立了可去的心，才有决断和勇气。这回的事，成则学校之福，倘不然，我走也没有什么。总之是有文章做，马又到广东"害群"了，只可惜没有帮手。但他们旧派也不弱，你坐在城上看戏，待我陆续开出剧目来罢。

关于《莽原》投稿的争吵，不管也好，因为相距太远，真相难明，很容易出力不讨好的。

北伐事，广州也说得很好，说是周荫人已死，西北军进行顺利，都是好消息。这里的天气不凉不热，可穿两件单衣，自我回来至今，校内外不断发生时症，先是寒热交加，后出红点，点退人愈，但我并没有被传染。

各式人等，各处都是，然而这种种不同，却是一件巧妙的事，使我们见闻增多，活得不枯寂，也是好的。

YOUR H. M.

十月卅晚。

六八

广平兄:

　　昨天刚发一信，现在也没有什么话要说，不过有一些小闲事，可以随便谈谈。我又在玩——我这几天不大用功，玩着的时候多——所以就随便写它下来。

　　今天接到一篇来稿，是上海大学的女生曹轶欧[1]寄来的，其中讲起我在北京穿着洋布大衫在街上走的事，下面注道，"这是我的朋友 P. 京的 H. M. 女校生亲口对我说的"。P. 自然是北京，但那校名却奇怪，我总想不出是那一个学校来。莫非就是女师大，和我们所用是同一意义么?

　　今天又知道一件事，有一个留学生在东京自称我的代表去见盐谷温[2]氏，向他索取他所印的《三国志平话》，但因为书尚未装成，没有拿去。他怕将来盐谷氏直接寄我，将事情弄穿，便托 C. T. 写——

1　曹轶欧（1903 年—1989 年），北京大兴人，康生的第二任妻子，原全国人民代表大会常务委员会委员。
2　盐谷温（1878 年—1962 年），号节山，日本著名的中国学家，中国俗文学研究的开创者之一。

信给我，要我追认他为代表，还说，否则，于中国人之名誉有关。你看，"中国人的名誉"是建立在他和我的说谎之上了。

今天又知道一件事。先前朱山根要荐一个人到国学院，但没有成。现在这人终于来了，住在南普陀寺。为什么住到那里去的呢？因为伏园在那寺里的佛学院有几点钟功课（每月五十元），现在请人代着，他们就想挖取这地方。从昨天起，山根已在大施宣传手段，说伏园假期已满（实则未满）而不来，乃是在那边已经就职，不来的了。今天又另派探子，到我这里来探听伏园消息。我不禁好笑，答得极其神出鬼没，似乎不来，似乎并非不来，而且立刻要来，于是乎终于莫名其妙而去。你看"现代"派下的小卒就这样阴鸷，无孔不入，真是可怕可厌。不过我想这实在难对付，譬如要我去和此辈周旋，就必须将别的事情放下，另用一番心机，本业抛荒，所得的成绩就有限了。"现代"派学者之无不浅薄，即因为分心于此等下流事情之故也。

迅。

十一月三日大风之夜。

十月卅日的信，今天收到了。马又要发脾气，我也无可奈何。事情也只得这样办，索性解决一下，较之天天对付，劳而无功的当然好得多。教我看戏目，我就看戏目，在这里也只能看戏目，不过总希望勿太做得力尽神疲，一时养不转。

今天有从中大寄给伏园的信到来，可见他已经离开广州，但尚未到，也许到汕头或福州游玩去了。他走后给我两封信，关于我的事，一字不提。今天看见中大的考试委员名单，文科中人多得很，他也在内，郭沫若，郁达夫也在，那么，我的去不去也似乎没有多大关系，可以不必急急赶到了。

关于我所用的听差的事，说起来话长了。初来时确是好的，现在也许还不坏，但自从伏园要他的朋友去给大家包饭之后，他就忙得很，不大见面。后来他的朋友因为有几个人不大肯付钱（这是据听差说的），一怒而去，几个人就算了，而还有几个人却要他接办。此事由伏园开端，我也没法禁止，也无从一一去接洽，劝他们另寻别人。现在这听差是忙，钱不够，我的饭钱和他自己的工钱，都已豫支一月以上。又，伏园临走宣言：自己不在时仍付饭钱。然而只是一句话，现在这一笔帐也在向我索取。我本来不善于管这些琐事，所以常常弄得头昏眼花。这些代付和豫支的款，不消说是不能收回的，所以在十月这一个月中，我就是每日得一盆脸水，吃两顿饭，而共需大洋约五十元。这样贵的听差，用得下去的么？"解铃还仗系铃人"，所以这回伏园回来，我仍要他将事情弄清楚。否则，我大概只能不再雇人了。

明天是季刊文章交稿的日期，所以我昨夜写信一张后，即开手做文章，别的东西不想动手研究了，便将先前弄过的东西东抄西撮，到半夜，并今天一上午，做好了，有四千字，并不吃力，从此就又玩几天。

这里已可穿棉坎肩，似乎比广州冷。我先前同兼士往市上去，见他买鱼肝油，便趁热闹也买了一瓶。近来散拿吐瑾吃完了，就试服鱼肝油，这几天胃口仿佛渐渐好起来似的，我想再试几天看，将来或者就改吃这鱼肝油（麦精的，即"帕勒塔"）也说不定。

迅。

十一月四日灯下。

六九

广平兄：

昨上午寄出一信，想已到。下午伏园就回来了，关于学校的事，他不说什么。问了的结果，所知道的是：（1）学校想我去教书，但无聘书；（2）上遂的事尚无结果，最后的答复是"总有法子想"；（3）他自己除编副刊外，也是教授，已有聘书；（4）学校又另电请几个人，内有"现代"派。这样看来，我的行止，当看以后的情形再定。但总当于阴历年假去走一回，这里阳历只放几天，阴历却有三礼拜。

李逢吉前有信来，说访友不遇，要我给他设法绍介，我即寄了一封绍介于陈惺农的信，从此无消息。这回伏园说遇诸途，他早在中大做职员了，也并不去见惺农，这些事真不知是怎么的，我如在做梦。他寄一封信来，并不提起何以不去见陈，但说我如往广州，创造社的人们很喜欢云云，似乎又与他们在一处，真是莫名其妙。

伏园带了杨桃回来，昨晚吃过了，我以为味道并不十分好，而汁多可取，最好是那香气，出于各种水果之上。又有"桂花蝉"和"龙虱"，样子实在好看，但没有一个人敢吃。厦门也有这两种东西，但不吃。你吃过么？什么味道？

以上是午前写的，写到那地方，须往外面的小饭店去吃饭。因为我的听差不包饭了，说是本校的厨子要打他（这是他的话，确否殊不可知），我们这里虽吃一口饭也就如此麻烦。在饭店里遇见容肇祖（东莞人，本校讲师）和他的满口广东话的太太。对于桂花蝉之类，他们俩的主张就不同，容说好吃的，他的太太说不好吃的。

六日灯下。

从昨天起，吃饭又发生了问题，须上小馆子或买面包来，这种问题都得自己时时操心，所以也不大静得下。我本可以于年底将此地决然舍去，我所迟疑的是怕广州比这里还辛劳，认识我的人们也多，不几天就忙得如在北京一样。

中大的薪水比厦大少，这我倒并不在意，所虑的是功课多，听说每周最多可至十二小时，而做文章一定也万不能免，即如伏园所办的副刊，就非投稿不可，倘再加上别的事情，我就又须吃药做文章了。在这几年中，我很遇见了些文学青年，由经验的结果，觉他们之于我，大抵是可以使役时便竭力使役，可以诘责时便竭力诘责，可以攻击时自然是竭力攻击，因此我于进退去就，颇有戒心，这或也是颓唐之一端，但我觉得这也是环境造成的。

　　其实我也还有一点野心，也想到广州后，对于"绅士"们仍然加以打击，至多无非不能回北京去，并不在意。第二是与创造社联合起来，造一条战线，更向旧社会进攻，我再勉力写些文字。但不知怎的，看见伏园回来吞吞吐吐之后，便又不作此想了。然而这也不过是近一两天如此，究竟如何，还当看后来的情形的。

　　今天大风，仍为吃饭而奔忙；又是礼拜，陪了半天客，无聊得头昏眼花了，所以心绪不大好，发了一通牢骚，望勿以为虑，静一静又会好的。

明天想寄给你一包书，没有什么好的，自己如不要，可以分给别人。

迅。

十一月七日灯下。

昨天在信上发了一通牢骚后，又给《语丝》做了一点《厦门通信》，牢骚已经发完，舒服得多了。今天又已约定一个厨子包饭，每月十元，饭菜还过得去，大概可以敷衍半月一月罢。

昨夜玉堂来打听广东的情形，我们因劝其将此处放弃，明春同赴广州。他想了一会，说，我来时提出条件，学校一一允许，怎能忽然不干呢？他大约决不离开这里的了。但我看现在的一批人物，国学院是一定没有希望的，至多，只能小小补苴[1]，混下去而已。

浙江独立早已灰色，夏超[2]确已死了，是为自己的兵所杀的，浙江的警备队，全不中用。今天看报，知九江已克，周凤岐（浙兵师长）降，也已见

----

1 缝补或补缀；弥补缺陷。
2 夏超（1882年—1926年），字定侯，浙江青田人。中华民国时期北洋政府浙江省长，中将军衔，追赠陆军上将。

于路透电，定是确的，则孙传芳仍当声势日蹙耳，我想浙江或当还有点变化。

L. S.
十一月八日午后。

七〇

MY DEAR TEACHER：

我前信不是说，我校发生事情了么，现在还正在展开。我们对于这学校，大家都已弄得力尽筋疲，然而总是办不好，学生们处处故意使人为难。上月间广州学生联合会例须召集各校，开全体大会，每校三十人中选举一人出席，而我校学生会全为旧派所把持。说起旧派来，自"树的派"（听说以一枝粗的手杖为武器，攻打敌党，有似意大利的棒喝团，但详细情形我不知道）失败后，原已逐渐消沉了的，而根株仍在，所以得了广州学生联合会通告后，我校学生会的主席就先行布置了有利于己派的一切，然后公布召集大会，选举代表。这谋划引起了别派学生的不满，起而反对，遂大纷扰。学校为避免纠纷起见，禁止两方开会，而旧派不受约束，仍要续开，且高呼校长为"反革命"。于是校中组织特别裁判委员会，议决开除学生二名，于今日发表。现在各班仍照常上课，并无举动，但一面自在暗中活动，明天当或有游行，散传单呼冤，或拥被开除的二人回校等类之举的。总之，事情是要推演下去的。

今日阅报，知闽南已被革命军肃清，闽周兵逃回厦门。那么，厦门交通恐已有变，不知此信能早到否？

李逢吉日前来一信，说见伏园，知我来粤，约时一见。他是老实人，我已回信给他，约有空来校一见了。

伏园先生已回厦门否？他既要来粤作事，复回厦门是什么缘故？

这几天我也许忙一点，不暇常常写信，但稍闲即写，不须挂念。这回是要说的都说了，暂且"带住"罢。

YOUR H. M.

十一月四晚十一时半。

七一

广平兄:

昨天上午寄出一包书并一封信,下午即得五日的来信。我想如果再等信来而后写,恐怕要隔许多天了,所以索性再写几句,明天付邮,任它和前信相接,或一同寄到罢。

对于学校也只能这么办。但不知近来如何?如忙,则不必详叙,因为我也并不怎样放在心里,情形已和对杨荫榆时不同也。

伏园已回厦门,大约十二月中再去。逢吉只托他带给我一封含含胡胡的信,但我已推测出,他前信说在广州无人认识是假的。《语丝》第百一期上,徐耀辰所做的《送南行的爱而君》的L就是他,他给他好几封信,介绍给熟人(=创造社中人),所以他和创造社人在一处了,突然遇见伏园,乃是意外之事,因此对我便只好吞吞吐吐。"老实"与否,可研究之。

忽而匿名写信来骂,忽而又自来取消的乌文

光[1]，也和他在一处；另外还有些我所认识的人们。我这几天忽而对于到广州教书的事，很有些踌躇了，恐怕情形会和在北京时相像。厦门当然难以久留，此外也无处可走，实在有些焦躁。我其实还敢站在前线上，但发见当面称为"同道"的暗中将我作傀儡或从背后枪击我，却比被敌人所伤更其悲哀。我的生命，碎割在给人改稿子，看稿子，编书，校字，陪坐这些事情上者，已经很不少，而有些人因此竟以主子自居，稍不合意，就责难纷起，我此后颇想不再蹈这覆辙了。

忽又发起牢骚来，这回的牢骚似乎发得日子长一点，已经有两三天。但我想，明后天就要平复了，不要紧的。

这里还是照先前一样，并没有什么，只听说漳州是民军就要入城了。克复九江，则其事当甚确。昨天又听到一消息，说陈仪入浙后，也独立了，这使我很高兴，但今天无续得之消息，必须再过几天，才能知道真假。

———

1　指黎锦明。

中国学生学什么意大利，以趋奉北政府，还说什么"树的党"，可笑极了。别的人就不能用更粗的棍子对打么？伏园回来说广州学生情形，真很出我意外。

迅。

十一月九日灯下。

七二

MY DEAR TEACHER：

这几天因为学校有事，又引起了我有事即写不出字来的老毛病，所以五日接到你廿九，卅日两信后，屡想执笔而仍复搁下了。

以上是昨晚写的，但仍写不下去，今早（星期）再写以下的话——

五日寄一信，不是说我校在闹风潮了么，现在还未止，但也不十分激烈。我觉得女性好像总较倾于黑暗和守旧，所以学生之中，中立者一部分，革命者一部分，反动者一部分而最占势力。其实中立者虽无举动，但不过因学校禁止一切集会而然，她们仍遍贴传单，要求开会解决，收回二生，谓否则行第二策（罢课），再否则行第三策（十二个B队署名，即以十二响剥壳枪对待也）；同时校长又收到英文信一封，内画一剑一枪，末云请其自择。已以虚声恫吓，则其实力之不足可知，大约风潮是不久便要了结的。但自从学潮起后，因我是训育主任，直接禁罚他们，故已成众矢之的，先前见我十分客气，表示欢笑者，现亦往往不过勉强招呼，或故作不见，甚或怒目而视。总之感情破裂，难以维持，此学期一日不完，我暂且负责一时，但一结束，当即离开，此时如汕头还缺教员，便赴汕头，否则另觅事做就是了。

昨领到十月份薪水，计小洋四十五元，另有库券及公债票，但前月库券，日内兑现，可得廿金，共六十五元，也未尝不够。不相干的人物，无帮助之必要，诚如来信所言，惟寡嫂幼侄，情实可怜，见之凄然，令人不能不想努力加以资助，这在现在，是只能看作例外的。

战事无甚新闻，惟昨报载九江已经攻下。今日为苏俄十月革命纪念日，农工各会，皆组织纪念会；九日为广州光复纪念，放假一天；十二为中山先生生日纪念，此地有大庆祝，届时又有一番忙碌了。

你说"做事没有上半年那么急进"，也许是进步，但何以上半年还要急进呢？是因为有人和你淘气么？请勿以别人为中心，而以自己定夺罢。

你暂不来粤，也好，我并不定要煽动你来。不过听了厦门的情形，怕你受不住气，独自闷着，无人从旁劝解耳。对于跳铁丝栏，亦拟不加诰诫，因为我所学的是教育，而抑制好动的天性，是和教育原理根本剌谬的。

你廿九，卅两信，同时收到；又收到了十月廿四寄的《语丝》一束，内共有四期。

我身体很好，饭量亦加，请勿念。现在外面鼓声冬冬，是苏俄革命纪念日的工会游行罢。下午也许偷空访人去。

要说的都写出来了。

YOUR H. M.

十一月七日早十时半。

七三

广平兄：

十日寄出一信，次日即得七日来信，略略一懒，便迟到今天才写回信了。

对于侄子的帮助，你的话是对的。我愤激的话多，有时几乎说："宁我负人，毋人负我。"然而自己也往往觉得太过，实行上或者且正与所说的相反。人也不能将别人都作坏人看，能帮也还是帮，不过最好是量力，不要拚命就是了。

"急进"问题，我已经不大记得清楚了，这意思，大概是指"管事"而言，上半年还不能不管事者，并非因为有人和我淘气，乃是身在北京，不得不尔，譬如挤在戏台面前，想不看而退出，也是不很容易的。至于不以别人为中心，也很难说，因为一个人的中心并不一定在自己，有时别人倒是他的中心，所以虽说为人，其实也是为己，因此而不能"以自己定夺"的事，也就往往有之。

我先前在北京为文学青年打杂，耗去生命不少，自己是知道的。但到这里，又有几个学生办了一种月刊，叫作《波艇》，我却仍然去打杂。这也还是上文所说，不能因为遇见过几个坏人，便将人们都作坏人看的意思。但先前利用过我的人，现在见我偃旗息鼓，遁迹海滨，无从再来利用，就开始攻击了，长虹在《狂飙》第五期上尽力攻击，自称见过我不下百回，知道得很清楚，并捏造许多会话（如说我骂郭沫若之类）。其意即在推倒《莽原》，一方面则推广《狂飙》的销路，其实还是利用，不过方法不同。他们那时的种种利用我，我是明白的，但还料不到他看出活着他不能吸血了，就要打杀了煮吃，有如此恶毒。我现在姑且置之不理，看看他技俩发挥到如何。总之，他戴着见了我"不下百回"的假面具，现在是除下来了，我还要子细[1]的看看。

校事不知如何？如少暇，简略的告知几句就好。我已收到中大聘书，月薪二百八，无年限的，大约那计画是将以教授治校，所以凡认为非军阀帮闲的，就不立年限。但我的行止，一时也还不能决

---

1 即"仔细"。

定。此地空气恶劣，当然不愿久居，而到广州也有不合的几点：（一）我对于行政方面，素不留心，治校恐非所长；（二）听说政府将移武昌，则熟人必多离粤，我独以"外江佬"留在校内，大约未必有味；而况（三）我的一个朋友或者往汕头，则我虽至广州，又与在厦门何异。所以究竟如何，当看情形再定了，好在开学还在明年三月初，很有考量的余地。

我在静夜中，回忆先前的经历，觉得现在的社会，大抵是可利用时则竭力利用，可打击时则竭力打击，只要于他有利。我在北京这么忙，来客不绝，但一受段祺瑞，章士钊们的压迫，有些人就立刻来索还原稿，不要我选定，作序了。其甚者还要乘机下石，连我请他吃过饭也是罪状了，这是我在运动他；请他喝过好茶也是罪状了，这是我奢侈的证据。借自己的升沉，看看人们的嘴脸的变化，虽然很有益，也有趣，但我的涵养工夫太浅了，有时总还不免有些愤激，因此又常迟疑于此后所走的路：（一）死了心，积几文钱，将来什么事都不做，顾自己苦苦过活；（二）再不顾自己，为人们做些事，将来饿肚也不妨，也一任别人唾骂；（三）再做一些事，倘连所谓"同人"也都从背后枪击我了，为生存和报复起见，我便什么事都敢做，但不愿失了我的朋友。第二条我已行过两年了，终于觉得太傻。前一条当先托庇于资本家，恐怕熬不住。末一条则颇险，也无把握（于生活），而且又略有所不忍。所以实在难于下一决心，我也就想写信和我的朋友商议，给我一条光。

昨天今天此地都下雨，天气稍凉。我仍然好的，也不怎么忙。

迅。

十一月十五日灯下。

七四

MY DEAR TEACHER：

你十一月二日的信，十日到，五日的信，十一到，寄的是前后隔四天，而收的只隔一天，这大约是广东方面的缘故。因为这里每有一点事如纪念日等，工人即停工巡行，报纸每星期有六天看，已算幸运，其他即可想而知了。

曹轶欧的文稿中说口口女校生，也许是知道有人常用此名，而故意影射，使你触目。我疑心这是男生，较知底细的男生所作，托名于上海大学的女生的。

"马又发脾气"，这也是时势使然，不是我故意弄成的。旧派学生日来想尽方法，强行开会，向政府请愿，而政府以学校处理为至当；自中央至省，市三青年部长（专管学界）及省教育厅所组织之学潮委员会，亦并以学校之办法为然。其实我们办事员也只得秉承当局意旨依照办理，个人实无权操纵也。所以现在她们只在夜间暗帖辱骂学校，或恐吓校长之标帖，又嗾使被开除者的家长，来校理论，此外更无别法。但我和别几个教员，与学生感情已因此破裂，虽先前有十分信仰佩服的，此时也如仇雠，恰如杨荫榆事件一出，田平粹[1]辈之于你一样。所以我们主张学潮平后，校长辞职，我们数人也一同走出，才有利于学校之发展。这计画早则日内实现，迟则维持至十一月之末，或本学期终了。我自

———
1　指陈衡粹。

己此后当另觅事做，倘广州没有，就到旁的地方去，但自然暂不离粤，俟年假完后再走，不知你以为何如？

今晚为豫备庆祝中山先生诞日提灯大会，我饭后即约表妹往大马路的妇女俱乐部三层楼上观看，候至七时余，就见提灯的行列，首先为长方形灯，装饰，色彩，大小，各各不同，另有各种鱼灯和果灯，而以扎出党旗的星形者为多。还有舞狮子的，奏军乐的，喊口号的，唱革命歌的，有声有色，较之日间的捏一枝小旗，懒洋洋的走着的好多了。快到九时才走完，看了也不免会令人有"大丈夫不当如是耶"之感。明日为正诞日，学校放假一天，早九时在校中聚集，十时行纪念礼，十一时出发巡行，我也得陪学生去。

广州天气甚佳，秋高气爽，现时不过穿二单衣，畏寒的早晚加夹衣就足够了。我虽然忙，但也有机会可做琐事，日前织成毛绒衣一件，是自己用的，现在织开一件毛绒小半臂，系藏青色，成后打算寄上，现已做了大半了。不见得心细，手工佳，但也是一点意思。稍暖时可以单穿它，或加在绒衣上亦可，取其不似棉的厚笨而适体耳。

YOUR H. M.

十一月十一晚十一时。

七五

广平兄：

十六日寄出一信，想已到。十二日发的信，今天收到了。校事已见头绪，很好，总算结束了一件事。至于你此后所去的地方，却教我很难代下断语。你初出来办事，到各处看看，历练历练，本来也很好的，但到太不熟悉的地方去，或兼任的事情太多，或在一个小地方拜帅，却并无益处，甚至会变成浅薄的政客之流。我不知道你自己是否仍旧愿在广州，抑非走开不可，倘非决欲离开，则伏园下月中旬当赴粤，我可以托他问一问，看中大女生指导员之类有无缺额，他一定肯绍介的。上遂的事，我也要托他办。

曹轶欧大约不是男生假托的，因为回信的地址是女生宿舍，但这些都不成问题，由它去罢。中山生日的情形，我以为和他本身是无关的，只是给大家看热闹；要是我，实在是"身后名，不如即时一杯酒"，恐怕连盛大的提灯会也激不起来的了。但在这里，却也太没有生气，只见和尚自做水陆道场，男男女女上庙拜佛，真令人看得索然气尽。我近来只做了几篇付印的书的序跋，虽多牢骚，却有不少真话；还想做一篇记事，将五年来我和种种文学团体的关涉，讲一个大略，但究竟做否，现在还未决定。至于真正的用功，却难，这里无须用功，也不是用功的地方。国学院也无非装门面，不要实际。对于教员的成绩，常要查问，上星期我气起来，就对校长说，我原已辑好了古小说十本，只须略加整理，学校既如此着急，月内便去付印就是了。于是他们就从此没有后文。你没有稿子，他们就天天催，一有，却并不真准备付印的。

我虽然早已决定不在此校，但时期是本学期末抑明年夏天，却没有定，现在是至迟至本学期末非走不可了。昨天出了一件可笑可叹的事。下午有校员恳亲会，我是向来不到那种会去的，而一个同事硬拉我去，我不得已，去了。不料会中竟有人演说，先感谢校长给我们吃点心，次说教员吃得多么好，住得多么舒服，薪水又这么多，应该大发良心，拼命做事，而校长如此体帖我们，真如父母一样……我真要立刻跳起来，但已有别一个教员上前驳斥他了，闹得不欢而散。

还有希奇的事情，是教员里面，竟有对于驳斥他的教员，不以为然的。他说，在西洋，父子和朋友不大两样，所以倘说谁和谁如父子，也就是谁和谁如朋友的意思。这人是西洋留学生，你看他到西洋一番，竟学得了这样的大识见。

昨天的恳亲会是第三次，我却初次到，见是男女分房的，不但分坐。

我才知道在金钱下的人们是这样的，我决计要走了，但我不想以这一件事为口实，且仍于学期之类作一结束。至于到那里去，一时也难定，总之无论如何，年假中我必到广州走一遭，即使无噉饭[1]处，厦门也决不住下去的了。又我近来忽然对于做教员发生厌恶，于学生也不愿意亲近起来，接见这

———

[1] "噉"为"啖"的异体字，"啖"义为"吃"，"噉饭"就是"找到了吃饭的地方"，也即"有了一份工作"的意思。

里的学生时，自己觉得很不热心，不诚恳。

我还要忠告玉堂一回，劝他离开这里，到武昌或广州做事去。但看来大半是无效的，这里是他的故乡，他不肯轻易决绝，同来的鬼祟又遮住了他的眼睛，一定要弄到大失败才罢，我的计画，也不过聊尽同事一场的交情而已。

迅。

十八，夜。

七六

MY DEAR TEACHER：

我现在空一点，想回谢君的信，忽然心血来潮，还是想写给你，我就将写着的信中途"带住"，开始换一张纸来写给你了。

我今天很安闲。昨日游行，下午就回校，虽小小疲倦，却还可以坐着织绒背心。今天放假休息，早上无事，仍在寝室里继续编织；十一时出街理发，买些什物，到家里看了一回。而今天使我喜欢的，是我订了一个好玩的印章，要铺子刻"鲁迅"二字，白文，印是玻璃质的，通体金星闪闪，说是星期二刻好（价钱并不贵，不要心里先骂），打算和毛绒小半臂一同寄出。小半臂今天也做起了，一日里成功了两件快意事。依我的脾气，恨不得立刻寄到，但印章怕星二未必刻成，此处的邮政又太不发达，分局不寄包裹，总局甚远，在沙基左近，须当场验过，才能封口，我打算下星四或星五自己寄去，算起来你能在月末或下月初收到，已要算快的了。我原也知道将来可以面呈，但这样我实在不及待。

学校中暂时没有动作，但听说她们还要闹的，要闹到校长身败名裂才罢云。校长也知道这些，然而都置之不理。她们大约因背后有人操纵，所以一时不能罢手，现在正以共产二字诬校长及职教员，恰如北方军阀一样。

YOUR H. M.

十一月十三晚八时半。

七七

MY DEAR TEACHER：

今天竟日下雨，平时没有这么冷，办公的处所又向北而多风，所以四点钟就回到寝室里，看见你十一月八日寄来的信并一包书，内报纸二分，期刊六本，书籍七本。这些刊物，要我自己去买，自然未必肯，但你既寄给我，我欢喜的收下了，借给人看是可以的，而"分给别人"则不可。

早晨见《民国日报》及《国民新闻》，都说你已允来中大作文科教授，我且信且疑，正拟函询，今见来信所云，则似乎未知此事。你如来粤，我想，一定要比厦门忙，比厦门苦，薪金大约不过二三百小洋，说不定还要搭公债和国库券。就此看来，大半是要食少事繁，像我在这里似的。厦门难以久居，来粤也有困难之处，奈何！至于食物，广州自然都有，和厦大之过孤村生活不同，虽然能否合你口味也说不定。

至于我这学校，现在却并无什么事。但既因风潮而引起了一部分学生的反感，此后见面讲书，亦殊无味，自以早日离去为宜。不过现在正值多事之秋，学潮未平，校款支绌，势不能中途撒手。有人主张校长即行辞职，另觅人暂时代理，从新做过，以救目前，而即要我出而担任。但无论如何，我坚决不干，俟觉得新校长，为之维持几天，至多至阳历一月为止。此后你如来粤，我也愿在广州觅事，否则，就到汕头去。

提起逢吉来，我就记得见伏园先生时，曾听说他在中大当职员，将来还要帮伏园办报。后于本月初，得他从东山来信云，"昨见伏园兄，才知道你也到广州，不想我们又能在这里会面，真是愉快极了。如果你有工夫，请通知一个时间，我们谈谈。……"我即函告以公务以外的时间，但至今不见人来，也无回信，也许他又跑到别处去了。

杨桃种类甚多，最好是花地产，皮不光洁，个小而丰肥者佳，香滑可口，伏老带去的未必是佳品，现时已无此果了。桂花蝉顾名思义，想是香味如桂花，或因桂花开时乃有，未详。龙虱生水中，外甲壳而内软翅，似金龟虫，也略能飞。食此二物，先去甲翅，次拔去头，则肠脏随出，再去足，食其软部，也有并甲足大嚼，然后吐去渣滓的。嗜者以为佳，否则不敢食，犹蚕蛹也。我是吃的，觉得别有风味，但不能以言传。

做教员而又须日日自己安排吃饭，真太讨厌，即此一端，厦门就不易住。在广州最讨厌的是请吃饭，你来我往，每一回辄四五十元，或十余元，实不经济。但你是一向拒绝这事的，或者可以避免。

你向我发牢骚，我是愿意听的，我相信所说的都是实情，这样倒还不至于到"虑"的程度。你的性情太特别，一有所憎，即刻不可耐，坐立不安。玉堂先生是本地人，过惯了，自然没有你似的难受，反过来你劝他来粤，至少在饮食一方面，他就又过不惯了，况且中大薪水，必少于厦门，倘他挈家来此，也许会像在北京时候似的，即使我设身处地，也未必决然就走的罢。

写完以上的话，已在晚上八时余，又看了些书，觉得陶元庆[1]画的封面很别致，似乎自成一派，将来仿效的人恐怕要多起来。

看校长的意思，好像月底就要走了。她一

1　陶元庆（1893 年—1929 年），字璇卿，浙江绍兴人，我国现代书籍装帧史上的先驱。

走，我们自然也跟着放下责任，以后的事，随时再告罢。

YOUR H. M.

十一月十五晚十一时。

七八

MY DEAR TEACHER：

今日（十六）午饭后回办公处，看见桌上有你十日寄来的一信，我一面欢喜，一面又仿佛觉着有了什么事体似的，拆开信一看，才知道是这样子。

校事表面上好像没有什么了，但旧派学生见恐吓无效，正在酝酿着罢课，今天要求开全体大会，我以校长不在，没法批准为辞，推掉了。如果一旦开会，则学校干涉，群众盲从，恐怕就会又闹起来。至于教职员方面，则因薪水不足维持生活，辞去的已有五六人，再过几天，一定更多，那时虽欲维持，但中途那有这许多教员可得？至于解决经费一层，则在北伐期中，谈何容易，校长到底也只能至本月卅日提出辞呈，飘然引去，那时我们也就可以走散了。MY DEAR TEACHER，你愿否我趁这闲空，到厦门一次，我们师生见见再说，看你这几天的心情，好像是非常孤独似的。还请你决定一下，就通知我。

看了《送南行的爱而君》，情话缠绵，是作者的热情呢，还是笔下的善于道情呢，我虽然不知道，但因此想起你的弊病，是对有些人过于深恶痛绝，简直不愿同在一地呼吸，而对有些人又期望太殷，不惜赴汤蹈火，一旦觉得不副所望，你便悲哀起来了。这原因是由于你太敏感，太热情，其实世界上你所深恶的和期望的，走到十字街头，还不是一样么？而你硬要区别，或爱或憎，结果都是自己吃苦，这不能不说是小说家的取材失策。倘明白凡有小说材料，都是空中楼阁，自然心平气和了。我向来也有这样的傻气，因此很碰了钉子，后来有人劝我不要太"认真"，我想一想，确是太认真了的过处。现在这句话，我总时时记起，当作悬崖勒"马"。

几个人乘你遁迹荒岛而枪击你，你就因此气短么？你就不看全般，甘为几个人所左右么？我好久有一番话，要和你见面商量，我觉得坦途在前，人又何必因了一点小障碍而不走路呢？即如我，回粤以来，信中虽总是向你诉苦，但这两月内，究竟也改革了两件事，并不白受了苦辛。你在厦门比我苦，然而你到处受欢迎，也过我万万倍，将来即去而之他，而青年经过你的陶冶，于社会总会有些影响的。至于你自己的将来，唉，那你还是照我上面所说罢，不要太认真。况且你敢说天下就没有一个人是你的永久的同道么？有一个人，你就可以自慰了，可以由一个人而推及二三以至无穷了，那你又何必悲哀呢？如果连一个人也"出乎意表之外"……也许是真的么？总之，现在是还有一个人在劝你，希望你容纳这意思的。

没有什么要写了。你在未得我离校的通知以前，有信不妨仍寄这里，我即搬走，自然托人代收转寄的。

你有闷气，尽管仍向我发，但愿不要闷在心里就好了。

YOUR H. M.

十一月十六晚十时半。

七九

广平兄:

十九日寄出一信；今天收到十三，六，七日的来信了，一同到的。看来广州有事做，所以你这么忙，这里是死气沉沉，也不能改革，学生也太沉静，数年前闹过一次，激烈的都走出，在上海另立大夏大学了。我决计至迟于本学期末（阳历正月底）离开这里，到中山大学去。

中大的薪水是二百八十元，可以不搭库券。朱骝先还对伏园说，也可以另觅兼差，照我现在的收入之数，但我并不计较这一层，实收百余元，大概已经够用，只要不在不死不活的空气里就好了。我想我还不至于完在这样的空气里，到中大后，也许不难择一并不空耗精力而较有益于学校或社会的事。至于厦大，其实是不必请我的，因为我虽颓唐，而他们还比我颓唐得利害。

玉堂今天辞职了，因为减缩豫算的事，但只辞国学院秘书，未辞文科主任。我已托伏园转达我的意见，劝他不必烂在这里，他无回话。我还要自己对他说一回。但我看他的辞职是不会准的。

　　从昨天起，我又很冷静了，一是因为决定赴粤，二是因为决定对长虹们给一打击。你的话大抵不错的，但我之所以愤慨，却并非因为他们使我失望，而在觉得了他先前日日吮血，一看见不能再吮了，便想一棒打杀，还将肉作罐头卖以获利。这回长虹笑我对章士钊的失败道，"于是遂戴其纸糊的'思想界的权威者'之假冠，而入于身心交病之状态矣。"但他八月间在《新女性》上登广告，却云"与思想界先驱者鲁迅合办《莽原》"，一面自己加我"假冠"以欺人，一面又因别人所加之"假冠"而骂我，真是轻薄卑劣，不成人样。有青年攻击或讥笑我，我是向来不去还手的，他们还脆弱，还是我比较的禁得起践踏。然而他竟得步进步，骂个不完，好像我即使避到棺材里去，也还要戮尸的样子。所以我昨天就决定，无论什么青年，我也不再留情面，先作一个启事，将他利用我的名字，而对于别人用我名字，则加笑骂等情状，揭露出来，比他的唠唠叨叨的长文要刻毒得多，即送登《语丝》，《莽原》，《新女性》，《北新》四种刊物。我已决定不再彷徨，拳来拳对，刀来刀当，所以心里也很舒服了。

我大约也终于不见得为了小障碍而不走路，不过因为神经不好，所以容易说愤话。小障碍能绊倒我，我不至于要离开厦门了。我也很想走坦途，但目前还不能，非不愿，势不可也。

至于你的来厦，我以为大可不必，"劳民伤财"，都无益处；况且我也并不觉得"孤独"，没有什么"悲哀"。

你说我受学生的欢迎，足以自慰么？不，我对于他们不大敢有希望，我觉得特出者很少，或者竟没有。但我做事是还要做的，希望全在未见面的人们；或者如你所说："不要认真"。我其实毫不懈怠，一面发牢骚，一面编好《华盖集续编》，做完《旧事重提》，编好《争自由的波浪》（董秋芳译的小说），看完《卷葹》都分头寄出去了。至于还有人和我同道，那自然足以自慰的，并且因此使我自勉，但我有时总还虑他为我而牺牲。而"推及一二以至无穷"，我也不能够。有这样多的么？我倒不要这样多，有一个就好了。

提起《卷葹》，又想到了一件事。这是王品青[1]送来的，淦女士所作，共四篇，皆在《创造》上发表过。这回送来要印入《乌合丛书》，据我看来，是因为创造社不征作者同意，将这些印成小丛书，自行发卖，所以这边也出版，借谋抵制。凡未在那边发表过者，一篇都不在内，我要求再添几篇新的，品青也不肯。创造社量狭而多疑，一定要以为我在和他们捣乱，结果是成仿吾[2]借别的事来骂一通。但我给她编定了，不添就不添罢，要骂就骂去罢。

我过了明天礼拜，便又要编讲义，余闲就玩玩，待明年换了空气，再好好做事。今天来客太多，无工夫可写信，写了这两张，已经是夜十二点半了。

和这信同时，我还想寄一束杂志，其中的《语丝》九七和九八，前回曾经寄去过，但因为那是切光的。所以这回补寄毛边者两本。你大概是不管这

1　王品青（？—1927年），原名为贵珍，《语丝》的撰稿人。
2　成仿吾（1897年—1984年），原名成灏，笔名石厚生、芳坞、澄实，湖南新化人，中国无产阶级革命家。

些的，不过我的脾气如此，所以仍寄。

迅。

十一月廿日。

八〇

迅师：

兹寄上图章一个，夹在绒背心内，但外面则写围巾一条。你打开时小心些，图章落地易碎的。今早我曾寄出一信，计算起来近日写去的信颇详细了。现时刚吃完早饭，就要上课，下次再谈罢。

蛇足的写这封信，是使你见信好向邮局索包裹。这包长可七寸，阔五寸，高四寸左右。

H. M.

十一月十七日。

八一

广平兄：

二十一日寄一信，想已到。十七日所发的又一简信，二十二日收到了；包裹还未来，大约包裹及书籍之类，照例比普通信件迟，我想明天也许要到，或者还有信，我等着。我还想从上海买一合较好的印色来，印在我到厦门后所得的书上。

近日因为校长要减少国学院豫算，玉堂颇愤慨，要辞去主任，我因劝其离开此地，他极以为然。今天和校长开谈话会，我即提出强硬之抗议，以去留为孤注，不料校长竟取消前议了，别人自然大满足，玉堂亦软化，反一转而留我，谓至少维持一年，因为教员中途难请云云。又，我将赴中大消息，此地报上亦经揭载，大约是从广州报上抄来的，学生因亦有劝我教满他们一年者。这样看来，我年底大概未必能走了，虽然校长的维持豫算之说，十之九不久又会取消，问题正多得很。

我自然要从速离开此地，但什么时候，殊不可知。我想 H. M. 不如不管我怎样，而到自己觉得相宜的地方去，否则，也许因此去做很牵就，非意所愿的事务，比现在的事情还无聊。至于我，再在这里熬半年，也还做得到的，以后如何，那自然此时还无从说起。

今天本地报上的消息很好，泉州已得，浙陈仪又独立，商震[1]反戈攻张家口，国民一军将至潼关。此地报纸大概是民党色采，消息或倾于宣传，但我想，至少泉州攻下总是确的。本校学生中，民党不过三十左右，其中不少是新加入者，昨夜开会，我觉得他们都没有历练，不深沉，连设法取得学生会以供我用的事情都不知道，真是奈何奈何。开一回会，空嚷一通，徒令当局者因此注意，那夜反民党的职员就在门外窃听。

二十五日之夜，大风时。

写了一张之（刚写了这五个字，就来了一个客，一直坐到十二点）后，另写了一张应酬信，还不想睡，再写一点罢。伏园下月准走，十二月十五左右，一定可到广州了。上遂的事，则至今尚无消息，不知何故。我同兼士曾合写一信，又托伏园面说，又写一信，都无回音，其实上遂的办事能力，比我高得多。

我想 H. M. 正要为社会做事，为了我的牢骚而

---

1 商震（1888 年—1978 年），字启予、起予或企予，原籍浙江绍兴，生于河北大城。中国近现代军事、政治、外交人物，中国国民党军高级将领。

不安，实在不好，想到这里，忽然静下来了，没有什么牢骚了。其实我在这里的不方便，仔细想起来，大半是由于言语不通，例如前天厨房不包饭了，我竟无法查问是厨房自己不愿做了呢，还是听差和他冲突，叫我不要他做了。不包则不包亦可。乃同伏园去到一个福州馆，要他包饭，而馆中只有面，问以饭，曰无有，废然而返。今天我托一个福州学生去打听，才知道无饭者，乃适值那时无饭，并非永远无饭也，为之大笑。大约明天起，当在这一个福州馆包饭了。

仍是二十五日之夜，十二点半。

此刻是上午十一时，到邮务代办处去看了一回，没有信。而我这信要寄出了，因为明天大约有从厦门赴粤之船，倘不寄，便须待下星期三这一艘了。但我疑心此信一寄，明天便要收到来信，那时再写罢。

记得约十天以前，见报载新宁轮由沪赴粤，在汕头被盗劫，纵火。不知道我的信可有被烧在内。我的信是十日之后，有十六，十九，二十一等三封。

261

此外没有什么事了，下回再谈罢。

迅。

十一月二十六日。

午后一时经过邮局门口，见有别人的东莞来信，而我无有，那么，今天是没有信的了，就将此发出。

八二

MY DEAR TEACHER：

现在是星期日的下午二时，我从家里回到学校。至十一月十六日止连收你发牢骚的信，此后就未见信来，是没有牢骚呢，还是忍着不发？我这两天是在等信，至迟明天也许会到罢，我这信先写在这里，打算明天收到你的来信后再寄。

我十七日寄上一信及印章背心，此时或者将到了。但这天我校又发生了事故，记得前信已经提及，校长原是想要维持到本月三十的，而不料于十七日晨已决然离校，留下一封信，嘱教务，总务，训育三人代拆代行，一面具呈教育厅辞职，这事迫得我们三人没有办法。如何负责呢？学校又正值多事之秋，我们便往教厅面辞这些责任，教厅允寻校长，并加经费，十九日来了一封公函，是慰留校长，并答应经费照豫算支给的。但校长以为这不过口惠，仍不回校。现在校中无款，总务无法办；无教员，教务无法办；学潮未平，训育无法办。所以我们昨天又去一函，要教厅速觅校长，或派人暂代，以免重负，然而一时是恐怕不会有结果的。

现时我最觉得无聊的，是校长未去，还可向校长辞职，此刻则办事不能，摆脱又不可，真是无聊得很。

报章说你已允到中大来，确否？许多人劝我离开女师，仍在广州做事，不要远去。如广州有我可做的事，我自然也可以仍在这里的。

昨接逢吉信，说未有工夫来，并问我旧校地址，说俟后再来访，我觉得他其实并无事情，打算不回复了。

十一月廿一日下午二时。

MY DEAR TEACHER：

现在是星一（廿二）晚十时，我刚从会议后回校。自前星三校长辞职后，我几乎没有一点闲工夫了，但没有在北京时的气愤，也没有在北京时的紧张，因为事情和环境与那时完全两样。

今日晨往教厅欲见厅长，说明学校现状，不遇；午后一时往教育行政委员会，又不遇，约四时在厅相见。届时前往，见了。商量的结果，是欠薪一层，由教厅于星四（廿五）提出省务会议解决，校长仍挽留，在未回校前，则由三部负责维持。这么一来，我们就又须维持至十二月初，看发款时教厅能否照案办理，或至本星期四，看省务会议能否通过欠薪案，再作计较了。

你到广州认为不合的几点，依我的意见：一，你担任文科，并非政治，只要教得学生好就是了，治校恐不怎样着重；二，政府迁移，尚未实现，"外江佬"之入籍，当然不成问题；三，他行止原未一定，熟人也以在广州者为多，较易设法，所以十之九是还在这里的。

来信之末说到三种路，在寻"一条光"，我自己还是世人，离不掉环境，教我何从说起。但倘到必要时，我算是一个陌生人，假使从旁发一通批评，那我就要说，你的苦痛，是在为旧社会而牺牲了自己。旧社会留给你苦痛的遗产，你一面反对这遗产，一面又不敢舍弃这遗产，恐怕一旦摆脱，在旧社会里就难以存身，于是只好甘心做一世农奴，死守这遗产。有时也想另谋生活，苦苦做工，但又怕这生活还要遭人打击，所以更无办法，"积几文钱，将来什么事都不做，苦苦过活"，就是你防御打击的手段，然而这第一法，就是目下在厦门也已经耐不住了。第二法是在北京试行了好几年的傻事，现在当然可以不提。只有第三法还是疑问，"为生存和报复起见，便什么事都敢做，但不愿……"这一层你也知道危险，于生活无把握，而且又是老脾气，生怕对不起人。总之，第二法是不顾生活，专戕自身，不必说了，第一第三俱想生活，一是先谋后享，三是且谋且享。一知其苦，三觉其危。但我们也是人，谁也没有逼我们独来吃苦的权利，我们也没有必须受苦的义务的，得一日尽人事，求生活，即努力做去就是了。

　　我的话是那么率直，不知道说得太过分了没有？因为你问起来，我只好照我所想到的说出去，还愿你从长计议才好。

YOUR H. M.

十一月廿二晚十一时半。

八三

广平兄：

二十六日寄出一信，想当已到。次日即得二十三日来信，包裹的通知书，也一并送到了，即向邮政代办处取得收据，星期六下午已来不及。星期日不办事，下星期一（廿九日）可以取来，这里的邮政，就是如此费事。星期六这一天，我同玉堂往集美学校讲演，以小汽船来往，还耗去了一整天；夜间会客，又耗去了许多工夫，客去正想写信，间壁的礼堂里走了电，校役吵嚷，校警吹哨，闹得"石破天惊"，究竟还是物理学教授有本领，走进去关住了总电门，才得无事，只烧焦了几块木头。我虽住在并排的楼上，但因为墙是石造的，知道不会延烧，所以并不搬动，也没有损失，不过因了电灯俱熄，洋烛的光摇摇而昏暗，于是也不能写信了。

我一生的失计，即在向来不为自己生活打算，一切听人安排，因为那时豫料是活不久的。后来豫料并不确中，仍能生活下去，遂至弊病百出，十分无聊。再后来，思想改变了，但还是多所顾忌，这些顾忌，大部分自然是为生活，几分也为地位，所谓地位者，就是指我历来的一点小小工作而言，怕因我的行为的剧变而失去力量。这些瞻前顾后，其实也是很可笑的，这样下去，更将不能动弹。第三法最为直截了当，而细心一点，也可以比较的安全，所以一时也决不定。总之，我先前的办法已是不妥，在厦大就行不通，我也决计不再敷衍了，第一步我一定于年底离开这里，就中大教授职。但我极希望 H. M. 也在同地，至少可以时常谈谈，鼓励我再做些有益于人的工作。

　　昨天我向玉堂提出以本学期为止，即须他去的正式要求，并劝他同走。对于我走这一层，略有商量的话，终于他无话可说了。他自己呢，我看未必走，再碰几个钉子，则明年夏天可以离开。

　　此地无甚可为。近来组织了一种期刊，而作者不过寥寥数人，或则受创造社影响，过于颓唐，或则像狂飙社嘴脸，大言无实；又在日报上添了一种文艺周刊，恐怕也不见得有什么好结果。大学生都很沉静，本地人文章，则"之乎者也"居多，他们一面请马寅初写字，一面要我做序，真是一视同仁，不加分别。有几个学生因为我和兼士在此而来的，我们一走，大约也要转学到中大去。

离开此地之后，我必须改变我的农奴生活；为社会方面，则我想除教书外，仍然继续作文艺运动，或其他更好的工作，俟那时再定。我觉得现在 H. M. 比我有决断得多，我自到此地以后，仿佛全感空虚，不再有什么意见，而且有时确也有莫明其妙的悲哀，曾经作了一篇我的杂文集的跋，就写着那时的心情，十二月末的《语丝》上可以发表，你一看就知道。自己也明知道这是应该改变的，但现在无法，明年从新来过罢。

逢吉既知道通信地方，何以又须详询住址，举动颇为离奇。我想，他是在研究 H. M. 是否真在广州办事，也说不定。因他们一群中流言甚多，或者会有 H. M. 亦在厦门之说也。

女师校长给三主任的信，我在报上早见过了。

现在未知如何？无米之炊，是人力所做不到的。能别有较好之地，自以从速走开为宜。但在这个时候，不知道可有这样凑巧的处所？

迅。

十一月廿八日午十二时。

八四

MY DEAR TEACHER:

廿五日午收十九来信，晚间又收廿一的来信；此外十，十六两信，也都收到，我已经写了回信了。

你十九的信里说，兼任太多，或在僻地做事，怕易流于浅薄，这是极确的。况且我什么都是一知半解，没有深的成就和心得，学的虽是文科，而向来未尝下过死工夫，可以说连字也不认识。我胆子又小，研究不充足就不敢教人，现在教这几点钟，已经时常怕会疏失，倘专做国文教员，则选材，查典，改文……更加难办。职员又困于事务，毫无余闲，有时且须与政界接洽，五光十色，以我率直之傻气，当然不适于环境。我终日想离开此校，而至今未有去处者，虽然因为此时不便引退，但一面也并无相宜的地方，不过事到其间，必有办法，那时自然会有人给我谋事，请你不必挂心。至于"中大女生指导员"之事，做起来也怕有几层难处：一，这职务等于舍监，盖极烦忙，闻中大复试后，学生中仍然党派纷歧，将来也许如女师之纠纷，难于处理；二，现时已有人指女师中表同情于革新之一部分教职员为共产党（也如北方军阀一样手段，可笑），倘我到中大，恐怕会连累你，则似以我不在你的学校为宜。但如果你以为无妨，就不妨向伏园先生说说，我是没有什么异议的。

你廿一的信，说收到我十五，六，七日三信了，但我十七又寄一包裹并一信——说明所寄的物件，并叫你小心开拆，勿打碎图章。图章并不是贵重品，不过颇别致耳，即使打碎，也勿介意。现必收到了罢？收到就通知我一声。

你在北京，拚命帮人，傻气可掬，连我们也看得吃力，而不敢言。其实这也没有什么，我的父母一生都是这样傻，以致身后萧条，子女窘迫，然而也有暂致其敬爱，仗义相助的，所以我在外读书，也能到了毕业，天壤间也须有傻子交互发傻，社会才立得住。这是一种；否则，萍聚云散，聚而相善，散便无关，倒也罢了。但长虹的行径，却真是出人意外，你的待他，是尽在人们眼中的，现在仅因小愤，而且并非和你直接发生的小愤，就这么嘲笑骂詈，好像有深仇重怨，这真可说是奇妙不可测的世态人心了。你对付就是，但勿介意为要。

你想寄的一束杂志还未到，本拟俟到后再复，但怕你在等信，就提前寄出了。如再有话，下次再谈。

YOUR H. M.

十一月廿七日。

八五

广平兄：

上月廿九日寄一信，想已收到了。廿七日发来的信，今天已到。同时伏园也得陈惺农信，知道政府将移武昌，他和孟余都将出发，报也移去，改名《中央日报》，叫伏园直接往那边去，因为十二月下旬须出版。所以伏园大约不再赴广州；广州情状，恐怕比较地要不及先前热闹了。

至于我呢，仍然决计于本学期末离开这里而往广州中大，教半年书看看再说。一则换换空气，二则看看风景，三则……。教不下去时，明年夏天又走，如果住得便，多教几时也可以。不过"指导员"一节，无人先为打听了。

其实，你的事情，我想还是教几点钟书好。要豫备足，则钟点不宜多。办事与教书，在目下都是淘气之事，但我们舍此亦无可为。我觉得教书与办别事实在不能并行，即使没有风潮，也往往顾此失彼，不知你此后可有教书之处（国文之类），有则可以教几点钟，不必多，每日匀出三四点钟来看书，也算豫备，也算是自己的享乐，就好了；暂时也算是一种职业。你大约世故没有我这么深，所以思想虽较简单，却也较为明快，研究一种东西，不会困难的，不过那粗心要纠正。还有一个吃亏之处是不能看别国书，我想较为便利的是来学日本文，从明年起我当勒令学习，反抗就打手心。

至于中央政府迁移而我到广州，于我倒并没有什么。我并不在追踪政府，许多人和政府一同移去，我或者反而可以闲暇些，不至于又大欠文章债，所以无论如何，我还是到中大去的。

包裹已经取来了，背心已穿在小衫外，很暖，我看这样就可以过冬，无需棉袍了。印章很好，其实这大概就是称为"金星石"的，并不是"玻璃"。我已经写信到上海去买印泥，因为旧有的一盒油太多，印在书上是不合适的。

计算起来，我在此至多也只有两个月了，其间编编讲义，烧烧开水，也容易混过去。厨子的菜又变为不能吃了，现在是单买饭，伏园自己做一点汤，且吃罐头。他十五左右当去。我是什么菜也不会做的，那时只好仍包菜，但好在其时离放学已只四十多天了。

阅报，知北京女师大失火，焚烧不多，原因是学生自己做菜，烧伤了两个人：杨立侃，廖敏。姓名很生，大约是新生，你知道么？她们后来都死了。

以上是午后四点钟写的，因琐事放下，接着是吃饭，陪客，现在已是夜九点钟了。在金钱下呼吸，实在太苦，苦还罢了，受气却难耐。大约中国在最近几十年内，怕未必能够做若干事，即得若干相当的报酬，干干净净。（写到这里，又放下了，因为有客来。我这里是毫无躲避处，有人要进来就直冲进来的。你看如此住处，岂能用功。）往往须费额外的力，受无谓的气，无论做什么事，都是如此。我想此后只要能以工作赚得生活费，不受意外的气，又有一点自己玩玩的余暇，就可以算是万分幸福了。

我现在对于做文章的青年，实在有些失望；我看有希望的青年，恐怕大抵打仗去了，至于弄弄笔墨的，却还未遇着真有几分为社会的，他们多是挂新招牌的利己主义者。而他们竟自以为比我新一二十年，我真觉得他们无自知之明，这也就是他们之所以"小"的地方。

上午寄出一束刊物，是《语丝》，《北新》各两本，《莽原》一本。《语丝》上有我的一篇文章，不是我前信所说发牢骚的那一篇，那一篇还未登出，大概当在一〇八期。

迅。

十二月二日之夜半。

八六

广平兄：

　　今天刚发一信，也许这信要一同寄到罢，你初看或者会以为又有甚么要事了，其实并不，不过是闲谈。前回的信，我半夜投在邮筒中；这里邮筒有两个，一个在所内，五点后就进不去了，夜间便只能投入所外的一个。而近日邮政代办所里的伙计是新换的，满脸呆气，我觉得他连所外的一个邮筒也未必记得开，我的信不知送往总局否，所以再写几句，俟明天上午投到所内的一个邮筒里去。

　　我昨夜的信里是说：伏园也得惺农信，说国民政府要搬了，叫他直接上武昌去，所以他不再往广州。至于我则无论如何，仍于学期之末离开厦门而往中大，因为我倒并不一定要跟随政府，熟人较少，或者反而可以清闲些。但你如离开师范，不知在本地可有做事之处，我想还不如教一点国文，钟点以少为妙，可以多豫备。大略不过如此。

　　政府一搬，广东的"外江佬"要减少了。广东被"外江佬"刮了许多天，此后也许要向"遗佬"报仇，连累我未曾搜刮的"外江佬"吃苦，但有"害马"保镖，所以不妨胆大。《幻洲》上有一篇文章，很称赞广东人，使我更愿意去看看，至少也住到夏季。大约说话是一点不懂，与在此盖相同，但总不至于连买饭的处所也没有。我还想吃一回蛇，尝一点龙虱。

到我这里来空谈的人太多，即此一端也就不宜久居于此。我到中大后，拟静一静，暂时少与别人往来，或用点功，或玩玩。我现在身体是好的，能吃能睡，但今天我发见我的手指有点抖，这是吸烟太多了之故，近来我吸到每天三十支了，从此必须减少。我回忆在北京的时候，曾因节制吸烟而给人大碰钉子，想起来心里很不安，自觉脾气实在坏得可以。但不知怎的，我于这一事自制力竟会如此薄弱，总是戒不掉。但愿明年能够渐渐矫正，并且也不至于再闹脾气的了。

我明年的事，自然是教一点书；但我觉得教书和创作，是不能并立的，近来郭沫若郁达夫之不大有文章发表，其故盖亦由于此。所以我此后的路还当选择：研究而教书呢，还是仍作游民而创作？倘须兼顾，即两皆没有好成绩。或者研究一两年，将文学史编好，此后教书无须豫备，则有余暇，再从事于创作之类也可以。但这也并非紧要问题，不过随便说说。

《阿Q正传》的英译本已经出版了，译得似乎并不坏，但也有几个小错处。你要否？如要，当寄上，因为商务印书馆有送给我的。

写到这里，还不到五点钟，也没有什么别的事了，就此封入信封，赶今天寄出罢。

迅。

十二月三日下午。

八七

MY DEAR TEACHER：

我现时是在豫备教材，明天用的，但我没有专心看书，我总想着廿六,七该得你的来信了，不料至今（卅）未有。而这两天报上则说漳州攻下，泉州永春也为北伐军所得。以前听说厦门大学危险，正在战事范围中，不知真相如何？适值近几天不见来信，莫非连船也不能来往了么？

看广大聘请教授条例（不知中大是否仍如此）：初聘必为一年，续聘为四年，或无期，教至六年，则可停职一年，照支原薪。教授不能兼职，但经校务（？）会议通过，则可变通。授课时间每周八时，多或十余至二十时左右。教授又须指导学生作业云。

我校校长仍然未返，在看十二月初发给经费时，是照新豫算，抑旧豫算。倘照新豫算而不搭发积欠（省政府已通过），则办事仍有困难，还是不回校。我自己在校长回校，或决不回校时，均可引退，惟当青黄不接之间，则我决不去。现在已有些人，要我无论如何，再维持下去，但我是赞成凡与风潮有关的人，全都离校的，这样一来，可以除去一部分学生想闹的目标，于学校为有利。况且训育是以德相感，以情相系的，现在已经破脸，冷眼相看，又有什么意味呢？你看，这该如何处置才好？

汕头我没有答应去，决意下学期仍在广州，即使有经济压迫，我想抵抗它试试看，看是它胜过我，还是我打倒它。

YOUR H. M.

十一月卅晚八时三刻。

MY DEAR TEACHER：

十二月一晚收到你廿六的信，而以前说寄的《新女性》等，至今未来；你十六，十九，廿一等信，俱先后收到，都答复过了，并不因新宁轮而有阻碍。

今日往陈惺农先生寓，见他正在整理行装，打算到武汉去，云于五日前后动身。他说并已电约伏园，径赴湖北。那么，伏园于十五左右先赴广州之说，恐怕又有变动了。学校今日由财政厅领得支票，不但不搭还欠薪，连数目也仍照旧豫算，公债库券也仍有，不过将先前搭发二成之三十个月满期的公债，改为一成。事情几乎毫无解决，校长拟往香港去了，我们三主任定于明日向全校教职员布告经过，并声明卸去维持校长职务的责任。但事情是绝不会如此简单的，或仍是不死不活的拖下去，学生两方亦仍争持不下，这真好像朽索之御六马，懔乎其危[1]了。

---

1 原文出自先秦佚名的《五子歌》："懔乎若朽索之驭六马。"喻指倾覆的危险十分严重。

你因为怕有"不安"而"静下来"了，这教我也没有什么可说。至于我，"为社会做事"么？社会上有什么事好做？回粤以后，参与了一两样看去像是革新的事情，而同人中禁不起敌人之诬蔑中伤，多有放手不问之态，近来我校的情形，又复这个样子。你愿意我终生颠倒于其中而不自拔么？而且你还要因此忍受旧地方的困苦，以玉成我"为社会做事"么？过去的有限的日子，已经如此无聊，再"熬半年"，能保不发生别的意外么？单为"玉成"他人而自放于孤岛，这是应当的么？我着实为难，广大当然也不是理想的学校，所以你要仍在厦大，我也难于多说。但不写几句，又怕你在等我的回信，说起来，则措辞多不达意，恐你又因此发生新的奇异感想。我觉得书信的往来实在讨厌，既费时光，而又不能达意于万一的。这封信也还是如此。

YOUR H. M.

十二月二日。

八八

广平兄：

　　三日寄出一信，并刊物一束，系《语丝》等五本，想已到。今天得二日来信，可谓快矣。对于廿六日函中的一段话，我于廿九日即发一函，想当我接到此信时，那边必亦已到，现在我也无须再说了。其实我这半年来并不发生什么"奇异感想"，不过"我不太将人当作牺牲么"这一种思想——这是我向来常常想到的思想——却还有时起来，一起来，便沉闷下去，就是所谓"静下去"，而间或形于词色。但也就悟出并不尽然，故往往立即恢复，二日得中央政府迁移消息后，便连夜发一信（次日又发一信），说明我的意思与廿九日信中所说者并无变更，实未有愿你"终生颠倒于其中而不自拔"之意，当时仅以为在社会上阅历几时，可以得较多之经验而已，并非我将永远静着，以至于冷眼旁观，将 H. M. 卖掉，而自以为在孤岛中度寂寞生活，咀嚼着寂寞，即足以自慰自赎也。

　　但廿六日信中的事，已成往事，也不必多说

了。中大的钟点虽然较多，我想总可以设法教一点担子稍轻的功课，以求有休息的余暇，况且抄录材料等等，又可有帮我的人，所以钟点倒不成问题。每周二十时左右者，大抵是纸面文章，也未必实做的。

你们的学校，真是好像"湿手捏了干面粉"，粘缠极了，虽然"天下兴亡，匹夫有责"，但在位者不讲信用，专责"匹夫"，使几个人挑来重担，未免太任意将人来做无谓的牺牲。我想，事到如此，该以自己为主了，觉得耐不住，便即离开，倘因生计或别的关系，非暂时敷衍不可，便再敷衍它几日。"以德感"，"以情系"这些老话头，只好置之度外。只有几个人是做不好的。还傻什么呢？"匹夫匹妇之为谅也，自经于沟渎而莫之知也！"[1]

伏园须直往武昌了，不再转广州，前信似已说过。昨有人（据云系民党）从汕头来，说陈启修因为泄漏机密，已被党部捕治了。我和伏园正惊疑，

1　出自《论语·宪问》，喻指不必像匹夫、匹妇那样斤斤计较节操与信用。

拟电询，今日得你信，知二日曾经看见他，以日期算来，则此人是造谣言的。但何以要造如此谣言，殊不可解。

前一束刊物不知到否？记得先前也有一次，久不到，而终在学校的邮件中寻来。三日又寄一束，到否也是问题。此后寄书，殆非挂号不可。《桃色的云》再版已出了，拟寄上一册，但想写几个字，并用新印，而印泥才向上海去带，大约须十日后才来，那时再寄罢。

迅。

十二月六日之夜。

八九

广平兄：

本月六日接到三日来信后，次日（七日）即发一信，想已到。我猜想昨今两日当有信来，但没有；明天是星期，没有信件到校的了。我想或者是你因校事太忙，没有发，或者是轮船误了期。

计算从今天到一月底，只有了五十天，我到这里，已经三个月又一星期了。现在倒没有什么事。

我每天能睡八九小时，然而仍然懒。有人说我胖一点了，不知确否？恐怕也未必。对于学生，我已经说明了学期末要离开，有几个因我在此而来的，大约也要走。至于有一部分，那简直无药可医，他们整天的读《古文观止》。

伏园就要动身，仍然十五左右；但也许仍从广州，取陆路往武昌去。

我想一两日内，当有信来，我的廿九日信的回信也应该就到了，那时再写罢。

迅。

十二月十一日之夜。

九〇

MY DEAR TEACHER:

六日晨得十一月廿九日信，又廿一寄的书一束，一束书而耽搁至十六天，中国的邮政真太可以了。这信到在我发了廿三的信之后，总是觉得我太过火了，这样的说话。但你前一信说拟在厦门半年，后一信又说拟即离开，这样改变，全以外象为主，看来真好像十分"空虚"似的。现既打算离去，则关于学校的一切，可勿过于扰心，不如好好的静下来，养养身体。食物如何解决，已在福州馆子包饭么？伏园一走，你独自一人早晚为食物奔波，不太困苦么？

学校火警是很可怕的，我在天津，曾经遇到，在半夜里逃出。日前李之良得北京来信，说女师大失火，烧了几间寝室，一个由女子大学转学过来的杨立侃因伤身死，另一个是重伤。女师大真不幸，连转学过来的都遭劫。你也曾在报上看见或别方面听到过没有？

你为什么"时有莫名其妙的悲哀"？是因为感着寂寞么？是因为想到要走的路么？是因了为别人而焦虑么？"跋"中或有未便罄尽之处，其详可得闻欤？

我校自三主任声明不负代行校长职务后，当由教职员推举代表五人，向省政府，教育厅，财政厅交涉，但仍不得要领，继由革新之学生前去请愿，财政厅始允照新豫算发给。今日庶务处已领得支单，惟积欠仍无着落，众意须俟积欠有着，始敢相信，开手办事；故全校仍未上课，旧派学生忽对于总务主任及我开始攻击，但这是无聊之极思，没有用的。倘有事，以后再谈罢。

YOUR H. M.

十二月六晚八时。

九一

MY DEAR TEACHER：

今日是学校因经费问题而停课的第二天。薪水是发过了，数目为八成五，一半公债库券，一半现金，我得了七十八元。但那八十多个学生，昨却列队到省政府及教育厅，财政厅，去说是学校的问题并不在经费而在校长，只要宋庆龄长校，一切即皆解决，云云。今日教育厅又约三主任及附小主任于下午四时前去谈话，现尚未到时，但我们必须待经费彻底解决以后，这才做下去。

今晨曾寄一信，是复你十一月廿九日信的，现在又接到十二月三日的信了。印章的质地是"金星石"，但我先前随便叫它曰玻璃；这不知是否日本东西，刻字时曾经刻坏了一个，不过由刻者负责，和我无干。有这样脆。我想一落地必碎，能够寄到而无损，算是好的了。穿上背心，冷了还是要加棉袄，棉袍……的。"这样就可以过冬"么？傻子！一个新印章，何必特地向上海买印泥去呢，真是多事。

这几天经费问题未解决，总坚持不上课；一解决，则将有一番革新，革新后自己再走，也是痛快事。昨日反对派学生推代表三人来，限总务主任于二十四小时内召集财政会议，布告经费状况，又限我于两日内解散革新学生会同盟会。我们都置之不理，不久，大约当有攻击我们的宣言发表的。

现在已没有什么要说了，下次再谈。

YOUR H. M.

十二月七日午三时。

九二

MY DEAR TEACHER：

现在是七日晚七时半，我又开始写信了。今日我发了一信，不是说下午四时要到教育厅去么？从那里回校时，看见门房里竖着几封信，我心内一动，转想午间已得来信，此时一定没有了，乃走不数步，听差赶上来交给我信，是你三日发的第二封。我高兴极了，接连两日得信三封，从这三封信中，可见你心神已略安定，有些活气了。至于廿六发的那一封，却似乎有点变态，不安而故示安定，所以我二日的回信，也未免激一些，现得最近的三信，没有问题了，不必挂念或神经过敏。

现在我要下命令了：以后不准自己将信"半夜放在邮筒中"。因为瞎马会夜半临深池的，十分危险，令人捏一把汗，很不好。况且"所外"的信今日上午到，"所内"的信下午到，这正和你发出的次序相同，殊不必以傻气的傻子，而疑"代办所里的伙计"为"呆气"的呆子，其实半斤八两相等也。即如我，发信也不如是急急，六晚写好的信，是今早叫给我做事的女工拿去的，但许久之后，我出校门，却见别一女工手拿一碗，似将出街买物，又拿着我的信，可见她又转托了人，便中送去。而且恐怕我每次发信，大抵如此，以后应该改换方法了。说起用人来，则因为广州有工会，故说话极难，一不小心，便以工会相压。例如我用的那个，虽十分村气，而买物必赚一半，洗物往往不见，我未买热水壶时，日嫌茶冷，买来以后，却连螺旋盖也不会开，用铁锤之类新新的就将热水壶敲坏了。你将来到广州时，倘用的是男的，或者好一点，但也得先知道，以免冒起火来。

至于用语，则这里的买物或雇车，普通话就可以，也许贵一点，不过有人代办，不成问题。我在北京，买物是不大讲价的，这里却往往开出大价，甚至二倍以上，须斟酌还价，还得太多是吃亏，太少或被骂，真是麻烦透了。吃食店随处都有，小饭馆也不化多少钱，你来不愁无吃处，而愁吃不惯口味，但广东素以善食称，想来你总可以对付的。至于蛇，你到时在年底，不知道可还有？龙虱也已过时，只可买干的了。又这里也有北方馆子，有专卖北京布底鞋的铺子，也有稻香村一类的店，所以糖炒栗子也有了，这大约是受了"外江佬"的影响。

你高兴时，信上也看见"身体是好的，能食能睡"一类的话，但在上月二十至廿六左右，则不特不然，而且什么也懒得做了。其实那一个人也并非一定专为别人牺牲，而且是行其心之所安的，你何必自己如此呢。现在手指还抖么？要看医生不？我想心境一好，无聊自然减少，不会多吸烟了。有什么方法可以减却呢？我情愿多写几个字。

你到这里后，住学校就省事，住外面就方便，但费用大。陈先生住的几间屋，是二楼，每月房租就四十余元，还有雇人，食，用……等，至少总在百元以上。究竟如何，是待到后再说，还是未雨绸缪？

我想，没有被人打倒，或自己倒下之前，教书是好的，倒下以后，则创作似乎闭户可做。但在那时，是否还有创作的可能，也很难说。在旧社会里，对于一般人，需用一般法，孤行己见，便受攻击，真是讨厌。不过人一受逼，自然会寻活路，著作路绝，恐怕也还是饿不死的。以上也只是些空话，因为今晚高兴多写，以致一发而不可收拾了。

英译《阿Q》不必寄，现时我不暇看也不大会看，待真的阿Q到了广州，再拿出译本，一边讲解，一边对照罢。那时却勿得规避，切切！

今晚大风，窗外呼呼有声，空气骤冷。我已经穿上了夹裤，呢裙，毛绒背心及绒衫。但没有蚊子了。

YOUR H. M.

十二月七晚九时。

九三

广平兄：

今天早上寄了一封信。现在是虽在星期日，邮政代办所也开半天了。我今天起得早，因为平民学校的成立大会要我演说，我去说了五分钟，又恭听校长辈之胡说至十一时。有一曾经留学西洋之教授曰：这学校之有益于平民也，例如底下人认识了字，送信不再会送错，主人就喜欢他，要用他，有饭吃，……。我感佩之极，溜出会场，再到代办所去一看，果然已有三封信在，两封是七日发的，一封是八日发的。

金星石虽然中国也有，但看印匣的样子，还是日本做的，不过这也没有什么关系。"随便叫它曰玻璃"，则可谓胡涂，玻璃何至于这样脆，又岂可"随便"到这样？若夫"落地必碎"，则一切印石，大抵如斯，岂独玻璃为然？特买印泥，亦非"多事"，因为不如此，则不舒服也。

近来对于厦大，什么都不过问了，但他们还要常来找我演说，一演说，则与当局者的意见一定相反，真是无聊。玉堂现在亦深知其不可为，有相当机会，什九是可以走的。我手已不抖，前信竟未说明。至于寄给《语丝》的那篇文章，因由未名社转寄，被社中截留了，登在《莽原》第廿三期上。其中倒没有什么未尽之处。当时动笔的原因，一是恨自己为生活起见，不能不暂戴假面，二是感到了有些青年之于我，见可利用则尽情利用，倘觉不能利用了，便想一棒打杀，所以很有些悲愤之言。不过这种心情，现在早已过去了。我时时觉得自己很渺小；但看他们的著作，竟没有一个如我，敢自说是戴着假面和承认"党同伐异"的，他们说到底总必以"公平"或"中立"自居。因此，我又觉得我或者并不渺小。现在拚命要蔑视我和骂倒我的人们的眼前，终于黑的恶鬼似的站着"鲁迅"这两个字者，恐怕就为此。

我离厦门后，有几个学生要随我转学，还有一个助教也想同我走，他说我对于金石的知识于他有帮助。我在这里，常有客来谈空天，弄得自己的事无暇做，这样下去，是不行的。我将来拟在校中取得一间屋，算是住室，作为豫备功课及会客之用，另在外面觅一相当的地方，作为创作及休息之用，庶几不至于起居无节，饮食不时，再蹈在北京时之覆辙。但这可俟到粤后再说，无须未雨绸缪。总之，我的主意，是在想少陪无聊之客而已。倘在学校，谁都可以直冲而入，并无可谈，而东拉西扯，坐着不走，殊讨厌也。

现在我们的饭是可笑极了，外面仍无好的包饭处，所以还是从本校厨房买饭，每人每月三元半，伏园做菜，辅以罐头。而厨房屡次宣言：不买菜，他要连饭也不卖了。那么，我们为买饭计，必须月出十元，一并买他毫不能吃之菜。现在还敷衍着。伏园走后，我想索性一并买菜，以省麻烦，好在日子也已经有限了。工人则欠我二十元，其中二元，是他兄弟急病时借去的，我以为他穷，说这二元不要他还了，算是欠我十八元，他即于次日又借去二元，仍凑足二十元之数。厦门之对于"外江佬"，好像也颇要愚弄似的。

以中国人一般的脾气而论，失败之后的著作，是没有人看的，他们见可役使则尽量地役使，见可笑骂则尽量地笑骂，虽一向怎样常常往来，也即刻翻脸不识，看和我往来最久的少爷们的举动，便可推知。但只要作品好，大概十年或数十年后，就又有人看了，不过这只是书坊老板得益，至于作者，则也许早被逼死，不再有什么相干。遇到这样的时候，为省事计，则改业也行，走外国也行；为赌气计，则无所不为也行，倒行逆施也行。但我还没有细想过，因为这还不是急切的问题，此刻不过发发空议论。

"能食能睡"，是的确的，现在还如此，每天可睡至八九小时。然而人还是懒，这大约是气候之故。我想厦门的气候，水土，似乎于居民都不宜，我所见的本地人，胖子很少，十之九都黄瘦，女性也很少有丰满活泼的；加以街道污秽，空地上就都是坟，所以人寿保险的价格，居厦门者比别处贵。我想国学院倒大可以缓办，不如作卫生运动，一面将水，土壤，都分析分析，讲一个改善之方。

此刻已经夜一时了，本来还可以投到所外的箱子里去，但既有"命令"，就待至明晨罢，真是可惧，"我着实为难"。

迅。

十二月十二日。

九四

MY DEAR TEACHER：

今早九时由家里回校，见你十二月七日的信在桌上，大约是昨天到的，而我外出未见。我料想日内当有信来，今果然，慰甚。三日寄的刊物则至今未到，但慢惯了，倒也不怎样着急。二日的信，乃晚间七时自己投在街上邮筒中的（便中经过），若六日到，则前后仅四天，也差强人意，而平常竟有耽搁至八天的，真是奇怪。

你"向来常常想到的思想"，实在谬误，"将人当作牺牲"一语，万分不通。牺牲者，谓我们以牛羊作祭品，在牛羊本身，是并非自愿的，故由它们一面看来，实为不合。而"人"则不如此，天下断没有人而肯任人宰割者。倘非宰割，则一面出之维护，一面出之自主，即有所失，亦无牺牲之可言。其实在人间本无所谓牺牲，譬如吾人为社会做事，是大家认为至当的了。于是有因公义而贬抑私情者，从私情上说，固亦可谓之牺牲，而人们并不介意，仍趋公义者，即由认公义为比较的应为，急为而已。这所谓应，所谓急，虽亦随时代环境而异，但经我决择，认为满意而舍此无他道，即亦可为，天下事不能具备于一身，于是有取舍，既有所取，也就不能偏重所舍的一部分，说是牺牲了。此三尺童子皆知之，而四尺的傻子反误解，是应该记打手心十下于日记本上的。

校事又变化起来了。反对派的学生们以学生会之名，向官厅请愿，又在校内召集师生联席会议，教员出席者七人，共同发表了一封信，责三主任为什么故意停课，限令立即开课云云。其实我们的卸责，学校的停课，是经过全校教职员会议种种步骤的，今乃独责主任，大有问罪之意；曾经与议的教员们，或则先去，或则诿为不知，甚或有出席师生联席会议，反颜诘责者。幸而学校已经领了一点款，可以借此转圜，校长应允回校，先仍由三主任负责，于是从明天（十三）起上课了，但另一消息，则说校长决不回来，不过姑允回校，使学生照常上课，免得扰嚷，以便易于引退，实"以进为退"也云。这使我很恐惧，倘她不回校，教育厅又不即派继任人物，则三主任负责无期，而且我还有被荐，或被派为新校长的危险，因为先前即有此说，经我竭力拒绝了的。我现在已知道此校病根极深，甚难挽救，一作校长，非随波逐流，即自己吃苦。我只愿意做点小事情，所谓"长"者，实在一听到就令人不寒而栗，我现在只好设法力劝校长早日回校，以免自己遭殃，否则便即走开，你说是不是呢？

你常往上海带书，可否替我买一本《文章作法》，开明书店出版，价七角，能再买一本《与谢野晶子论文集》则更佳。现已十二月中旬，再过三十多天便可见面，书籍寄得太慢，或在人到之后，不如留待自己带来，且可免遗失或损坏。香港已经通船了，你来也不必定转汕头，且带着许多书籍，车上恐怕也不如船上之方便。

从明天起上课，事情又多起来了。省妇女部立的妇女运动人员训练所，要我担任讲"妇女与经济政治之关系"，为时三周，每周二小时，在晚上，地点是中山大学。我推却而不能，已答应了，但材料还未搜得多少，现正在准备中。我自思甚好笑，自己实无所长，而时机迫得我硬干，真是苦恼。倘不及早设法倒下来，怕就要像厂甸[1]的轻气球一样，气散而自己掉下来了，一点也没有法子想。

你的手有点抖，好了没有？

YOUR H. M.

十二月十二日午一时。

九五

广平兄：

昨（十三日）寄一信，今天则寄出期刊一束，怕失少，所以挂号，非因特别宝贵也。束中有《新女性》一本，大作在内，又《语丝》两期，即登着我之发牢骚文，盖先为未名社截留，到底又被小峰夺过去了，所以仍在《语丝》上。

---

1 地名，位于北京市和平门外。

慨自寄了二十三日之信，几乎大不得了，伟大之钉子，迎面碰来，幸而上帝保佑，早有廿九日之信发出，声明前此一函，实属大逆不道，应即取消，于是始蒙褒为"傻子"，赐以"命令"，作善者降之百祥，幸何如之。

现在对于校事，已悉不问，专编讲义，作一结束，授课只余五星期，此后便是考试了。但离校恐当在二月初，因为一月份薪水，是要等着拿走的。

中大又有信来，催我速去，且云教员薪水，当设法增加，但我还是只能于二月初出发。至于伏园，却在二十左右要走了，大约先至粤，再从陆路入武汉。今晚语堂饯行，亦颇有活动之意，而其太太则大不谓然，以为带着两个孩子，常常搬家，如何是好。其实站在她的地位上来观察，的确也困苦的，旅行式的家庭，教管理家政的女性如何措手。然而语堂殊激昂。后事如何，只得"且听下回分解"了。

狂飙中人一面骂我，一面又要用我了。培良要我在厦门或广州寻地方，尚钺[1]要将小说编入《乌合丛书》去，并谓前系误骂，后当停止，附寄未发表的骂我之文稿，请看毕烧掉云。我想，我先前的种种不客气，大抵施之于同年辈或地位相同者，而对于青年，则必退让，或默然甘受损失。不料他们竟以为可欺，或纠缠，或奴役，或责骂，或诬蔑，得步进步，闹个不完。我常叹中国无"好事之徒"，所以什么也没有人管，现在看来，做"好事之徒"实在也大不容易，我略管闲事，就弄得这么麻烦。现在是方针要改变了，地方也不寻，丛书也不编，文稿也不看，也不烧，回信也不写，关门大吉，自己看书，吸烟，睡觉。

《妇女之友》第五期上，有沄沁给你的一封公开信，见了没有？内中也没有什么，不过是对于女师大再被毁坏的牢骚。我看《世界日报》，似乎程干云仍在校，罗静轩却只得滚出了，报上有一封她的公开信，说卖文也可以过活，我想，怕很难罢。

1　尚钺（1902年—1982年），原名宗武，字健庵，河南罗山人。著名的马克思主义历史学家。

今天白天有雾，器具都有点潮湿。蚊子很多，过于夏天，真是奇怪。叮得可以，要躲进帐子里去了，下次再写。

十四日灯下。

天气今天仍热，但大风，蚊子忽而很少了，不知道是怎么一回事。于是编了一篇讲义。印泥已从上海寄来，此刻就在《桃色的云》上写了几个字，将那"玻璃"印和印泥都第一次用在这上面，豫备等《莽原》第二十三期到来时，一同寄出。因为天气热，印泥软，所以印得不大好，但那也不要紧。必须如此办理，才觉舒服，虽被斥为"多事"，亦不再辩，横竖受攻击惯了的，听点申斥又算得什么。

本校并无新事发生。惟山根先生仍是日日夜夜布置安插私人；白果从北京到了，一个太太，四个小孩，两个用人，四十件行李，大有"山河永固"之意。不知怎地我忽而记起了"燕巢危幕"[1]的故

---

[1] 出自《左传·襄公二十九年》，指燕子把窝做在帷幕上，比喻处境非常危险。

事，看到这一大堆人物，不禁为之凄然。

十五夜。

十二日的来信，今天（十六）就到了，也算快的。我看广州厦门间的邮信船大约每周有二次。假如星期二，五开的罢，那么，星期一，四发的信更快，三，六发的就慢了，但我终于研究不出那船期是星期几。

贵校的情形，实在不大高妙，也如别的学校一样，恐怕不过是不死不活，不上不下。一沾手，一定为难。倘使直截痛快，或改革，或被打倒，爽快，或苦痛，那倒好了。然而大抵不如此。就是办也办不好，放也放不下，不爽快，也并不大苦痛，只是终日浑身不舒服，那种感觉，我们那里有一句俗话，叫作"穿湿布衫"，就是恰如将没有晒干的小衫，穿在身体上。我所经历的事情，几乎无不如此，近来的作文印书，即是其一。我想接手之后，随俗敷衍，你一定不能；改革呢，能办到固然好，即使自己因此失败也不妨，但看你来信所说，是恐怕没有改革之望的。那就最好是不接手，倘难却，则仿"前校长"的老法子：躲起来。待有结束后，再出来另觅事情做。

政治经济，我晓得你是没有研究的，幸而只有三星期。我也有这类苦恼，常不免被逼去做"非所长"，"非所好"的事。然而往往只得做，如在戏台下一般，被挤在中间，退不开去了，不但于己有损，事情也做不好。而别人见你推辞，却以为谦虚或偷懒，仍然坚执要你去做。这样地玩"杂耍"一两年，就只剩下些油滑学问，失了专长，而也逐渐被社会所弃，变了"药渣"了，虽然也曾煎熬了请人喝过汁。一变药渣，便什么人都来践踏，连先前喝过汁的人也来践踏，不但践踏，还要冷笑。

牺牲论究竟是谁的"不通"而该打手心，还是一个疑问。人们有自志取舍，和牛羊不同，仆虽不敏，是知道的。然而这"自志"又岂出于本来，还不是很受一时代的学说和别人的言动的影响的么？那么，那学说的是否真实，那人的是否确当，就是一个问题，我先前何尝不出于自愿，在生活的路上，将血一滴一滴地滴过去，以饲别人，虽自觉渐渐瘦弱，也以为快活。而现在呢，人们笑我瘦弱了，连饮过我的血的人，也来嘲笑我的瘦弱了。我听得甚至有人说:"他一世过着这样无聊的生活,本早可以死了的,但还要活着,可见他没出息。"于是也乘我困苦的时候,竭力给我一下闷棍,然而,这是他们在替社会除去无用的废物呵!这实在使我愤怒,怨恨了,有时简直想报复。我并没有略存求得称誉,报答之心,不过以为喝过血的人们,看见没有血喝了就该走散,不要记着我是血的债主,临走时还要打杀我,并且为消灭债券计,放火烧掉我的一间可怜的灰棚。我其实并不以债主自居,也没有债券。他们的这种办法,是太过的。我近来的渐渐倾向个人主义,就是为此;常常想到像我先前那样以为"自所甘愿,即非牺牲"的人,也就是为此;常常劝别人要一并顾及自己,也就是为此。但这是我的意思,至于行为,和这矛盾的还很多,所以终于是言行不一致,恐怕不足以服足下之心,好在不久便有面谈的机会,那时再辩论罢。

我离厦门的日子,还有四十多天,说"三十多",少算了十天了,然则心粗而傻,似乎也和"傻气的傻子"差不多,"半斤八两相等也"。伏园大约一两日内启行,此信或者也和他同船出发。从今天起，我们兼包饭菜了，先前单包饭的时候，每人只得一碗半（中小碗），饭量大的人，兼吃两人的也不够，今天是多一点了，你看厨子多么利害。这里的工役，似乎都与当权者有些关系，换不掉的，所以无论如何，只好教员吃苦，即如这个厨子，原是国学院听差中之最懒而最狡猾的，兼士费了许多力，才将他弄走，而他的地位却更好了。他那时的主张，是：他是国学院的听差，所以别人不能使他做事。你想，国学院是一所房子，会开口叫他做事的么？

我向上海买书很便当，那两本当即去带，并遵来命，年底面呈。

迅。

十六日下午。

九六

广平兄：

十六日得十二日信后，即复一函，想已到。我猜想一两日内当有信来，但此刻还没有，就先写几句，豫备明天发出。

伏园前天晚上走了，昨晨开船。现在你也许已经看见过。中大有无可做的事，我已托他探问，但不知结果如何。上遂南归，杳无消息，真是奇怪，所以他的事情也无从计划。

我这里是什么事也没有发生，不过前几天很阔了一通，将伏园的火腿用江瑶柱[1]煮了一大锅，吃了。我又从杭州带来茶叶两斤，每斤二元，喝着。伏园走后，庶务科便派人来和我商量，要我搬到他所住过的半间小屋子里去。我即和气的回答他：一定可以，不过可否再缓一个多月的样子，那时我一定搬。他们满意而去了。

其实，教员的薪水，少一点倒不妨的，只是必须顾到他的居住饮食，并给以相当的尊重。可怜他们全不知道，看人如一把椅子或一个箱子，搬来搬去，弄不完，幸而我就要搬出，否则，恐怕要成为旅行式的教授的。

朱山根已经知道我必走，较先前安静得多了，但听说他的"学问"好像也已讲完，渐渐讲不出

---

1 蚌类，因其形如牛耳，又称牛耳螺，壳薄肉厚，肉质鲜、嫩，美味可口。

来，在讲堂上愈加装口吃。田千顷是只能在会场上唱昆腔，真是到了所谓"俳优蓄之"[1]的境遇。但此辈也正和此地相宜。

我很好，手指早已不抖，前信已经声明。厨房的饭又克减了，每餐复归于一碗半，幸而我还够吃，又幸而只有四十天了。北京上海的信虽有来的，而印刷物多日不到，不知其故何也。再谈。

迅。

十二月二十日午后。

现已夜十一时，终不得信，此信明天寄出罢。

二十日夜。

九七

MY DEAR TEACHER：

十六日寄上一信，告诉你此后通信的地址。这日我就告病（伪的）回家去住了。但又不放心，总想到学校去看看。昨晚往校，果见你十三寄的信，

———

1　出自西汉·司马迁《报任少卿书》，原指古时皇帝对文人的态度，喻指当作演戏逗乐的艺人来畜养。

这信的第一句就是"今天早上寄了一封信",而早上的一封我却没有收到,不知是否因为我有几天不在校内的缘故。

学校的事,昨晚回校,始知校长确不再来,教务总务也都另得新职,决去此校,所不知这消息的,只有我一个。我幸而请着病假,但已迟了几天,多做几天傻子了,因即致函校长,辞去职务。惟又闻校长辞呈中,曾举一李女士和我,请教育厅选一人继任云云。不过我是决计不干的,我现在想休息休息了,一面慢慢地找事做。

厦大几时放寒假?我现在闲着了,来的日期可先行通知,最好托客栈招呼,或由我豫先布置,总以豫知为便,好在我是闲着的。

我在家里,是做做缝纫的事(缝工价贵),改造旧衣,或编织绒物(人托做的),或看书,并不闷气,可无须挂念。

这信是在校内写的,不久又要回家去了。再谈罢。

YOUR H. M.

十二月十九日下午五时。

九八

广平兄：

十九日信今天到，十六的信没有收到，怕是遗失了，所以终于不知寄信的地方。此信也不知能收到否？我于十二上午寄一信，此外尚有十六，廿一两信，均寄学校。

前日得郁达夫及逢吉信，十四日发的，似于中大颇不满，都走了。次日又得中大委员会十五来信，言所定"正教授"只我一人，催我速往。那么，恐怕是主任了。不过我仍只能结束了学期再走，拟即复信说明，但伏园大概已经替我说过。至于主任，我想不做，只要教教书就够了。

这里一月十五考起，阅卷完毕，当在廿五左右，等薪水，所以至早恐怕要在一月廿八才可以动身罢。我想先住客栈，此后如何，看情形再说，现在可以不必豫先酌定。

电灯坏了。洋烛所余无几，只得睡了。倘此信能收到，可告我更详细的地址，以便写信面。

迅。

十二月廿三夜。

怕此信失落，另写一封寄学校。

九九

广平兄：

今日得十九来信，十六日信终于未到，所以我不知你住址，但照信面所写的发了一信，不知能到否？因此另写一信，挂号寄学校，冀两信中有一信可到。

前日得郁达夫及逢吉信，说当于十五离粤，似于中大颇不满。又得中大委员会信，十五发，催我速往，言正教授只我一人。然则当是主任。拟即作复，说一月底才可以离厦，但也许伏园已经替我说明了。

我想不做主任。只教书。

厦校一月十五考试，阅卷及等候薪水等，恐至早须廿八九才得动身。我想先住客栈，此后则看情形再定。

我除十二，十三，各寄一信外，十六，二十一，又俱发信，不知收到否？

电灯坏了，洋烛已短，又无处买添，只得睡觉，这学校真是不便极了！

此地现颇冷，我白天穿夹袍，夜穿皮袍，其实棉袍已够，而我懒于取出。

迅。

十二月廿三夜。

告我通信地址。

一〇〇

MY DEAR TEACHER：

以前七晨，午，十二各寄一信，想必都到在此信之先了。这封信是向你发牢骚的，因为只有向你可以尽量发，但既能发，则非怒气冲天可知了，所以也还是等于送戏目给你看。

昨日我校的总务主任辞职了。今晨我到校办公，阅报及听庶务员说，才知道教务主任也要往中大当秘书去，无意于此了。那个庶务员就取笑我，说：已并校长及三主任，四职萃于一身了！我才恍然大悟，做了傻子，人们找好事情，溜之大吉，而我还打算等有了交代再走，将来岂不要人都跑光，校长又不回来，只剩我一个独受学生的闷气，教职员的催逼么？我急跑去找校长面辞，并陈述校中情状，正说之间，那个教务主任也到了，他不承认有辞职之事，说是只因为忙，所以未到，明天是可以到校的云云，我也不知道的确与否。

至于学生间的纠纷，则今日（十五）中央，省，市，青年部来宣布两派学生会同时停止，另由学生会改选新会员，结果是和以前一样。总而言之，坏的学生狠猾而猖獗，好一点的学生则老实而胆怯，只会腹诽，惮于开口，真没奈何。教职员既非一心，三主任又去其二，校长并不回来，也不决绝，明日有筹备学生选举会事，我也打算不做傻子了，即使决意要共患难，也没有可共之人，我何必来傻冲锋呢？现已写好两信，一致校长，辞赴筹备会，一致教务主任，告诉他我请病假（装假），而无日数，拟即留信回家，什么都不闻不问了。在家里静静的过几天之后，再到学校去收拾行李。你以后寄信，暂寄"广州高第街中约"便妥，倘有改动，当再通知。

我身体是好的。校事早了，也早得安心。勿念。

YOUR H. M.

十二月十五晚。

广平兄：

昨（廿三）得十九日信，而十六日信待至今晨还没有到，以为一定遗失的了，因写两信，一寄高第街，一挂号寄学校，内容是一样的，上午发出，想该有一封可以收到。但到下午，十六日发的一封信竟收到了，一共走了九天，真是奇特的邮政。

学校现状，可见学生之无望，和教职员之聪明，独做傻子，实在不值得，还不如暂逃回家，不闻不问。这种事我也遇到过好几次，所以世故日深，而有量力为之，不拚死命之说，因为别人太巧，看得生气也。伏园想早到粤，已见过否？他曾说要为你向中大一问。

郁达夫已走，有信来。又听说成仿吾也要走。创造社中人，似乎和中大有什么不对似的，但这不过是我的猜测。达夫逢吉则信上确有愤言。我且不管，旧历年底仍往粤。算起来只有一个多月了。

现在在这里还没有什么不舒服，因为横竖不远要走，什么都心平气和了。今晚去看了一回电影。

川岛夫妇已到，他们还只看见山水花木的新奇。我这里常有学生来，也不大能看书；有几个还要转学广州，他们总是迷信我，真是无法可想。

玉堂恐怕总弄不下去，但国学院是一时不会倒的，不过不死不活，"学者"和白果，已在联络校长了，他们就会弄下去。然而我们走后，不久他们也要滚出的。为什么呢，这里所要的人物，是：学者皮而奴才骨。他们却连皮也太奴才了，这又使校长看不起，非走不可。

再谈。

迅。

十二月二十四日灯下。（电灯修好了。）

一〇二

广平兄：

廿五日寄一函，想已到。今天以为当得来信，而竟没有，别的粤信，都到了。伏园已寄来一函，今附上，可借知中大情形。上遂与你的地方，大概都极易设法。我已写信通知上遂，他本在杭州，目下不知怎样。

看来中大似乎等我很急，所以我想就与玉堂商量，能早走则早走。况且我在厦大，他们并不以为必要，为之结束学期与否，不成什么问题也。但你信只管发，即我已走，也有人代收寄回。

厦大我只得抛开了，中大如有可为，我还想为之尽一点力，但自然以不损自己之身心为限。我来厦门，虽是为了暂避军阀官僚"正人君子"们的迫害。然而小半也在休息几时，及有些准备，不料有些人遽以为我被夺掉笔墨了，不再有开口的可能，便即翻脸攻击，想踏着死尸站上来，以显他的英雄，并报他自己心造的仇恨。北京似乎也有流言，和在上海所闻者相似，且云长虹之拚命攻击我，乃为此。这真出我意外，但无论如何，用这样的手段，想来征服我，是不行的，我先前对于青年的唯唯听命，乃是退让，何尝是无力战斗。现既逼迫不完，我就偏又出来做些事，而且偏在广州，住得更近点，看他们躲在黑暗里的诸公其奈我何。然而这也许是适逢其会的借口，其实是即使并无他们的闲话，我也还是要到广州的。

再谈。

迅。

十二月廿九日灯下。

一〇三

MY DEAR TEACHER:

今日（廿三）下午往学校去一看，得你十六日的来信，大约是到了好几天的，因为我今天才到校，所以耽搁了一些时候了。

你来信说寄给我刊物的有好些次，但除十一月廿一寄的一束之外，什么也没有收到。那个号房不是好人。画报（图书馆定的）寄到，他常常扣留住，但又不能明责他，因为他进过工会，一不小心，就可以来包围。所以此后一切期刊及书籍，还是自己带来，较为妥当，倘是写字盖章的，寄失就更可惜。至于家里，则数百人合用的一个门房，更可想而知了。

也是今日回校时候，同信一起在寝室桌上见有伏园名片，写着廿二日来校，现住广泰来栈，我打算明日上午去看他，但不想问他中大的事。日前有一个旧同学问我省立中学缺少职员，愿去否？我答愿意。职员我是做厌了，不过如无别处可去，我想也只得姑且混混。不知你以为何如？

也还是今日在学校里，见沄沁寄来的《妇女之友》共五期，这才看见了你所说的那篇给我的公开信，既是给我，又要公开，先前全是公开，现在见了这一份，总算终于给我了，一笑。

妇女讲习所里，昨晚已去讲了二小时，下星期三再去一次就完事。学生老幼不齐，散学时在街上大喊，高谈，秩序颇纷乱，我是只讲几小时的，所以没有去说她们。

有谁能够不受"一时代的学说和别人的言动的影响"呢？文学就离不开这一层。

你那些在厦门购置的器具，如不沉重，带来用用也好。此地的东西，实在太贵，而且我也愿意看看那些用具，由此来推见你在厦门的生活。

二月初大约是旧历十二月末，到粤即度岁了。也只好耐着。

YOUR H. M.

十二月廿三晚。

一〇四

广平兄：

自从十二月廿三，四日得十九，六日信后，久不得信，真是好等，今天（一月二日）上午，总算接到十二月廿四的来信了。伏园想或已见过，他到粤后所问的事情，我已于三十日函中将他的信附上，收到了罢。至于刊物，则十一月廿一之后，我又寄过两次，一是十二月三日，恐已遗失，一是十四日，挂号的，也许还会到，门房连公物都据为已有，真可叹，所以工人地位升高的时候，总还须有教育才行。

前天，十二月卅一日，我已将正式的辞职书提出，截至当日止，辞去一切职务。这事很给学校当局一点苦闷：为虚名计，想留我，为干净，省事计，愿放走我，所以颇为难。但我和厦大根本冲突，无可调和，故无论如何，总是收得后者的结果的。今日学生会也举代表来留。自然是具文而已。接着大概是送别会，有恭维和愤慨的演说。学生对于学校并不满足，但风潮是不会有的，因为四年前曾经失败过一次。

　　上月的薪水，听说后天可发；我现在是在看试卷，两三天即完。此后我便收拾行李，至迟于十四五以前，离开厦门。但其时恐怕已有转学的学生同走了，须为之交涉安顿。所以此信到后，不必再寄信来，其已经寄出的，也不妨，因为有人代收。至于器具，我除几种铝制的东西和火酒炉而外，没有什么，当带着，恭呈钧览。

　　想来二十日以前，总可以到广州了。你的工作的地方，那时当能设法，我想即同在一校也无妨，偏要同在一校，管他妈的。

　　今天照了一个相，是在草莽丛中，坐在一个洋灰的坟的祭桌上的，但照得好否，要后天才知道。

　　　　　　　　　　　　　　　迅。

　　　　　　　　　　　　　一月二日下午。

一〇五

广平兄：

　　伏园想已见过了。他于十二月廿九日给我一封信，今裁出一部分附上，未知以为何如？我想，助教是不难做的，并不必讲授功课，而给我做助教尤其容易，我可以少摆教授架子。

这几天，"名人"做得太苦了，赴了几处送别会，都要演说，照相。我原以为这里是死海，不料经这一搅，居然也有了些波动，许多学生因此而愤慨，有些人颇恼怒，有些人则借此来攻击学校或人们，而被攻击者是竭力要将我之为人说得坏些，以减轻自己的伤害。所以近来谣言颇多，我但袖手旁观，煞是有趣。然而这些事故，于学校是仍无益处的，这学校除全盘改造之外，没有第二法。

学生至少有二十个也要走。我确也非走不可了，因为我在这里，竟有从河南中州大学转学而来的，而学校的实际又是这模样，我若再帮同来招徕，岂不是误人子弟？所以我一面又做了一篇《通信》，去登《语丝》，表明我已离开厦门。我好像也已经成了偶像了，记得先前有几个学生拿了《狂飙》来，力劝我回骂长虹，说道：你不是你自己的了，许多青年等着听你的话！我曾为之吃惊，心里想，我成了大家的公物，那是不得了的，我不愿意。还不如倒下去，舒服得多。

现在看来，还得再硬做"名人"若干时，这才能够罢手。但也并无大志，只要中大的文科办得还像样，我的目的就达了，此外都不管。我近来改变了一点态度，诸事都随手应付，不计利害，然而也不很认真，倒觉得办事很容易，也不疲劳。

此信以后，我在厦门大约不再发信了。

迅。

一月五日午后。

一〇六

MY DEAR TEACHER：

昨廿六日我到学校去，将什物都搬回高第街了。原想等你的来信能寄到高第街后，再去搬取什物的，但前天报上载有校长辞职呈文，荐一位姓李的和我自代，我所以赶紧搬开，以示决绝。并向门房说明，信件托他存起，当自去取，或由叶姓表姊转交，言次即赠以孙总理遗像一幅（中央银行钞票），此君唯唯，想必不至于作殷洪乔[1]了。

现在我住在嫂嫂家里，她甚明达，待我亦好，惟孩子吵嚷，不是用功之所。但有一点好处，就是我从十六回家至廿六日，不过住了十天，而昨天到校，看见的人都说我胖了，精神也好得多了。胖瘦之于我，虽然无甚关系，但为外观计，也许还是胖些的好罢。睡也很多，往往自晚九点至次早十点，有十多个钟头了。你看这样懒法。如何处置呢？

廿四日晨我往广泰来栈访孙伏园老，九点多到，而他刚起身，说是昨日中酒，睡了一天，到粤则在冬至之夜云。客栈工人因为要求加薪，正在罢工，不但连领路也不肯，且要伏园立刻搬出，我劝他趁早设法，因为他们是不留情面的。略坐后我们即到海珠公园一游，其次是一同入城，在一家西菜馆吃简便的午餐，听他所说的意思，好像是拟在广州多住些时，俟有旅伴，再由陆路往武汉似的。但我想，也许他虽初到，却已觉到此地党派之纷歧，

———

1 出自成语典故"付诸洪乔"。殷洪乔即殷羡，东晋官员，他在即将离开南京，赶赴豫章担任太守时，很多人都托他带信，收下后却发现书信大多数都是拉关系、跑人情之流，不由非常反感，于是将信都抛进了水里。

又一时摸不着头脑，因此就徘徊起来，要多住些时，看个清楚，然后来定去就，也未可料。

实在，这里的派别之纷繁和纠葛，是决非久在北京的简单的人们所能豫想的。即如我在女师，见有一部分人，觉学校之黑暗，须改革，同此意见，于是大家来干一下而已。弄到后来，同事跑散了，校长辞职了，只剩我不经世故，以为须有交代才应放手的傻子，白看了几天学校，白挨了几天骂。这还是小事情，后来竟听说有一个同事，先前最为激烈，发动之初，是他坚持对旧派学生不可宽容，总替革新派的学生运筹帷幄的人，却在说我是共产党了。他说我误以他们为同志，引为同调，今则已知其非，他们也已知我为共党，所以不合作了，云云。你看，这多么可怕，我于学校，并无一二年以上久栖之心，其所以竭力做事，无非仍以为不如此对不起学校，对不起叫我回去做事的人，我几个月以来，日夜做工，没有一刻休息，做的事都是不如教务总务之有形式可见，而精神上之烦琐，可说是透顶了，风潮初起，乃有人以校长位置诱我同情旧派学生，我仍秉直不顾，有些学生恨而诬我共党，其论理推断是：廖仲恺[1]先生是共党，所以何香凝[2]是共党，廖先生之妹冰筠校长也是共党，我和他们一气，故我亦是共党云。这种推论，固不值识者一笑，而不料共同一气办事的人，竟也会和他所反对的旧派一同诬说！我之非共，你所深知，即对于国民党，亦因在北京时共同抵抗过黑暗势力，感其志在革新，愿尽一臂之力罢了，还不到做到这么诡秘程度。他们这样说，固然也许是因为失败之后，嫁祸于人，或者因为自己变计，须有借口之故，然而这么阴险，却真给了我一个深刻的教训，使我做事也没有勇气了。现在离开了那个学校，没有事体，心中泰然了。一鼓之气已消，我只希望教几点钟书，每月得几十元钱，自己再有几小时做些愿做的事，就算十分幸福了。

我前信不是说你十二的信没有收到么，昨天到

---

1 廖仲恺（1877年—1925年），汉族，原名恩煦，又名夷白，字仲恺。广东惠州人，祖籍广东梅县程江镇。中国近代民主革命家、国民党左派政治家、社会活动家。
2 何香凝（1878年—1972年），女，原名谏，又名瑞谏，别号双清楼主。广东南海人，中国国民党左派的杰出代表，著名政治活动家、女权运动先驱。

学校去，在办公桌的抽斗里发见了，一定是我在请假时，不知谁藏在那里面的。你说在盼信，但现必已陆续收到，不成问题。

此刻是午十二时半，我要到街上去，下次再谈罢。

YOUR H. M.

十二月廿七日。

一〇七

MY DEAR TEACHER:

昨廿九日由表姊从学校带到你廿一的信，或者耽搁了些时，但未遗失，已足满意了。

昨接伏园信，说："关于你辞去女师职务以后的事，我临走时鲁迅先生曾叫我问一声骦先，我现在已经说过了，就请你作为鲁迅先生之助教。鲁迅先生一到之后，即送聘书。鲁迅先生处我已写信去通知了。现在特通知您一声。"作为你的助教，不知是否他作弄我？跟着你研究自然是好的，不过听说教授要多编讲义而助教则多任钟点，我能讲得比你强么？这是我所顾虑的地方。又，他说聘书待你到后再发，临时不至于中变么？现在外间对于中大，有左倾之谣，而我自女师风潮以后，反对者或指为左派，或斥为共党。我虽无所属，而辞职之后，立刻进了"左"的学校去了，这就能使他们证我之左，或直目为共，你引我为同事，也许会受些牵连的。先前听说有一个中学缺少职员，这回我想去打听一下，倘能设法，或者不如到那边去的好罢。

饭菜不好，我希望你多吃些别的好东西。冬天没有蚊了，何妨买些点心吃。

我住在这里，地方狭窄（这是说没有可以使我静心读书的地方），所以不能多看书，我的脾气是怕嘈杂的，这里又正和我相反。早上起来，看看报，帮些家常琐事，就过了一上午；下午这个时候（二时）算是静一会，侪辈一放学，就又热闹起来了。现在我在打算搬到外面去，必须搬走，这才能够有规则的用功。

昨晚我到中大去上讲习所的课，上完，就完事了。去看伏园，房门锁着，没有见到。

"又幸而只有"三"十天了"。书籍还未收到，以后切勿寄来，免得遗失。

YOUR H. M.

十二月卅午后二时。

一〇八

MY DEAR TEACHER：

十六日信是告诉你寄信的地址的，十九日信面上就没有详写。但你廿四的信封上光写高第街，却居然也寄到了。我住的是街中间，叫作"高第街中约"，倘加上"旧门牌一七九号"，就更为妥当。

你十六，廿一的信，都收到了，惟寄校之另一封未见，我想是就会到的，因我已托人代收，或不致失少。

现在是下午六时，快要晚餐；八时还要外出，稍缓再详谈罢。

祝你新年。

YOUR H. M.

十二月三十下午六时。

一○九

广平兄:

五日寄一信,想当先到了。今天得十二月卅日信,所以再来写几句。

中大拟请你作助教,并非伏园故意谋来,和你开玩笑的,看我前次附上的两信便知,因为这原是李逢吉的遗缺,现在正空着。北大和厦大的助教,平时并不授课,厦大的规定是教授请假半年或几月时,间或由助教代课,但这样的事是很少见的,我想中大当不至于特别罢。况且教授编而助教讲,也太不近情理,足下所闻,殆谣言也。即非谣言,亦有法想,似乎无须神经过敏。未发聘书,想也不至于中变,其于上遂亦然。我想中学职员可不必去做,即有中变,我当托人另行设法。

至于引为同事,恐因谣言而牵连自己,——我真奇怪,这是你因为碰了钉子,变成神经过敏,还是广州情形,确是如此的呢? 倘是后者,那么,在广州做人,要比北京还难了。不过我是不管这些的,我被各色人物用各色名号相加,由来久矣,所以被怎么说都可以。这回去厦，这里也有各种谣言，我都不管，专用徐大总统[1]哲学：听其自然。

我十日以前走不成了，因为上月的薪水，至今还没有付给我，说是还得等几天。但无论怎样，我十五日以前总要动身的。我看这是他们的一点小玩艺，无非使我不能早走，在这里白白的等几天。不过这种小巧，恐怕反而失策了：校内大约要有风潮，现正在酝酿，两三日内怕要爆发。这已由挽留运动转为改革学校运动，本已与我不相干，不过我早走，则学生少一刺戟，或者不再举动，但拖下去可不行了。那时一定又有人归罪于我，指为"放火者"，然而也只得"听其自然"，放火者就放火者罢。

这几天全是赴会和饯行，说话和喝酒，大概这样的还有两三天。这种无聊的应酬，真是和生命有仇，即如这封信，就是夜里三点钟写的，因为赴席后回来是十点钟，睡了一觉起来，已是三点了。

----

1 徐世昌（1855年—1939年），字卜五，号菊人，又号弢斋、东海、涛斋，晚号水竹村（邨）人、石门山人、东海居士。民国七年（1918年）10月被国会选为民国大总统。

那些请吃饭的人，蓄意也种种不同，所以席上的情形，倒也煞是好看。我在这里是许多人觉得讨厌的，但要走了却又都恭维为大人物。中国老例，无论谁，只要死了，挽联上不都说活着的时候多么好，没有了又多么可惜么？于是连白果也称我为"吾师"了，并且对人说道，"我是他的学生呀，感情当然很好的。"他今天还要办酒给我饯行，你想这酒是多么难喝下去。

这里的惰气，是积四五年之久而弥漫的，现在有些学生们想借我的四个月的魔力来打破它，我看不过是一个幻想。

迅。

一月六日灯下。

— — ○

MY DEAR TEACHER：

现在过了新年又五天了，日子又少了五天。你十二月廿五的信，于四日收到；廿四日寄学校的挂号信，亦于二日由叶表姊交来，我似乎即复一函，但在我简单的日记上没有登载，不知确曾寄去与否，但你寄来的那一封挂号信，则确已收到了。

我住在家里，总不能专心的看书，做事。有时想做一件事，但看见嫂嫂忙着做饭，就少不得放下去帮帮忙。在嘈杂中，连慢慢的写一张信的机会也很少，现在是九点多，孩子们都上学去了，我就趁这时光来写几句。

新年于我没有什么，我并且没有发一张贺年片，除了前校长寄一张红片来，报以我的名片，写上几个字外。一日晚上我又去看提灯会，与前次差不多，后来又到一个学校看演戏；白天则到住在河南[1]的一家旧乡亲那里，看看田家风景，玩了好半天。昨四日也玩了一天，是和陈姓的亲戚游东山。晚上去看伏园，并带着四条土鲮鱼去请他吃，不凑巧他不在校，等了一点多钟，也不见回来，我想这也何必呢，就带着回家，今天要自己受用了。

不知道是学校门房作怪，还是邮政作怪，昨天我亲自到学校去问，门房说什么刊物也没有。记得你说寄印刷物有好几次，别的没有法子了，那挂号

———

1 指广州市珠江以南。

的一束，还可以追问么？

自郭沫若做官后，人皆说他左倾，有些人且目之为共党，这在广州也是排斥人的一个口头禅，与在北京无异。创造社中人的连翩而去，不知是否为了这原因。你是大家认为没有什么色采的，不妨姑且来作文艺运动，看看情形，不必因为他们之去而气馁。但中大或较胜于厦大，却不能优于北大；盖介乎二者之间，现在可先作如是想，则将来便不至于大失所望了。

昨天遇见一个熟悉学界情形的人，我就问他中大助教是怎样的。他说，先前的文科助教，等于挂名，月薪约一百元，却没有什么事做，也能暗暗的到他校兼课，可算是一个清闲的好位置。助教二年可升讲师，再升……云云。末一节和我不相干，因我未必能至二年也。但现在你做教授，我就要替你抄写，查书，即已非挂名可比，你也不要自以为给了我"好位置"罢，而且在一处做事，易生事端，也应该留意的。

YOUR H. M.

一月五日。

MY DEAR TEACHER:

昨五日接到十二月卅日挂号信；现在是七日了，早上由叶家表姊自己送来你十二月二日及十二日发的印刷品共二束，一是隔了一月余，一是隔了廿多日，这样的邮政，真是慢得出奇。

两束刊物我大略翻了一下，除《莽原》的《琐记》和《父亲的病》没有看外，我觉得《阶级与鲁迅》这篇没有大意思，《厦门通信》写得不算好，我宁可看"通信广州"了。但《坟》的《题记》，你执笔可真是放恣了起来，你在北京时，就断不肯写出"倒不尽是为了我的爱人，大大半乃是为了我的敌人"这样的句子，有一次做文章，写了似乎是"……的人"，也终于改了才送出去。这一次可是放恣了，然而有时也含蓄，如"至于不远的踏成平地……"等就是。至于《写在〈坟〉后面》说的"人生多苦辛，而人们有时却极容易得到安慰，又何必惜一点笔墨，给多尝些孤独的悲哀呢"这话，就是你"给来者一些极微末的欢喜"的本意么？你之对于"来者"，所抱的是博施于众，而非独自求得的心情么？末段真太凄楚了。你是在筑台，为的是要从那上面跌下来么？我想，那一定是有人在推你，那是你的对头，也就是"枭蛇鬼怪"，但绝不是你的"朋友"，希望你小心防制它！恐怕它也明知道要伤害你的，然而是你的对头，于是就无法舍弃这一个敌手。总之，你这篇文章的后半，许多话是在自画招供了，是在自己走出壕堑来了，我看了感到一种危机，觉得不久就要爆发，因为都是反抗的脾气，不被攻击固然要做，被攻击就愈要做的。

卅日的来信说"北京似乎也有流言"，这大约是克士先生告诉你的罢？又，同日挂号信上，像是说要不管考试，就赴中大，但中大表面上不似那么急速组织的样子，惟内容则不知。倘为别的原因，也可以无须这么嗫嗫。

这几天除不得已的事情外，我不想多到外面去，恐怕有特别消息送到。

YOUR H. M.

一月七日下午六时。

广平兄：

五日与七日的两函，今天（十一）上午一同收到了。这封挂号信，却并无要事，不过我因为想发几句议论，倘被遗失，未免可惜，所以宁可做得稳当些。

这里的风潮似乎还在蔓延，但结果是决不会好的。有几个人已在想利用这机会高升，或则向学生方面讨好，或则向校长方面讨好，真令人看得可叹。我的事情大致已了，本可以动身了，今天有一只船，来不及坐，其次，只有星期六有船，所以于十五日才能走。这封信大约要和我同船到粤，但姑且先行发出。我大概十五日上船，也许要到十六才开，则到广州当在十九或二十日。我拟先住广泰来栈，待和学校接洽之后，便暂且搬入学校，房子是大钟楼，据伏园来信说，他所住的一间就留给我。

助教是伏园出力，中大聘请的，俺何敢"自以为给"呢？至于其余等等，则"爆发"也好，发爆也好，我就是这么干，横竖种种谨慎，也还是重重逼迫，好像是负罪无穷。现在我就来自画招供，自卸甲胄，看看他们的第二拳是怎样的打法。我对于"来者"，先是抱着博施于众的心情，但现在我不，独于其一，抱了独自求得的心情了。（这一段也许我误解了原意，但已经写下，不再改了。）这即使是对头，是敌手，是枭蛇鬼怪，我都不问；要推我下来，我即甘心跌下来，我何尝高兴站在台上？我对于名声，地位，什么都不要，只要枭蛇鬼怪够了，对于这样的，我就叫作"朋友"。谁有什么法子呢？但现在之所以还只（！）说了有限的消息者：一，为己，是总还想到生计问题；二，为人，是可以暂借我已成之地位，而作改革运动。但要我兢兢业业，专为这两事牺牲，是不行了。我牺牲得不少了，而享受者还不够，必要我奉献全部的性命。我现在不肯了，我爱对头，我反抗他们。

这是你知道的，单在这三四年中，我对于熟识的和初初相识的文学青年是怎么样，只要有可以尽力之处就尽力，并没有什么坏心思。然而男的呢，他们自己之间也掩不住嫉妒，到底争起来了，一方面于心不满足，就想打杀我，给那方面也失了助力。看见我有女生在座，他们便造流言。这些流言，无论事之有无，他们是在所必造的，除非我和女人不见面。他们大抵是貌作新思想者，骨子里却是暴君酷吏，侦探，小人。如果我再隐忍，退让，他们更要得步进步，不会完的。我蔑视他们了。我先前偶一想到爱，总立刻自己惭愧，怕不配，因而也不敢爱某一个人，但看清了他们的言行思想的内幕，便使我自信我决不是必须自己贬抑到那么样的人了，我可以爱！

那流言，是直到去年十一月，从韦漱园的信里才知道的。他说，由沈钟社里听来，长虹的拚命攻击我是为了一个女性，《狂飙》上有一首诗，太阳是自比，我是夜，月是她。他还问我这事可是真的，要知道一点详细。我这才明白长虹原来在害"单相思病"，以及川流不息的到我这里来的原因，他并不是为《莽原》，却在等月亮。但对我竟毫不表示一些敌对的态度，直待我到了厦门，才从背后骂得我一个莫名其妙，真是卑怯得可以。我是夜，则当然要有月亮的，还要做什么诗，也低能得很。

那时就做了一篇小说，和他开了一些小玩笑，寄到未名社去了。

那时我又写信去打听孤灵，才知道这种流言，早已有之，传播的是品青，伏园，玄倩，微风，宴太。有些人又说我将她带到厦门去了，这大约伏园不在内，是送我上车的人们所流布的。白果从北京接家眷来此，又将这带到厦门，为攻击我起见，便和田千顷分头广布于人，说我之不肯留居厦门，乃为月亮不在之故。在送别会上，田千顷且故意当众发表，意图中伤。不料完全无效，风潮并不稍减，因为此次风潮，根柢甚深，并非由我一人而起，而他们还要玩些这样的小巧，真可谓"至死不悟"了。

现在是夜二时，校中暗暗的熄了电灯，帖出放假布告，当即被学生发见，撕掉了。此后怕风潮还要扩大一点。

我现在真自笑我说话往往刻薄，而对人则太厚道，我竟从不疑及玄倩之流到我这里来是在侦探我，虽然他的目光如鼠，各处乱翻，我有时也有些觉得讨厌。并且今天才知道我有时请他们在客厅里坐，他们也不高兴，说我在房里藏了月亮，不容他们进去了。你看这是多么难以伺候的大人先生呵。我托令弟买了几株柳，种在后园，拔去了几株玉蜀黍，母亲很可惜，有些不高兴，而宴太即大放谣诼，说我在纵容着学生虐待她。力求清宁，偏多淬秽，我早先说，呜呼老家，能否复返，是一问题，实非神经过敏之谈也。

但这些都由它去，我自走我的路。不过这次厦大风潮之后，许多学生，或要同我到广州，或想转学到武昌去，为他们计，在这一年半载之中，是否还应该暂留几片铁甲在身上，此刻却还不能骤然决定。这只好于见到时再商量。不过不必连助教都怕做，同事都避忌，倘如此，可真成了流言的囚人，中了流言家的诡计了。

迅。

一月十一日。

一一三

广平兄：

现在是十七夜十时，我在"苏州"船中，泊香

339

港海上。此船大约明晨九时开，午后四时可到黄埔，再坐小船到长堤，怕要八九点钟了。

这回一点没有风浪，平稳如在长江船上，明天是内海，更不成问题。想起来真奇怪，我在海上，竟历来不遇到风波，但昨天也有人躺下不能起来的，或者我比较的不晕船也难说。

我坐的是唐餐间[1]，两人一房，一个人到香港上去了，所以此刻是独霸一间。至于到广州后，住那一家客栈，现在不能决定。因为有一个侦探性的学生跟住我。此人大概是厦大当局所派，探听消息的，因为那边的风潮未平，他怕我帮助学生，在广州活动。我在船上用各种方法拒斥，至于恶声厉色，令他不堪，但是不成功，他终于嬉皮笑脸，谬托知己，并不远离。大约此后的手段是和我住同一客栈，时时在我房中，打听中大情形。我虽并不怀挟秘密，而尾随着这么一个东西，却也讨厌，所以我当相机行事，能将他撇下便撇下，否则再设法。

1　即供应中餐的船舱。

此外还有三个学生，是广东人，要进中大的，我已通知他们一律戒严，所以此人在船上，也探不到什么消息。

迅。

第三集

北平——上海

一九二九年五月至六月

——四

B. EL:

今天是我们到上海后，你出门去了的第一天，现在是下午六点半，查查铁路行车时刻表，你已经从浦口动身，开车了半小时了。想起你一个人在车上，一本德文法不能整天捧在手里看，放下的时候就会空想。想些什么呢？复杂之中，首先必以为我在怎么过活着，与其幻想，不如由我直说罢——

别后我回到楼上剥瓜子，太阳从东边射在躺椅上，我坐着一面看《小彼得》一面剥，绝对没有四条胡同，因为我要用我的魄力来抵抗这一点，我胜利了。此后睡了一会，醒来正午，邮差送到一包书，是未名社挂号寄来的韦丛芜著的《冰块》五本。午饭后收拾收拾房子，看看文法，同隔壁的大家谈谈天，又写了一封给玉书的信。下午到街上去散步，买些水果回来，和大家一同吃。吃完写信，写到这里，正是"夕方"[1]时候了。夜饭还未吃过呢，再有什么事，待续写下去罢。

十三，六时五十分。

EL.，现在是十四日午后六时二十分，你已经过了崮山，快到济南了。车是走得那么快，我只愿你快些到北京，免得路中挂念。今天听说京汉路不大通，津浦大约不至如此。你到后，在回来之前，倘闻交通不便，千万不要冒险走，只要你平安的住着，我也可以稍慰的。

昨夜稍稍看书，九时躺下，我总喜欢在楼上，心地比较的舒服些。今天六时半醒来，九时才起，仍是看书和谈天。午后三时午睡，充分休养，如你所嘱，勿念。只是我太安闲，你途中太辛苦了，共患难的人，有时也不能共享一样的境遇，奈何！

———

1 傍晚、黄昏时分。

今日收到殷夫[1]的投《奔流》的诗稿，颇厚，先放在书架上了，等你回来再看。

祝你安好。

H. M.

五月十四日下午六时三十分。

一一五

EL. DEAR：

昨夜（十四）饭后，我往邮局发了给你的一封信，回来看看文法，十点多睡下了。早上醒来，推想你已到天津了；午间知道你应该已经到了北京，各人一见，意外的欢喜，你也不少的高兴罢。

今天收到《东方》第二号，又有金溟若[2]的一封挂号厚信，想是稿子，都放在书架上。

我这两天因为没甚事情做，睡得多，吃的也

---

1 殷夫（1910年—1931年），原名徐白，谱名孝杰，小名徐柏庭，学名徐祖华，又名白莽，浙江象山人。中国共产党员，中国无产阶级的优秀诗人，左联五烈士之一。
2 金溟若(1905年—1970年)，浙江瑞安人。曾任时代书店总编辑、世界书局编辑、《未明月刊》主笔、北新书局特约编辑等职。

多，你回来一定会见得我胖了。下午同王老太太等大小五六个往新雅喝茶，因为是初次，她们都很高兴；回来已近五点，略翻《东方》，一天又快过去了。我记着你那几句话，所以虽是一个人，也不寂寞。但这两天天快亮时都醒，这是你要睡的时候，所以我仍照常的醒来，宛如你在旁豫备着要睡，又明知你是离开了，这古怪的心情，教我如何描写得出来呢？好在转瞬间天真个亮了，过些时我也就起来了。

十五日下午五时半写。

EL. DEAR：

昨天（十五）夜饭后，我在楼上描桌布的花样，又看看文法，到十一点睡下，但四点多又照例的醒来了，一直没有再睡熟。今天上午我在楼下缝衣服，且看报，就得到你的来电，人到依时，电到也快，看发电时是十三，四〇，想是十五日下午一时四十分发出的。阅电后非常快慰，虽然明知道是必到的，但愈是如此就愈加等待，这真是奇怪。

阿菩[1]当你去的第一天吃夜饭的时候，叫我下去了，却还不肯罢休，一定要把你也叫下去，后来大家再三开导她，也不肯走，她的母亲说是你到街上去了，才不得已的走出，这小囡真有趣。上海已经入了梅雨天，总是阴沉沉的，时雨时晴，怪讨人厌的天气。你到北平，熟人都已见过了么？太师母等都好？替我问候。

愿眠食当心。

H. M.

五月十六日下午二时十五分。

一一六

H. M. D：

在沪宁车上，总算得了一个坐位，渡江上了平浦通车，也居然定着一张卧床。这就好了。吃过夜饭，十一点睡觉，从此一直睡到第二天十二点，醒来时，不但已出江苏境，并且通过了安徽界蚌埠，到山东界了。不知道你可能如此大睡，恐怕不能这

---

1 指周建人的二女儿周瑾。

346

样罢。

车上和渡江的船上，遇见许多熟人，如幼渔[1]之侄，寿山[2]之友，未名社的人物，还有几个阔人，自说是我的学生，但我不认识他们了。

今天午后到前门站，一切大抵如旧，因为正值妙峰山香市，所以倒并不冷静。正大风，饱餐了三年未吃的灰尘。下午发一电，我想，倘快，则十六日下午可达上海了。

家里一切也如旧；母亲精神容貌仍如三年前，但关心的范围好像减小了不少，谈的都是邻近的琐事，和我毫不相干的。以前似乎常常有客来住，久至三四个月，连我的日记本子也都翻过了，这很讨厌，大约是姓车的男人所为，莫非他以为我一定死在外面，不再回家了么？

不过这种情形，我倒并不气恼，自然也不喜欢；久说必须回家一趟，现在是回来了，了却一件

1　马裕藻（1878 年—1945 年），字幼渔，祖籍浙江鄞县（今宁波鄞州），近代文化名人，北京大学著名教授。
2　齐宗颐（1881 年—1965 年），字寿山，河北高阳人。德国柏林大学毕业，曾任北洋政府教育部金事、视学。

事，总是好的。此刻是夜十二点，静得很，和上海大不相同。我不知道她睡了没有？我觉得她一定还未睡着，以为我正在大谈三年来的经历了，其实并未大谈，却在写这封信。

今天就是这样罢，下次再谈。

EL.

五月十五夜。

一一七

H. D：

昨天寄上一函，想已到。今天下午我访了未名社一趟，又去看幼渔，他未回，马珏[1]是因病进了医院许多日子了。一路所见，倒并不怎样萧条，大约所减少的不过是南方籍的官僚而已。

关于咱们的事，闻南北统一后，此地忽然盛传，研究者也颇多，但大抵知不确切。我想，这忽然盛传的缘故，大约与小鹿之由沪入京有关的。前日到家，母亲即问我害马为什么不一同回来，我正

---

1 马珏（1910年—1994年），浙江鄞县人，马裕藻的长女。

在付车钱，匆忙中即答以有些不舒服，昨天才告诉她火车震动，不宜于孩子的事，她很高兴，说，我想也应该有了，因为这屋子里早应该有小孩子走来走去了。这种"应该"的理由，虽然和我们的意见很不同，但总之她非常高兴。

这里很暖，可穿单衣了。明天拟去访徐旭生[1]，此外再看几个熟人，别的也无事可做。尹默凤举[2]，似已倾心于政治，尹默之汽车，昨天和电车相撞，他臂膊也碰肿了，明天也想去看他，并还草帽。静农为了一个朋友，听说天天在查电码，忙不可当。林振鹏在西山医胃病。

附笺一纸，可交与赵公。又通知老三，我当于日内寄书一包（约四五本）给他，其实是托他转交赵公的，到时即交去。

我的身体是好的，和在上海时一样，勿念。

---

1 徐旭生（1888年—1976年），名炳昶，字旭生，以字行，笔名虚生、遁庵。中国现代著名的史学家、政治活动家。
2 分别指沈尹默、张定璜。
沈尹默（1883年—1971年），字中、秋明，号君墨，别号鬼谷子。祖籍浙江湖州，著名学者、诗人、书法家、教育家。张定璜（1895年—1986年），别名张凤举，江西南昌人。作家，文史学家，批评家，翻译家。

但 H. 也应该善自保养，使我放心。我相信她正是如此。

迅。

五月十七夜。

一一八

D. H:

听说上海北平之间的信件，最快是六天，但我于昨天（十八）晚上姑且去看看信箱——这是我们出京后新设的——竟得到了十四日发来的信，这使我怎样意外地高兴呀。未曾四条胡同，尤其令我放心，我还希望你善自消遣，能食能睡。

母亲的记忆力坏了些了，观察力注意力也略减，有些脾气颇近于小孩子了。对于我们的感情是很好的。也希望老三回来，但其实是毫无事情。

前天幼渔来看我，要我往北大教书，当即婉谢。同日又看见执中[1]，他万不料我也在京，非常高

1 原信为李秉中（1902年—1940年），别字庸倩，四川彭山人。黄埔军校第二期步科毕业。

兴。他们明天在来今雨轩结婚，我想于上午去一趟，已托羡苏买了绸子衣料一件，作为贺礼带去。新人是女子大学学生，音乐系。

昨晚得到你的来信后，正在看，车家的男女突然又来了，见我已归，大吃一惊，男的便到客栈去，女的今天也走了。我对他们很冷淡，因为我又知道了车男住客厅时，不但乱翻日记，并且将书厨的锁弄破，并书籍也查抄了一通。

以上十九日之夜十一点写。

二十日上午，你十六日所发的信也收到了，也很快。你的生活法，据报告，很使我放心。我也好的，看见的人，都说我精神比在北京时好。这里天气很热，已穿纱衣，我于空气中的灰尘，已不习惯，大约就如鱼之在浑水里一般，此外却并无什么不舒服。

昨天往中央公园贺李执中，新人一到，我就走了。她比执中短一点，相貌适中。下午访沈尹默，略谈了一些时；又访兼士，风举，耀辰，徐旭生，都没有会见。就这样的过了一天。夜九点钟，就睡着了，直至今天七点才醒。上午想择取些书籍，但头绪纷繁，无从下手，也许终于没有结果的，恐怕《中国字体变迁史》也不是在上海所能作罢。

今天下午我仍要出去访人，明天是往燕大演讲。我这回本来想决不多说话，但因为有一些学生渴望我去，所以只得去讲几句。我于月初要走了，但决不冒险，千万不要担心。《冰块》留下两本，其余可分送赵公们。《奔流》稿可请赵公写回信寄还他们，措辞和上次一样。

愿你好好保养，下回再谈。

以上二十一日午后一时写。

ELEF.

一一九

EL. D：

这是第三封信了，告诉一声，俾可以晓得我很高兴写，虽然你到北平今天也不过第三天，料想你也高兴收到信罢。

今天大清早老太婆开了后门不久的时候，达夫先生拿着两本第五期的《大众文艺》送来，人们只听得老太婆诺诺连声，我急起来看时，他早已跑掉了。

午后得钦文 [1] 寄你的信，并不厚，今附上。内山书店也送来《厨川白村全集》一本，第二卷，文学论下，我就也存放在书架上。

昨夜九时睡，至今早七点多才起来，忽然大睡，呆头呆脑得很。连日毛毛雨，不大出门。你的情形如何？没有什么报告了，下次再谈罢。

H. M.

五月十七日下午四时。

一二〇

EL. DEAR：

今天下午刚发一信，现在又想执笔了。这也等于我的功课一样，而且是愿意做的那一门，高兴的就简直做下去罢，于是乎又有话要说出来了——

这时是晚上九点半，我想起今天是礼拜五，明

——

1　许钦文（1897 年—1984 年），幼名松龄，学名世枝，后名绳尧，字钦文，笔名蜀宾、高阳、表光、田耳等。浙江绍兴人，历任民进中央委员、浙江省副主任委员，浙江省文化局副局长、浙江省文联副主席、省政协常委兼副秘书长。

天是礼拜六，一礼拜又快过去了，此信明天发，免得日曜[1]受耽搁。料想这信到时，又过去一礼拜了，得到你的回信时，又是一礼拜，那么总共就过去三个礼拜了，那是在你接到此信，我得了你回复此信的时候的话。虽然这还很有些时光，但不妨以此先自快慰。话虽如此，你如没有功夫，就不必每得一信，即回一封，因为我晓得你忙，不会挂念的。

生怕记起的又即忘记了，先写出来罢：你如经过琉璃厂，不要忘掉了买你写日记用的红格纸，因为已经所余无几了。你也许不会忘记，不过我提起一下，较放心。

我寄你的信，总要送往邮局，不喜欢放在街边的绿色邮筒中，我总疑心那里会慢一点。然而也不喜欢托人带出去，我就将信藏在衣袋内，说是散步，慢慢的走出去，明知道这绝不是什么秘密事，但自然而然的好像觉得含有什么秘密性似的。待到走到邮局门口，又不愿投入挂在门外的方木箱，必定走进里面，放在柜台下面的信箱里才罢。那时心

---

1 周日。

里又想：天天寄同一名字的信，邮局的人会不会诧异呢？于是就用较生的别号，算是挽救之法了。这种古怪思想，自己也觉得好笑，但也没有制服这个神经的神经，就让他胡思乱想罢。当走去送信的时候，我又记起了曾经有一个人，在夜里跑到楼下房外的信筒那里去，我相信天下痴呆盖无过于此君了，现在距邮局远，夜行不便，此风万不可长，宜切戒之！！！！

今日下午也缝衣，出去寄信时又买些水果，回来大家分吃了。你带去的云腿吃过了没有？还可口么？我身体精神都好，食量也增加，不过继续着做一种事情，稍久就容易吃力，浑身疲乏。我知道这个道理，所以时而做些事，时而坐坐，时而睡睡，坐睡都厌了就到马路上来回走一个短路程，这样一调节，也就不致吃苦了。

时局消息，阅报便知，不多述了，有时北报似更详悉。听说现在津浦路还照常，但来时要打听清楚才好。

YOUR H. M.

五月十七夜十时。

一二一

D. H. M：

二十一日午后发了一封信，晚上便收到十七日来信，今天上午又收到十八日来信，每信五天，好像交通十分准确似的。但我赴沪时想坐船，据凤举说，日本船并不坏，二等六十元，不过比火车为慢而已。至于风浪，则夏期一向很平静。但究竟如何，还须俟十天以后看情形决定。不过我是总想于六月四五日动身的，所以此信到时，倘是廿八九，那就不必写信来了。

我到北平，已一星期，其间无非是吃饭，睡觉，访人，陪客，此外什么也不做。文章是没有一句。昨天访了几个教育部旧同事，都穷透了，没有事做，又不能回家。今天和张凤举谈了两点钟天，傍晚往燕京大学讲演了一点钟，照例说些成仿吾徐志摩之类，听的人颇不少——不过也不是都为了来听讲演的。这天有一个人对我说：燕大是有钱而请不到好教员，你可以来此教书。我即答以我奔波了几年，已经心粗气浮，不能教书了。D. H.，我想，这些好地方，还是请他们绅士们去占有罢，咱们还是漂流几时的好。沈士远[1]也在那里做教授，听说全家住在那里面，但我没有工夫去看他。

今天寄到一本《红玫瑰》，陈西滢[2]和凌叔华[3]的照片都登上了。胡适之的诗载于《礼拜六》，他们的像见于《红玫瑰》，时光老人的力量，真能逐渐的显出"物以类聚"的真实。

云南腿已将吃完，很好，肉多，油也足，可惜这里的做法千篇一律，总是蒸。带回来的鱼肝油也已吃完，新买了一瓶，价钱是二元二角。

云章未到西三条来，所以不知道她住在何处，小鹿也没有来过。

北平久不下雨，比之南方的梅雨天，真有"霄壤之别"。所有带来的夹衣，都已无用，何况绒衫。我从明天起，想去医牙齿，大约有一星期，总可以

———

1　沈士远（1880年－？）浙江湖州人。曾任北京大学、北平燕京大学等校教授，北京故宫编纂委员。
2　陈西滢（1896年—1970年），江苏无锡人。中国文学家、翻译家。
3　凌叔华（1900年—1990年），生于文化古城北京的一个仕宦与书画世家，中国女作家。

补好了。至于时局，若以询人，则因其人之派别，而所答不同，所以我也不加深究。总之，到下月初，京津车总该是可走的。那么，就可以了。

这里的空气真是沉静，和上海的烦扰险恶，大不相同，所以我是平安的。然而也静不下，惟看来信，知道你在上海都好，也就暂自宽慰了。但愿能够这样的继续下去，不再疏懒才好。

L.

五月廿二夜一时。

一二二

D. H. M：

此刻是二十三日之夜十点半，我独自坐在靠壁的桌前，这旁边，先前是有人屡次坐过的，而她此刻却远在上海。我只好来写信算作谈天了。

今天上午，来了六个北大国文系学生的代表，要我去教书，我即谢绝了。后来他们承认我回上海，只要豫定下几门功课，何时来京，便何时开始，我也没有答应他们。他们只得回去，而希望我有一回讲演，我已约于下星期三去讲。

午后出街，将寄给你的信投入邮箱中。其次是往牙医寓，拔去一齿，毫不疼痛，他约我于廿七上午去补好，大约只要一次就可以了。其次是走了三家纸铺，集得中国纸印的信笺数十种，化钱约七元，也并无什么妙品。如这信所用的一种，要算是很漂亮的了。还有两三家未去，便中当再去走一趟，大约再用四五元，即将琉璃厂略佳之笺收备了。

计到北平，已将十日，除车钱外，自己只化了十五元，一半买信笺，一半是买碑帖的。至于旧书，则仍然很贵，所以一本也不买。

明天仍当出门，为士衡的饭碗去设设法；将来又想往西山看看漱园，听他朋友的口气，恐怕总是医不好的了。韦丛芜却长大了一点。待廿九日往北大讲演后，便当作回沪之准备，听说日本船有一只名"天津丸"的，是从天津直航上海，并不绕来绕去，但不知在我赴沪的时候，能否相值耳。

今天路过前门车站，看见很扎着些素彩牌坊了，但这些典礼，似乎只有少数人在忙。

我这次回来，正值暑假将近，所以很有几处想送我饭碗，但我对于此种地位，总是毫无兴趣。为安闲计，住北平是不坏的，但因为和南方太不同了，所以几乎有"世外桃源"之感。我来此虽已十天，却毫不感到什么刺戟，略不小心，确有"落伍"之惧的。上海虽烦扰，但也别有生气。

下次再谈罢。我是很好的。

L.

五月二十三日。

一二三

D. EL:

昨天夜里写好的信，是今早发出的。吃过早粥后，见天气晴好，就同蕴如姊到大马路买些手巾之类，以备他日应用，一则乘此时闲空，二则还容易走动之故。约下午二时回家，吃面后正在缝衣，见达夫先生和密斯王来访，知你不在后，坐下略作闲谈，见我闲寂，又约我出外散步，盛意可感。时已四时多，不久就是晚饭时候，我怕累他们破费，婉谢不去，他们又坐了一会，见我终于不动，乃辞去，说往看白薇[1]去了。

下午，三先生送来一本 *A History of Wooden-graving by Douglas Percy Bliss*，是从英国带来的。又收到金溟若信一封，想是询问前次寄稿之事，我搁下了；另一信是江绍平[2]先生的，并不厚，今即附上，此公颇怪气也。

夜饭后，王公送来《朝花》第二十期，问要不要合订本子。我说且慢，因那些旧的放在那里，不易找也。他遂即回去。

　　　　　　　　　　　　十八夜八时十分写。

又，同夜八时半，有人送来文稿数件共一束，老太婆说不出他的姓名，看看封上的几个字，好像"迹余"笔迹。我也先放在书架上，待你回来再说罢。

EL. DEAR：

昨夜我差不多十时就睡了，至一时左右醒来，

——

1　白薇（1893年—1987年），原名黄彰，湖南资兴人。中国近现代女作家。

2　指江绍原（1898年—1983年），安徽旌德江村人。中国现代著名民俗学家和比较宗教学家。

就不大能睡熟，这大约是有了习惯之故。天亮时，扫街人孩子大哭，其母大打，打后又大诉说一通；稍静合眼，醒来已经九时了。午后得李霁野信，无甚要事，且与你能见面，故不转寄。下午仍做缝纫，并看看书报。晚上至马路散步，买得广东螃蟹一只，携归在火酒灯上煮熟，坐在躺椅上缓缓食之。你说有趣没有呢？现时是吃完执笔，时在差十分即十点钟也。你日来可好？为念。不尽欲言。

H. M.

五月十九夜九时五十分。

一二四

EL. D:

你十五夜写的信，今天上午收到了。信必是十六发的，五天就到，邮局懂事得很。那么，我十四发的信，你自然也一定收到在今天之前。我先以为见你的信，总得在廿二三左右，因为路上有八天好停顿的，不料今日就见信，这真使我意外的欢喜，不可以言语形容。

路上有熟人遇见，省得寂寞，甚好；能睡，更好。我希望你在家时也挪出些功夫来睡觉，不要拚命的写，做，干，想……

家里人杂，东西乱翻，你不妨检收停当，多带些要用的南来，难得的书籍，则或锁起，或带来，以免失落难查。客来是无法禁阻的，你回去暂时，能不干涉最好，省得淘气，倘自伤精神，就更不合算了。

我这几天经验下来，夜间不是一二时醒，就是三四时醒，这是由于习惯的，但醒过几夜，第三夜即可睡至天明补足，如昨夜至今晨就是。我写给你的信，将生活状况一一叙述，务求其详，大体是好的，即或少睡，也是偶然，并非天天如此。你切不可于言外推测，如来信云我在十二时尚未睡，其实我十二时是总在熟睡中的。

上海这两天晴，甚和暖，但一到下雨，却又相差二十多度了。

H. M.

五，廿，下午二时。

一二五

H. D：

　　昨天上午寄上一函，想已到。十点左右有沉钟社的人来访我，至午邀我至中央公园去吃饭，一直谈到五点才散。内有一人名郝荫潭，是女师大学生，但是新的，我想你未必认识罢。中央公园昨天是开放的，但到下午为止，游人不多，风景大略如旧，芍药已开过，将谢了，此外则"公理战胜"的牌坊上，添了许多蓝地白字的标语。

　　从公园回来之后，未名社的人来访我了，谈了一点钟。他们去后，就接到你的十九，二十所写的两函。我毫不"拚命的写，做，干，想，……"至今为止，什么也不想，干，写……。昨天因为说话太多了，十点钟便睡觉，一点醒了一次，即刻又睡，再醒已是早上七点钟，躺到九点，便是现在，就起来写这信。

　　绍平的信，吞吞吐吐，初看颇难解，但一细看，就知道那意思是想将他的译稿，由我为之设法出售，或给北新，或登《奔流》，而又要居高临下，不肯自己开口，于是就写成了那样子。但我是决不来做这样傻子的了，莫管目前闲事，免惹他日是非。

今天尚无客来，这信安安静静的写到这里，本可以永远写下去，但要说的也大略说过了，下次再谈罢。

L.

五月廿五日上午十点钟。

一二六

H. D：

此刻是二十五日之夜的一点钟。我是十点钟睡着的，十二点醒来了，喝了两碗茶，还不想睡，就来写几句。

今天下午，我出门时，将寄你的一封信投入邮筒，接着看见邮局门外帖着条子道："奉安典礼放假两天。"那么，我的那一封信，须在二十七日才会上车的了。所以我明天不再寄信，且待"奉安典礼"完毕之后罢。刚才我是被炮声惊醒的，数起来共有百余响，亦"奉安典礼"之一也。

我今天的出门，是为士衡寻地方去的，和幼渔接洽，已略有头绪；访凤举却未遇。途次往孔德学校，去看旧书，遇金立因，胖滑有加，唠叨如故，时光可惜，默不与谈；少顷，则朱山根叩门而入，见我即踟蹰不前，目光如鼠，终即退去，状极可笑也。他的北来，是为了觅饭碗的，志在燕大，否则清华，人地相宜，大有希望云。

　　傍晚往未名社闲谈，知燕大学生又在运动我去教书，先令宗文劝诱，我即谢绝。宗文因吞吞吐吐说，彼校教授中，本有人早疑心我未必肯去，因为在南边有唔唔唔……。我答以原因并不在"在南边有唔唔唔……"，那非大树，不能迁移，那是也可以同到北边的，但我也不来做教员，也不想说明别的原因之所在。于是就在混沌中完结了。

　　明天是星期日，恐怕来访之客必多，我要睡了。现在已两点钟，遥想你在"南边"或也已醒来，但我想，因为她明白，一定也即睡着的。

　　　　　　　　　　　　　　　　二十五夜。

　　星期日上午，因为葬式的行列，道路几乎断绝交通，下午可以走了，但只有紫佩一人来谈，所以我能够十分休息。夜十点入睡，此刻两点又醒了，吸一枝烟，照例是便能睡着的。明天十点要去镶牙，所以就将闹钟拨在九点上。

看现在的情形，下月之初，火车大概还可以走，倘如此，我想坐六月三日的通车回上海，即使有耽误之事，六日总该可以到了罢——倘若不去访上遂。但这仍须临时再行决定，因为距今还有十天，变化殊不可测也。

明天想当有信来，但此信我当于上午先行发出。

二十六夜二点半。

ELEF.

一二七

EL.: L.!

昨天正午得到你十五日的信，我读了几遍，愈读愈想在那里面找出什么东西似的，好似很清楚，又似很模胡，恰如其人的声音笑貌，在离开以后的情形一样。打开信来，首先看见的自然是那三个通红的枇杷。这是我所喜欢的东西，即如昨天去寄信，也带了许多回来，大家大吃了一通。阿菩昨天身热得很厉害，什么都不要吃，见了枇杷，才高兴起来，连吃几个，随后研究出她是要出牙齿了的缘故，到今天还在痛，在吃苦。然而那时枇杷的力量却如此其大，我也是喜欢的人，你却首先选了那种花样的纸寄来了。其次是那两个莲蓬，并题着的几句，都很好，我也读熟了。你是十分精细的，那两张纸必不是随手检起[1]就用的。

你的日记也被人翻过了么？因记起前月已从隔壁的木匠那里租了空屋，也许因为客房不够住，要将不大使用的东西送到那里去存放罢。倘如此，则无人照管，必易失落，要先事豫防才好。是否应该先行声明一下，说将来你的书籍不要挪动，我想说过总比不说要好一些，未知你以为何如？

我昨夜睡得很好，今日也醒得并不早，以后或者会照此下去也不可知。今天仍在做生活，是织小毛绒背心，快成功了。

你近来比初到时安静些么？你千万要想起我所

———

1　即"捡起"。

希望的意思，自己好好地。

H. M.

五月廿一下午四时十分。

一二八

D. H. M：

今天——二十七日——下午，果然收到你廿一日所发信。我十五日信所用的笺纸，确也选了一下，觉得这两张很有思想的，尤其是第二张。但后来各笺，却大抵随手取用，并非幅幅含有义理，你不要求之过深，百思而不得其解，以致无端受苦为要。

阿菩如此吃苦，实为可怜，但既是出牙，则也无法可想，现在必已全好了罢。我今天已将牙齿补好，只花了五元，据云将就一二年，即须全盘做过了。但现在试用，尚觉合式。晚间是徐旭生张凤举等在中央公园邀我吃饭，也算饯行，因为他们已都相信我确无留在北平之意。同席约十人。总算为士衡寻得了一个饭碗。

旭生说，今天女师大因两派对于一教员之排斥和挽留，发生冲突，有甲者，以钱袋击乙之头，致乙昏厥过去，抬入医院。小姐们之挥拳，在北平似以此为嚆矢云。

明天拟往东城探听船期，晚则幼渔邀我夜饭；后天往北大讲演；大后天拟赴西山看韦漱园。这三天中较忙，也许未必能写什么信了。

计我回北平以来，已两星期，除应酬之外，读书作文，一点也不做，且也做不出来。那间灰棚，一切如旧，而略增其萧瑟，深夜独坐，时觉过于森森然。幸而来此已两星期，距回沪之期渐近了。新租的屋，已说明为堆什物及住客之用，客厅之书不动，也不住人。

此刻不知你睡着还是醒着。我在这里只能遥愿你天然的安眠，并且人为的保重。

L.

五月廿七夜十二时。

一二九

D. H：

廿一日所发的信，是前天到的，当夜写了一点回信，于昨天寄出。昨今两天，都未曾收到来信，我想，这一定是因为葬式的缘故，火车被耽搁了。

昨天下午去问日本船，知道从天津开行后，因须泊大连两三天，至快要六天才到上海。我看现在，坐车还不妨，所以想六月三日动身，顺便看看上遂，而于八日或九日抵沪。倘到下月初发见不宜于坐车，那时再改走海道，不过到沪又要迟几天了。总之，我当择最妥当的方法办理，你可以放心。

昨天又买了些笺纸，这便是其一种，北京的信笺搜集，总算告一段落了。

晚上是在幼渔家里吃饭，马珏还在生病，未见，病也不轻，但据说可以没有危险。谈了些天，回寓时已九点半。十一点睡去，一直睡到今天七点钟。

此刻是上午九点钟，闲坐无事，写了这些。下午要到未名社去，七点起是在北大讲演。讲毕之后，恐怕还有尹默他们要来拉去吃夜饭。倘如此，则回寓时又要十点左右了。

D. H. ET D. L.，我是好的，很能睡，饭量和在上海时一样，酒喝得极少，不过一小杯蒲陶酒而已。家里有一瓶别人送的汾酒，连瓶也没有开。倘如我的豫计，那么，再有十天便可以面谈了。D. H.，愿你安好，并保重为要。

EL.

五月廿九日。

一三〇

D. EL.，D. L.！

现时是廿二夜九时三刻，晚饭后我收拾收拾东西，看看文法，想到写，就写一些。但不知你此时饭后是在谈天，还是在做什么的。今天我很盼望信，虽然明知道你没得闲空，并且说过信会隔得长久些，写得简单些，但我总觉得他话虽如此，其实是一有功夫，总会写的，因此就难免有所希望了。而况十五来信之后，你的情形也十分令人挂念，会不会颓唐廿多天呢！……

昨日下午四时发信后，收到韩君从东京寄来的《近代英文学史》一本，矢野峰人著。今天又收到一张明信片，是西湖艺术院在沪展览，请参观的。

昨今上午，我都照常做生活，起居如常。下半天到大马路一趟，买了些粗布之类。自你去后，化钱不少，都是买那些小东西用的，东西买来不多，用款不少，真难为人也。

廿二日十时。

D. EL.，D. B.！

今天又候了一天信。其实你十五那封信，我廿日收到，到现在还不过三天，但不知何故我总在盼望着。你近日精神可好？我的信总不知不觉的带些伤感的成分，会不会使你难受？D. EL.，我真记挂你。但你莫以为全因那封信的情形之故，其实无论如何，人不在眼前，总是要记挂的。

李执中君五月廿日在北平·中山公园来今雨轩结婚，喜柬今天寄到了。不知道你在北平遇见了他没有？昨天你是否忙着吃喜酒去，要是你们已经遇见了的话。今日又收到《北新》第八号一本。

昨夜十时写完上面的几个字，就睡下了。夜里阿菩因为嘴痛，哭得很利害，但我醒不多久便又睡去，不似前几天从两三点一直醒到天亮的那么窘了。早上总起得早，大抵是七点多。日间在楼下做些活计，夜里看书，平常多是关起门来，较为清净，这是我向来的脾气，倒也耐得过去，何况日子也过去了三分之一了呢。中山灵榇南下期间，我想，津浦路总该平安的，此后就难说。你南来时，务必斟酌而行为要。

祝你安善。

H. M.

五月廿三下午六时。

一三一

D. EL:

我盼了两天信，计期应该会到了，果然，今天收到你十七夜写的信。如果照十五夜那信一样快，我这两天的苦不至于吃了，原因是在前一信五天到，快得喜出望外，这回七天到，就觉着不应该了，都是邮局的作弄，以后我当耐心地等候。至于你，则不必连睡也不睡来执笔的。

明天是礼拜六，这是第二个礼拜了，过得似乎也快，又似乎慢。

北平并不萧条，倒好，因为我也视它如故乡

的，有时感情比真的故乡还要好，还要留恋，因为那里有许多使我记念的经历存留着。

上海也还好，不过太喧噪了，这几天天已晴，颇热，几如过夏，蚊子也多起来了，围着坐处要吃人。昨夜八时多，忽然鞭爆声大作，有似度岁，又似放枪，先不知其故，后见邻居仍然歌舞升平，吃食担不绝于门外，知是无事。今日看报，才知月蚀，其社会可知矣。

我眠食都好，日间仍编衣服，赵公送来《奇剑及其他》十本，信已转交。闻下星期一，章公与程公将对簿于公庭云。

H. M.

五月廿四夜九时卅分。

一三二

D. H：

此刻是二十九夜十二点，原以为可得你的来信的了，因为我料定你于廿一日的信以后，必已发了昨今可到的两三信，但今未得，这一定是被奉安列车耽搁了，听说星期一的通车，也还没有到。

今天上午来了一个客。下午到未名社去，晚上他们邀我去吃晚饭，在东安市场森隆饭店，七点钟到北大第二院演讲一小时，听者有千余人，大约北平寂寞已久，所以学生们很以这类事为新鲜了。八时，尹默凤举等又为我饯行，仍在森隆，不得不赴，但吃得少些，十一点才回寓。现已吃了三粒消化丸，写了这一张信，即将睡觉了，因为明天早晨，须往西山看韦漱园去。

今天虽因得不到来信，稍觉怅怅，但我知道迟延的原因，所以睡得着的，并祝你在上海也睡得安适。

L.

二十九夜。

三十日午后二时，我从西山访韦漱园回来，果然得到你的廿三及廿五日两封信，彼此都为邮局寄递之忽迟忽早所捉弄，真是令人生气。但我知道你已经收到我的信，略得安慰，也就借此稍稍自慰了。

今天我是早晨八点钟上山的，用的是摩托车，霁野等四人同去。漱园还不准起坐，因日光浴，晒得很黑，也很瘦，但精神却好，他很喜欢，谈了许多闲天。病室壁上挂着一幅陀斯妥夫斯基[1]的画像，我有时瞥见这用笔墨使读者受精神上的苦刑的名人的苦脸，便仿佛记得有人说过，漱园原有一个爱人，因为他没有全愈的希望，已与别人结婚；接着又感到他将终于死去——这是中国的一个损失——便觉得心脏一缩，暂时说不出话，然而也只得立刻装出欢笑，除了这几刹那之外，我们这回的聚谈是很愉快的。

他也问些关于我们的事，我说了一个大略。他所听到的似乎还有许多谣言，但不愿谈，我也不加追问。因为我推想得到，这一定是几位教授所流布，实不过怕我去抢饭碗而已。然而我流宕三年了，并没有饿死，何至于忽而去抢饭碗呢，这些地方，我觉得他们实在比我小气。

今天得小峰信，云因战事，书店生意皆不佳，但由分店划给我二百元。不过此款现在还未交来。

1　即费奥多尔·米哈伊洛维奇·陀思妥耶夫斯基（Фёдор Михайлович Достоевский，1821 年—1881 年），俄国作家，19 世纪俄国最重要的文学家之一。

你廿五的信今天到，则交通无阻可知，但四五日后就又难说，三日能走即走，否则当改海道，不过到沪当在十日前后了。总之，我当选一最安全的走法，决不冒险，千万放心。

L.

五月卅日下午五时。

一三三

D. EL：

今早八点多起来，阿菩推开门交给我你廿一写的信，另外一封是玉书的，又一份《华北日报》。

我前回太等信了，苦了两天，这回廿四收过信，安心些了，而今天又得信，也是"使我怎样意外地高兴呀"。

前天发你信后，得到通知，知道冯家姑母已到上海，要见见面，早粥后我就往南方中学去，谈了大半天。昨天她又来看我。她过些时又要往庐山去了，今天她来，我也许同她到外面去吃一餐夜饭。

星六（廿五）收到锌版十块，连书一并交给赵公了。昨日收到《良友》一，《新女性》一，又

《一般》三本，并不衔接的。

母亲高年，你回去不多几天，最好多同她谈谈，玩玩，使她欢喜。

看来信，你似很忙于应酬，这也是没法的事，久不到北平，熟人见见面，也是好的，而且也借此可消永昼。我有时怕你跑来跑去吃力，但有时又愿意你到外面走走，既可变换视听，又可活动身体，你实在也太沉闷了。这两种意思正相矛盾，颇可笑，但在北平的日子少，或者还不如多到外面走走罢。

上海当阴雨时，还穿绒线衫，出了太阳，才较热。北京的天气却已经如此热了么？幸而你衣服多带了几件去，否则真有些窘了。书能带，还是理出些好，自己找书较易。小峰无消息。《奔流》稿没有来。

H. M.

廿七上午十时十分。

一三四

D. EL:

昨早发了一信，回来看看报。午饭后不多久，姑母临寓，教我整衣，同往南翔去。先雇黄包车至北站，买火车票不过两角多，十五分到真茹，停五分，再十多分钟就到南翔了。其地完全是乡村景象，田野树木，举目皆是，居民大有上古遗风，淳厚之至。人家较杭州所见尤为乡气，门户洞开，绝无森严紧张状态。有居沪之外人，于此立别墅者，星期日来，去后门加锁键，一隔多日，了无变故。且交通便利，火车之外，小河四通八达。鱼虾极新鲜，生活便宜，酒菜一席不过六元，已堪果腹。地价每亩只三百金，再加数百建筑费，便成住宅，故房租亦廉，每室二元，每一幢房，有花园及卧室甚大；也不过十余或二十元；至三十元，则是了不得的大房子了。将来马路修成，长途汽车由真茹通至此地，也许顿成闹市，但现在却极为清幽。我们缓步游赏，时行时息，择一饭店吃菜，面，灌汤包子等，用钱二元，四人已食之不尽，有带走的，比起上海来，真可谓便宜之至了。六时余回车站，候八时车，而车适误点，过了九时始到，回沪已经十点多钟了。此行甚快活，近来未有的短期惬意小旅行也。归寓稍停即睡，亦甚安。今天上午代姑母写了几封信，并略谈数年经历，她甚快慰，谓先前常常以我之孤子独立为念，今乃如释重负矣，云云。她待我是出心的好，但日内就要往九江去了。今日三先生送来《东方》，《新女性》各一本。昨日又收到季先生由巴黎寄来的木刻画集两本，并有信，恐怕寄失，留着待你回来再看罢。

H. M.

五月廿八晚九时差十分。

一三五

D. L. ET D. H. M：

现在是三十日之夜一点钟，我快要睡了。下午已寄出一信，但我还想讲几句话，所以再写一点——

前几天，春菲给我一信，说他先前的事，要我查考鉴察。他的事情，我来"查考鉴察"干什么呢，置之不答。下午从西山回，他却已等在客厅中，并且知道他还先曾向母亲房里乱闯，大家都吓得心慌意乱，空气甚为紧张。我即出而大骂之，他竟毫不反抗，反说非常甘心。我看他未免太无刚骨，而他自说其实是勇士，独对于我，却不反抗。我说，我是愿意人对我反抗，不合则拂袖而去的。他却道正因为如此，所以佩服而愈不反抗了。我只得为之好笑，乃送而出之大门之外，大约此后当不再来缠绕了罢。

晚上来了两个人，一个是忙于翻检电码之静农，一个是帮我校过《唐宋传奇集》之建功[1]，同吃晚饭，谈得很为畅快，和上午之纵谈于西山，都是近来快事。他们对于北平学界现状，似俱不欲多言，我也竭力的避开这题目。其实，这是我到此不久，便已感觉了出来的：南北统一后，"正人君子"们树倒猢狲散，离开北平，而他们的衣钵却没有带走，被先前和他们战斗的有些人拾去了。未改其原

---

1 魏建功（1901年—1980年），出生于江苏海安，字盖三，笔名天行、文里（狸）、山鬼。九三学社社员，语言文字学家，音韵学家，教育家，中国科学院学部委员。

来面目者，据我所见，殆惟幼渔兼士而已。由是又悟到我以前之和"正人君子"们为敌，也失之不通世故，过于认真，所以现在倒非常自在，于衮衮诸公之一切言动，全都漠然。即下午之呵斥春菲，事后思之，也觉得大可不必。因叹在寂寞之世界里，虽欲得一可以对垒之真敌人，亦不易也。

这两星期以来，我一点也不颓唐，但此刻想到你之采办布帛之类，先事经营，却实在觉得一点凄苦。这种性质，真是怎么好呢？我应该快到上海，去约制她。

三十日夜一点半。

D. H.，三十一日晨被母亲叫醒，睡眠时间缺少了一点，所以晚上九点钟便睡去，一觉醒来，此刻已是三点钟了。泡了一碗茶，坐在桌前，想起H. M. 大约是躺着，但不知道是睡着还是醒着。五月卅一这一天，没有什么事，只在下午有三个日本人来看我所搜集的关于佛教石刻拓本，以为已经很多，力劝我作目录，这是并不难的，于学术上也许有点用处，然而我此刻也并无此意。晚间紫佩来，已为我购得车票，是三日午后二时开，他在报馆里，知道车还可以坐，至多，不过误点（迟到）而已。所以我定于三日启行，有一星期，就可以面谈了。此信发后，拟不再寄信，如果中途去访上遂，自然当从那里再发一封。

EL.

六月一日黎明前三点。

D.S：

写了以上的几行信以后，又写了几封给人的回信，天也亮起来了，还有一篇讲演稿要改，此刻大约是不能睡的了，再来写几句——

我自从到此以后，总计各种感受，知道弥漫于这里的，依然是"敬而远之"和倾陷，甚至于比"正人君子"时代还要分明——但有些学生和朋友自然除外。再想上去，则我的创作和编著一发表，总有一群攻击或嘲笑的人们，那当然是应该的，如果我的作品真如所说的庸陋。然而一看他们的作品，却比我的还要坏；例如小说史罢，好几种出在我的那一本之后，而陵乱错误，更不行了。这种情形，即使我大胆阔步，小觑此辈，然而也使我不复专于一业，一事无成。而且又使你常常担心，

"眼泪往肚子里流"。所以我也对于自己的坏脾气，时时痛心，想竭力的改正一下。我想，应该一声不响，来编《中国字体变迁史》或《中国文学史》了。然而那里去呢？在上海，创造社中人一面宣传我怎样有钱，喝酒，一面又用《东京通信》诬栽我有杀戮青年的主张，这简直是要谋害我的生命，住不得了。北京本来还可住，图书馆里的旧书也还多，但因历史关系，有些人必有奉送饭碗之举，而在别一些人即怀来抢饭碗之疑，在瓜田中，可以不纳履，而要使人信为永不纳履是难的，除非你赶紧走远。D. H.，你看，我们到那里去呢？我们还是隐姓埋名，到什么小村里去，一声也不响，大家玩玩罢。

D. H. M. ET D. L.，你不要以为我在这里时时如此呆想，我是并不如此的。这回不过因为睡够了，又值没有别的事，所以就随便谈谈。吃了午饭以后，大约还要睡觉。行期在即，以后也许要忙一些。小米（H.吃的），梆子面[1]（同上），果脯等，昨

----

1 指玉米面，京津地区方言。

天都已买齐了。

这封信的下端，是因为加添两张，自己拆过的。

L.

六月一日晨五时。